KB266451

내가
마지막으로
남긴 노래

내가
마지막으로
남긴 노래

내가
마지막으로
남긴 노래

이치조 미사키 지음 | 김윤경 옮김

1. 이 책에서 등장인물을 부르는 표현은, 보통의 경우 성을 부르고 가까운 사이일 경우 이름을 부르는 일본의 문화를 반영하여 표기했습니다.

2. 외래어는 국립국어원의 외래어 표기법을 따랐으나 일반적으로 통용되는 경우에는 관용에 따라 표기했습니다.

3. 본문 속 볼드체는 원서에서 방점으로 강조한 부분입니다.

4. 본문 괄호 안의 설명은 옮긴이 주입니다.

차례

* * *

인생에는 언제나 그 후에 이어지는 이야기가 있었다.

웃고 난 뒤, 울고 난 뒤, 탄식한 뒤 또는 집으로 돌아간 뒤. 밥을 먹은 뒤, 잠을 자고 난 뒤, 아침을 맞이한 뒤.

소중한 사람이 인생에서 사라져 버린 뒤에도 끝없이 이어지는 그 후의 이야기가 있었다.

그 후가 있기에 괴로웠고, 그 후가 있기에 구원받았다.

그 후의 이야기가 내 인생에서 계속 펼쳐질 거라 믿었다.

더없이 소중한 사람을 만난 뒤에도. 헤어진 뒤에도. 재회한 뒤에도.

하지만 '그 후'가 사라지는 것이 죽음이라는 걸, 오늘 다시금 생각한다.

내가 이런 생각에 잠긴 건, 누군가에게 편지를 쓸 때였다. 그렇게 서글프거나 쓸쓸하지 않았다. 다만 몸속 깊숙한 곳에 살며시, 너무나 고요한 무언가가 잠들어 있었다.

편지를 쓰는 일은 익숙하지 않다. 아니, 편지라는 걸 써본 적이 딱 한 번밖에 없다.

그래도 펜을 들어 글자를 써 내려가고 있자니 과거가 내게 속삭인다.

방정맞을지 몰라도 마치 주마등처럼 혹은 꽃잎을 떨어뜨리는 강한 봄바람처럼 갖가지 광경이 마음속에서 흩날렸다.

외톨이가 되어 울던 일. 누군가가 손을 내밀어 주었던 일. 기타를 가르쳐 준 사람이 있었고 함께 노래를 만들던 사람이 있었다. 벚꽃이 끝없이 떨어지던 날도.

슬프게도 추억은 왜 점점 희미해지는 걸까.

그런 생각이 떠오르자 펜을 내려놓고 책상에서 무언가를 꺼냈다. 낡은 사진이다.

도쿄에 올라온 지 얼마 되지 않았을 무렵, 짐 속에서 이 사진을 발견했다.

누가 찍었는지는 기억나지 않았다. 고등학생 때의 어느 날 라이브 공연이 끝난 뒤 찍은 사진이었다. 고향의 레스토랑 무대 앞에서 우리가 웃고 있다.

나를 길러준 마사후미 삼촌, 함께 밴드 활동을 했던 나이 많은 멤버들이 있다.

초등학생이던 내게 기타 치는 법을 가르쳐 준 록앤롤러가 그리고 고등학교 문예부실에서 함께 노래를 만들던 시인인 그가 있었다. 모두가 활짝 웃고 있다.

좋은 것만을 모은 듯한 강렬한 무언가가 그 공간에서 소용돌이치고 있었다.

나는 사진을 다시 집어넣고 노래 부를 때처럼 두 눈을 가만히 내리감았다.

최근 몇 년 사이에 얻은 것, 잃은 것을 손가락 꼽듯 헤아려 보았다. 하지만 사실 아무것도 잃은 건 없다. 나의 기억은 그립고 아름다운 일만을 비추기 시작했다.

어떤 상황, 어떤 기억 속에도 당신들이 있었다.

생명은 예술이며 누구에게나 주어진 기적이라는 사실을, 당신들이 내게 가르쳐 주었다.

제1장

시인과
록앤롤러

1

"If I were a bird, I could fly to you."

내가 인생에서 처음으로 시에 강렬하게 마음이 흔들린 건 중학교 2학년 때였다. 계절은 여름으로, 교실 밖에서는 매미 울음소리가 들끓듯 울려 퍼지고 있었다.

중학교에 들어가 배우기 시작한 고문古文 과목은 이해하기가 어려웠고 한문漢文은 더더욱 무슨 뜻인지 알 수 없었지만 영어 수업만은 발음이 듣기 좋아서 쫑긋 귀를 기울여 듣곤 했다.

"내가 만일 새라면, 너에게 날아갈 수 있을 텐데."

조금 전 영어 선생님이 읽어준 문장의 의미를 가만히

읊조려 보았다.

"하지만 새가 아니기에 날아갈 수 없다는 가정법의—"

아주 작은 희망과 결코 뒤집을 수 없는 절망을 말하고 있었다. 날개가 달린 새라면 날갯짓하여 날아갈 수 있지만 날개가 없으니 날고자 하는 소망은 이룰 수 없다.

다른 아이들에게는 별다른 감흥이 없었을지 모른다. 그러나 내게는 그 시의 문구가 가슴 깊이 와닿았다. 원래는 시라기보다 그저 예문이라고 불리는 종류의 문장인지도 모른다.

하지만 내게는 세상에서 가장 슬픈 시로 느껴졌다. 어쩌면 가장 슬픈 노래로.

"If I were a bird, I could fly to you."

쓸쓸하고 공허한 마음이 드는데도 자꾸만 그 시를 응얼거렸다. 쉬는 시간에 하늘을 바라보면서. 하굣길에 혼자 걸어가면서. 마주 보고 깔깔대는 동급생들을 멀리서 바라보면서.

그 당시부터 나는 무표정하게 학교를 다니며 다른 아이들과 어울리지 않았다.

하지만 내게는 이유가 있었다.

나는 태어날 때부터 디스렉시아dyslexia라는 발달성 난독증을 앓고 있다. 학습 장애 중 하나로 글자를 읽고 쓰기가 상당히 어려운 상태다.

글자를 글자로 인식하지 못해서 글을 읽는 데도, 쓰는 데도 시간이 무척 오래 걸린다.

발달성 난독증을 갖고 태어나는 아이가 열 명 중 한 명 비율인 국가도 있다고 하지만 일반적으로는 잘 알려지지 않은 증상이다. 교사 중에도 모르는 사람들이 있어 그저 게으르고 의욕 없는 학생이라고 오해를 받기도 했다. 그래서인지 초등학생 때는 아이들에게 따돌림과 괴롭힘을 많이 당했다.

글자를 제대로 읽고 쓰지 못한다는 건 학교생활에 치명적이었다.

그래서 이사를 가 새로운 중학교에 다니기 시작한 뒤로는 내가 난독증을 겪고 있다는 사실을 동급생들에게 숨겼다. 비밀을 유지하기가 쉽지 않았으나 아이들과 가까이 지내지 않으면 어떻게든 넘길 수 있을 거라 생각했다. 그렇다 보니 늘 친구가 없었다. 사람들과 엮이지 않으려고 동아리 활동도 하지 않았다.

수업이 끝나면 곧장 집으로 돌아가거나 록앤롤러가 작업실 겸 생활 공간으로 사용하는 단독주택에 들러 기타를 치며 시간을 보냈다.

이런 습관은 고등학교 2학년이 된 뒤로도 변함이 없었다.

"뭐야, 아야네 와 있었네."

학교 수업을 마치고 거실에서 기타를 치고 있는데 지하 스튜디오에서 음악 작업을 하던 록앤롤러가 모습을 드러냈다.

록앤롤러의 본명은 이토 켄지다. 얼마 뒤면 마흔이라는데 긴 머리에 이목구비가 반듯해서 나이에 비해 꽤 젊어 보였다.

친구나 지인들은 켄 혹은 켄 씨라고 부르지만 나는 친밀감을 담아 마음속으로 록앤롤러라고 불렀다. 무뚝뚝하면서도 자상한, 나만의 음악 스승이다.

옛날에는 레코드 회사에 소속되어 프로 스튜디오 뮤지션으로 활동했다고 한다. 하지만 언제부터인가 레코드 회사와 계약을 해지하고 프리랜서로 일하고 있다.

"다녀왔습니다!"

"여기 너희 집 아닌데."

"너무해, 너무해. 켄 아저씨가 너무해!"

기타 음에 내 맘대로 가사를 붙여 노래하자 그는 여느 때처럼 피식, 하고 웃었다.

그와의 첫 만남은 초등학교 4학년 때로 거슬러 올라간다.

내가 난독증 판명을 받은 것은 초등학교 3학년 때로 그 무렵까지는 엄마와 둘이 살고 있었다.

엄마는 자신에게도 타인에게도 엄격하고 진지한 사람이었던 듯하다.

그랬기에 오히려 긴장의 실이 끊어졌을 때 그로 인한 반동이 컸던 것인지, 도저히 내가 같은 또래 아이들처럼 글을 읽고 쓸 수 없다는 사실이 밝혀지자 어느 날 홀연히 집을 나가 자취를 감췄다.

우울한 이야기라 자세히 말하진 않겠지만 그렇게 나는 혼자 남게 되었고 당시 이탈리안 레스토랑에서 셰프로 근무하던, 엄마의 남동생 마사후미 삼촌이 나를 데려다 키워주었다.

솔직히 말해서, 내 존재는 무거운 짐이었을 것이다.

하지만 마사후미 삼촌은 옛날부터 지나칠 정도로 자상했다. 갑작스레 누나의 딸을 떠맡게 되었음에도 싫은 내색 하나 없이 부모 역할을 하며 나를 키워주고 있다.

그 마사후미 삼촌은 취미로 밴드 활동을 한다. 라이브 공연을 할 수 있는, 무대가 갖춰진 레스토랑을 여는 게 오랜 꿈이었고 동년배 친구들인 밴드 멤버들을 소중히 여겼다.

그 멤버 중에 록앤롤러가 있었다.

초등학교 4학년 때의 어느 휴일, 집 안에만 틀어박혀 있는 내가 걱정되었는지 마사후미 삼촌이 라이브 공연에 데려가 밴드 멤버들을 소개해 주었다. 그곳에서 나는 그를 만났다.

"이 아이가 마사의 조카딸이구나."

"응. 공연 보여주려고 데리고 왔어. 앞으로 잘 지내줘."

처음에 나는 록앤롤러는 물론이고 밴드 멤버들이 다 무서웠다. 나보다 나이가 훨씬 많은 어른이기도 했고 내가 보통 아이들과 다르다는 걸 절실히 느끼고 있기 때문이기도 했다.

이 나이에 글자를 제대로 읽고 쓰지 못한다는 걸 알면 어떤 표정을 지을까.

하지만 그들은 내 상태를 삼촌에게 미리 전해 들은 모양이었다.

"잘 부탁해. 나는 이토 켄지라고 해. 네 이름은 뭐니?"

"아야네예요. 도사카 아야네."

"아야네로구나. 어떤 한자를 쓰는지는 몰라도 예쁜 이름이네."

다른 어른들과 달리 그들은 나를 가여워하는 눈빛으로

보지 않았다. 지나칠 정도로 상냥하게 대하지도, 반대로 거리를 두지도 않았다. 그저 편하게 대해주었다.

별것 아닌 일 같아도 내게는 무척 중요했다. 나는 항상 평범하지 않은 아이로 취급받아 왔다. 하지만 그들 앞에서는 달랐다. 그들을 만나 이야기하는 게 점점 더 즐거워졌다.

그들의 밴드는 다섯 명으로 구성되어 있었다. 기타와 베이스, 드럼에 키보드. 그리고 중심에서 보컬을 맡은 마사후미 삼촌. 활기차면서도 품위가 있었고, 웃음이 떠날 새 없이 항상 유쾌했다. 내가 모르는 팝송을 커버해 다양한 장소에서 연주했다.

이렇게 모두와 함께 있는 시간은 무척 즐거웠지만 학교만 생각하면 우울해졌다.

할 수만 있다면 나도 다른 아이들처럼 해맑게 웃으며 학교에 다니고 싶었다. 하지만 쉬운 일이 아니었다. 학교에 가면 애들이 괴롭힐 거라는 걸 잘 알았다.

그런데도 어떻게든 꾹 참고 매일 학교에 갔다. 등교 거부 같은 일을 저질러 항상 밤늦게까지 일하는 마사후미 삼촌의 속을 썩이고 싶지 않았다.

학교 수업을 마치고 아파트로 돌아오면 기운이 쭉 빠져 있기 일쑤였다. 나는 그저 빨리 록앤롤러와 아저씨들을 만나고 싶었다. 하지만 다음 라이브 공연까지는 아직 한참 남아 있다. 앞으로 며칠이나 더 욕설과 괴롭힘을 견뎌야 하는 걸까.

도와달라고 말하고 싶었지만 나는 이미 마사후미 삼촌에게 커다란 도움을 받고 있다. 더 이상 도와달라고 말할 수는 없다. 모두를 만날 날을 꿈꾸며 솔솔 잠에 빠져들었다.

이제 와 되돌아봐도 그늘진 초등학생이었던 것 같다. 하지만 그게 내 현실이었다.

바꿀 수도 없고, 바뀔 일도 없다고 믿었던 나의 현실…….

"일어났니?"

그런 나날을 보내던 어느 날, 잠에서 깨어나니 익숙한 목소리가 들렸다. 학교에서 돌아온 뒤 거실 소파에서 잠이 든 모양이었다. 실내가 다홍빛으로 물들어 있어 해 질 녘이라는 걸 알았다.

놀라서 얼굴을 들었더니 록앤롤러가 옆에 앉아 있었다. 꿈인지 현실인지 분간할 수 없었다. 지금이 현실이고 조금 전까지가 꿈이었나? 생각지도 않았는데 만나고 싶었던 사람을 마주하자 이상하게 당황스러웠다. 왠지 눈물이 날 것만 같았다.

"켄, 아저씨? 어쩐 일이세요?"

"마사 삼촌이랑 할 얘기가 있어서 들렀는데 오늘 일하러 가는 날이더라고. 벨을 눌러도 답은 없고, 문이 열려 있어서 무슨 일인가 싶어 들어와 본 거야."

── 아야네가 걱정돼서 말이지, 잠시 들여다봐 줄래? 난독증에 대해선 학교에 말해놨고 아야네도 괜찮다고는 하는데 왠지 무리해서 다니고 있는 것 같아. 켄을 잘 따르니까 한번 얘기 좀 들어봐 줘.

마사후미 삼촌이 그렇게 부탁했다는 걸, 당시의 나는 전혀 알지 못했다.

록앤롤러는 내게 처음 생긴 친구 같은 존재였다.

키가 크고 멋있어서 라이브 공연이 끝나면 다들 몰려와 말을 걸어올 만큼 인기가 많았다. 그럼에도 나 같은 아이까지 잘 챙겨주었다.

그런 록앤롤러가 불쑥 나타나자 나는 그때까지 내 마음속에 불안감이 도사리고 있었다는 걸 깨달았다.

"자다 깨서 그런가? 오늘은 기운이 없네."

그렇지 않아요, 하고 대답하려는데 느닷없이 눈물이 터져 나왔다. 도와주세요.

"나……. 이 세상이, 싫어."

막 잠에서 깬 참이라 목소리가 잠겨 있었다. 수분이 부족한 걸지도 모른다. 그런데 부족한 수분이 눈에서 끝없이 흘러나왔다.

록앤롤러는 허리를 숙이고 내게 물었다.

"무슨 안 좋은 일 있었니? 삼촌한테 말하기 어려우면 나한테 해봐."

"……다들 나보고 바보래요. 글자도 못 읽고 쓰지도 못한다고."

한 번도 칭찬을 받아본 적이 없는 인생, 그게 바로 나다. 열등감으로 똘똘 뭉쳐 있는 아이.

선생님은 난감해하는 얼굴로 내가 할 수 없는 일들만 나열하곤 했다. 그 앞에서 나는 작아질 수밖에 없었다. 작은 아이를 더 작아지게 하다니 학교는 가혹한 곳이다.

울면서 마음을 털어놓자 록앤롤러가 내 머리에 손을 갖다 댔다. 그러고는 달래듯이 부드럽게 쓰다듬으며 "힘들었겠네"라고 위로해 주었다. 나도 모르게 그의 다리를 붙잡고 매달렸다. 어른에게 그런 행동을 하는 건 처음이었다. 왠지 그에게는 거리낌없이 기댔다.

꼬마 아이처럼 엉엉 울면서 하루빨리 아저씨만큼 다리가 길어졌으면 좋겠다고 생각했다. 긴 다리로 성큼성큼 괴로운 일에서 멀리 도망가고 싶었다.

저녁노을이 비쳐 들어오는 집 안에서 고요한 시간이 흘러갔다. 실컷 울고 나니 마음이 조금은 진정되었다. 얼굴을 떼고 콧물을 훌쩍거리는데 머리 위에서 목소리가 들렸다.

"마음이 좀 가라앉았니?"

"……네."

"그런데 아야네, 네가 힘들어하는 일 말이야."

그 말에 놀라 얼굴을 들었다. 록앤롤러는 나와 눈이 마주치자 잠깐 뜸을 들였다가 다정한 목소리로 또렷하게 말했다.

"잘 들어, 아야네. 네가 싫으면 억지로 학교에 가지 않아도 돼."

"네?"

"학교가 세상의 전부는 아니야. 너에 대해 잘 알지도 못하면서 함부로 말하는 녀석들까지 애써 좋아할 필요는 없어."

이런 말은 처음 들었다.

무슨 일이 있어도 학교는 다녀야 한다, 모두와 사이좋게 지내야 한다, 머리가 좋아야 한다.

보통의 가치관과는 다른 말을 하고 있었다. 그뿐만 아

니라…….

그는 어색해하면서도 웃음을 띠고 내 눈을 가만히 바라보았다.

"그래도 이 세상만은, 가능한 한 좋아하는 게 좋지."

그로부터 몇 년이 흐르는 동안에도 나는 이날을 수없이 떠올렸다. 하늘이 석양으로 붉게 타오르던 모습, 눈물이 차올라 눈가가 뜨거워졌던 일, 록앤롤러가 더없이 다정했던 기억.

"그건, 왜요?"

"그러면 좋은 일이 많이 생기거든."

초등학생인 나에게는 어려운 말이었다. 학교 친구들은 좋아하지 않아도 괜찮지만 이 세상만은 좋아하는 게 좋다.

"글쎄……. 좋은 일 같은 건 안 생겨도 돼."

"나쁜 일만 있어도 괜찮다는 거야?"

"이미 나쁜 일만 있는걸."

"그럼 조금이라도 세상을 좋아할 수 있도록 내가 특별한 걸 선물해 줄게. 잠깐만 있어 봐."

록앤롤러는 자신이 타고 다니는, 낡고 작지만 멋지고 독특한 외제차에 뭔가를 가지러 갔다. 그리고 돌아올 때는 손에 기타가 들려 있었다.

자그마해서 초등학생도 들 수 있는 어쿠스틱 기타였다. 나의 첫 악기.

"그거, 켄 아저씨가 늘 치는 거랑 같은 거야?"

"내 건 일렉트릭 어쿠스틱 기타라 엄밀히 말하면 다르지만…… 비슷한 거지. 심심하면 한번 쳐봐."

"……별로 심심하지 않은데."

나는 울었다는 사실이 새삼 창피해서 퉁명스럽게 대꾸했다. 그런 나에게 록앤롤러는 "자, 어서 쳐봐" 하며 기타를 건네주었다.

처음에는 기타를 어떻게 잡아야 하는지도 몰랐고 줄이 단단해서 제대로 칠 수도 없었다. 하지만 아저씨가 하나하나 자상하게 가르쳐 주자 간단한 음이지만 점차 소리가 나기 시작했다.

"그렇지. 소질이 있네. 잘하는걸."

내가 기억하는 한 인생에서 처음 들은 칭찬이었다. 칭찬을 들으니 묘하게 어색하면서도 한편으로는 가슴이 따뜻해졌다. 왠지 기뻐서 띵띵 기타 줄을 계속 튕겼다.

"좋았어, 그럼 내일은 코드 잡는 법을 가르쳐 줄게. 그다음엔 악보 읽는 법도."

"악보? 그게, 난 글자를 못 읽어서……."

"악보라면 읽을 수 있을지도 몰라. 만약 못 읽더라도 내가 하나하나 가르쳐 주면 돼."

"그럼, 여러 가지 곡을 칠 수 있게 돼?"

"그렇지. 어때? 조금은 이 세상이 좋아졌어?"

"……생각해 볼게."

"대답이 뭐 그래?"

그날 록앤롤러는 나에게 음악을 선사해 주었다. 지금까지 음을 연주하지 못했던 세계에서 음을 내는 법을 가르쳐 주었다.

부모 없는 나를 거둬서 키워주고 있는 마사후미 삼촌을 정말 좋아하고 존경한다. 하지만 폐를 끼치는 입장에서 미안한 마음에 응석을 부리거나 무턱대고 기댈 수만은 없었다.

밴드 멤버들은 달랐다. 미안해하거나 주눅 들 필요가 없다. 그들은 까불거리고 당돌한 아이를 오히려 재미있어했다.

그 이후로 록앤롤러와 밴드 멤버들은 나를 만날 때마다 기타를 가르쳐 주었다. 나는 달리 할 일이 없었기에 매일같이 기타를 쳤다. 그러면서 초등학교에는 계속 다녔다. 아이들은 여전히 나를 놀리고 웃음거리로 삼았으며 선생님들은 곤란해하는 표정을 지었지만 나는 한 가지 결심을 했다.

마사후미 삼촌에게 학교에서 내가 어떻게 지내고 있는지를 털어놓기로 마음먹은 것이다. 초등학생이었지만 돌이켜 보면 내 인생에서 가장 힘들고 고민이 많은 시기였다. 여러 어른과 상의했고, 마사후미 삼촌이 나를 이해하고 용기를 준 덕분에 초등학교를 그만두었다.

그 대신 난독증을 이해하고 배려받을 수 있는 프리스쿨(등교를 거부하는 아이들이 일반 학교 대신에 다니면서 학습이나 체험 활동을 하는 민간 교육 시설을 일컫는다)에 다니게 되었다.

아무리 노력해도 자유롭게 글자를 읽고 쓸 수는 없었으나 동영상 혹은 음성 교재를 활용한 덕에 학습에 대한 거부감이 줄어들었다. 수업이 끝난 후 마사후미 삼촌이 데리러 오지 못할 때는 록앤롤러나 다른 밴드 멤버들이 와주었다. 그때마다 모두 함께 저녁을 먹는 것이 일상의 기쁨이었다.

학교만이 내 세계의 전부가 아니다. 그 사실을 깨닫게 해준 록앤롤러 덕분에 삶에서 심각한 고민이 어느 정도 빠져나갔다. 심각한 초등학생이라니, 그런 존재가 있어서는 안 되는 거였다.

5학년이 되자 주변 환경도 조금씩 달라지기 시작했다. 마사후미 삼촌이 고향의 시골 마을에서 레스토랑을 열기로 한 것이다. 그토록 염원하던, 무대가 갖춰진 가게였다. 삼촌은 독립해 가게를 열면서 밴드에서 빠졌고 밴드 멤버들은 자연스럽게 삼촌의 가게에서 연주하게 되었다.

아직 어른들이 걱정하긴 했지만 나는 중학생이 되면서 일반 학교에 다니기로 했다. 학교는 역시 불편하고 거북했다. 그럼에도 난독증을 숨기는 요령을 터득해 그럭저럭 지낼 수 있었다.

그보다 그 무렵부터 모두와 밴드를 시작했다는 사실이 중요했다. 삼촌이 빠지면서 보컬 없이 악기 연주만을 선보이는 인스트루멘털 밴드가 되었기에, 모두 재미있을 것 같다며 나를 보컬로 불러들였다.

노래를 불러본 경험은 거의 없었지만 기타를 배울 때처럼 하면 할수록 잘 부르게 되었다. 나는 음악을 하기에 너무나도 좋은 환경에 둘러싸여 있었다. 절반은 취미였다곤 하지만 수십 년 동안 음악을 계속해 온 밴드 멤버들이 보컬 트레이닝까지 시켜주었다.

글자를 읽고 쓰는 일과는 다르게 노래와 기타는 연습하

면 할수록 성과가 나타났다.

처음에는 잘 부르지 못한다고 웃음거리가 되었던 노래도 점차 사람들에게 들려줄 수 있을 만큼 실력이 늘었다. 마사후미 삼촌이 문을 연 레스토랑에서 커버곡을 부를 수 있을 정도로.

음악은 그렇게 내 인생에서 빼놓을 수 없는 존재가 되어 갔다.

"여어, 아야네, 왜 그래?"

한참 추억에 빠져 있는데 나를 흘낏 바라보는 록앤롤러와 눈이 마주쳤다.

나는 지금 내가 어디에 있는지 떠올렸다. 학교가 끝나고 그의 집에 와서 이상한 노래를 부르고 있었다.

"아, 미안. 아무 일도 아니에요."

"학교에서 무슨 안 좋은 일이라도 있었어?"

"무슨, 걱정 많은 아버지같이. 괜찮다니까요. 이제 초등학생이 아닌걸."

고등학교 2학년. 초등학생 때보다 조금 어른이 된 지금은 누구나 크든 작든 나처럼 공허함이나 결핍을 안고 살아간다는 사실을 알고 있다.

나는 이따금 록앤롤러에게서 어렴풋이 공허함을 엿보

곤 한다. 다른 밴드 멤버들에게 듣기론, 예전에 그에게 아내가 있었다고 한다. 딸도 태어날 뻔했던 모양이다.

하지만 출산 중 예기치 못한 사고로 아내도 딸도 잃었다. 록앤롤러가 절대 자신의 입으로 말하지 않는 공허함 가운데 하나다.

"그런가? 그럼 창작곡은 어때? 잘돼 가?"

가슴 아픈 생각에 잠겨 있는데, 그가 물었다. 뭐라 대답해야 할지 몰라 순간 멈칫했다가 솔직히 말했다.

"……난항을 겪고 있어요."

"난항 정도가 아니라 대파되거나 좌초할 것 같은데?"

"응? 그게 무슨 뜻이에요?"

"난항이란 배가 순조롭게 나아가지 못한다는 말이잖아. 그 배에 구멍이 뚫려 심하게 부서지거나 암초에 걸려 움직일 수 없게 될 것 같다는 의미지."

언어를 소리로만 받아들일 수 있는 나는 종종 농담을 잘 알아듣지 못한다. 그럴 때면 록앤롤러가 자상하게 설명해 주었고 나는 "그런 거였어?" 하고 감탄하며 나의 세계와 어휘를 점점 넓혀나갔다.

"어쨌든, 너만의 곡을 만들어봐. 가사도 같이. 이제 여름방학이 시작되면 다른 멤버들도 분명 본격적으로 채근할걸."

고등학교 2학년이 된 지금까지도 나는 록앤롤러는 물론이고 다른 밴드 멤버들과 잘 지내고 있었다. 하지만 그들은 커버곡만 부르는 내게 창작곡을 만들라고 주문하기 시작했다. 곡을 만들지 못하면 더 이상 밴드에 머물 수 없을 거라며 짓궂게 굴었다. 하지만 사실은 단순히 짓궂은 요구가 아니라는 걸 나는 너무나도 잘 알고 있다.

"이제 아야네도 고등학교 2학년이잖아. 너는 우리처럼 음악을 단순한 도피처로 삼지 마."

어른이라는 사람들은 가끔 이런 말을 한다. 지금까지 모든 게 순조로움에도, 아무 문제 없을 텐데도 갑자기 홀로서기를 시키려 한다.

내가 음악으로 도망치고 있다는 건 부정할 수 없을지도 모른다. 하지만 음악으로 인생을 개척하고 싶다는 생각은 없었다. 내가 그렇게까지 할 수 있을 리 없으니까.

단지 평범하게 살고 싶다. 어떻게든 일자리를 찾아 이 마을에서 모두와 함께 평범하게 살고 싶다. 마사후미 삼촌이 운영하는 레스토랑에서 가끔 라이브 공연을 할 수 있다면. 그걸로 충분한데…….

"참견하는 김에 묻는 건데, 새로 올라간 반에서 친구는 생겼어?"

"괜찮아, 친구 같은 거 없어도……. 삼촌하고 아저씨들
만 있으면 충분한걸."

이 대답처럼 나에게 친구 같은 건 필요 없었다. 학교에
서는 나 자신을 지키는 것만으로도 버거워서 아무에게도
마음을 열고 싶지 않았고, 나를 이해해 주길 바라지도 않
았다.

그렇다. 적어도 그때까지, 나는 분명히 그렇게 생각했다.

그러던 내가 같은 반 남학생과 함께 노래를 만들게 될
줄은 꿈에도 몰랐다. 시인인 그와 처음으로 대화를 나눈
건, 그로부터 약 3개월 뒤의 일이었다.

2

미즈시마 하루토.

나중에 내가 마음속으로 '시인 군'이라고 부르게 된 남
학생의 이름이다.

쉽게 설명할 수 없을 정도로 그와의 인연은 깊어져 갔
다. 다만 여기서는 가능한 한 간결하게 말하려고 한다.

그와는 2학년 때 처음 같은 반이 되었다.

우리는 정반대의 학생이었다. 열등생인 나와 달리 그는 모범생이자 우등생이었다. 선생님들에게도 상당히 신뢰받는 듯했고, 내가 겨우 턱걸이로 들어간 고등학교와는 어울리지 않을 정도로 공부도 잘하는 모양이었다.

여름방학이 끝난 다음 주 점심시간에 우리는 우연히 교무실에 함께 있었다. 이것이 모든 일의 시작이었다.

먼저 교무실에 있던 사람은 나였다. 교무주임 선생님이 2학기 학습 계획에 관해 이야기하자며 나를 불렀던 것이다. 난독증을 겪고 있는 나는 어떤 의미에서 문제아였고, 선생님들도 어떻게 대처해야 할지 모르는 듯했다. 노년의 교무주임 선생님도 마찬가지였다.

교무주임인 후지타 선생님과 무난한 대화를 주고받았다. 형식적인 대화였다.

선생님도 나도 이 대화에 아무런 진전도, 해결책도 없다는 사실을 잘 알았다.

시큰둥하게 이야기를 나누던 중 마침 교무실로 들어온 누군가를 발견한 후지타 선생님이 밝은 목소리로 말을 건넸다.

"미즈시마. 혹시 문예대회에 낼 원고 다 된 건가?"

"엇…… 아, 네."

맑은 물 같은 목소리가 들려 눈을 돌렸다. 시선의 끝에 그가 있었다.

이유는 모르겠지만 국어 과목을 담당하는 후지타 선생님과 그 애 사이에 특별한 친근감이 자리하고 있다는 게 느껴졌다. 선생님이 웃으며 손짓하자 그 애가 내 옆으로 다가왔다. 무슨 용무일까? 궁금해하고 있자니, 그 애가 나를 신경 쓰면서 원고 용지를 선생님에게 내밀었다.

"오, 드디어 완성했군. 어떻게 달라졌는지 기대되는걸. 좀 읽어보마."

나와의 대화를 중단한 선생님이 기쁜 듯 원고지를 들여다보았다. 아무래도 소리 내어 읽으려는 듯 선생님이 헛기침하며 목소리를 가다듬자 그가 당황했다. 선생님은 전혀 개의치 않고 시를 읽기 시작했다. 그리고 —— **그 일**이 일어났다.

처음 들었을 때, 나는 연결되는 말들이 무엇을 의미하는지 바로 이해하지 못했다.

한 문장이 지나고, 두 문장이 지나고, 그것이 시라는 것을 알았다. 조용하다고는 할 수 없는 점심시간의 교무실에서 귀가 희한하게 맑아졌으며 곧이어 피부가 오싹할 정도로 떨리는 것이 느껴졌다.

학교에서는 항상 어떤 일에도 무심했던 내 눈이 저절로 동그래졌다. 그런 경험은 처음이라 놀라면서도 시에 집중하려고 노래할 때처럼 가만히 눈을 감았다.

그제야 알았다. 시가 이렇게도 절실하고 깊이 있으며 자유롭다는 것을. 뻔한 말 같으면서도 새롭고, 시이면서 노래 같기도 하고…….

여름의 끝자락이던 그날, 선생님이 교무실에서 그의 시를 정성껏 읽어내렸다. 수업 시간에 좋아하는 작가의 시를 낭독할 때처럼 열정적인 어조로.

"응, 잘 썼는데. 올해 문예대회도 기대되는군."

시를 다 읽은 선생님이 만족스러운 듯 웃었다. 나는 눈을 떴다. 그리고 왠지 모르게 쓸쓸해졌다. 방금 들은 시의 세계는 어떤 의미에서 완벽했다. 과하지도 모자라지도 않고 비교도 없다. 미래도 과거도 없다. 그곳에 있는 것만으로도 마음이 충만해졌다. 노래를 부르는, 그 순간과 아주 닮아 있었다…….

하지만 눈을 뜨면 세상은 이렇게나 유한하고 빈약했다.

문예대회에 응모할 시를 제출한 그는 용무가 끝나자 교무실을 나갔다. 후지타 선생님이 중단했던 우리의 대화를 다시 이어나갔지만 나는 마음속으로 그의 시를 곱씹어 보고 있었다. 선생님과 이야기를 마치고 교무실을 나왔을 때 약간 놀랐다. 그가 문 옆에 서 있었기 때문이다. 그 순간, 아주 잠깐 눈이 마주쳤다. 그는 나를 기다리고 있었는지 "저기……" 하고 말을 꺼냈다.

"왜?"

고등학생 때 내 별명은 '철의 여인'이었다. 철가면을 쓴 듯 무표정하게 누구에게나 거리를 두고 냉철하게 행동했다. 그런 내 앞에서 그는 확실히 주눅 들어 있었다. 그래서 나는 물었다.

"미즈시마, 너 시 써?"

얼마 만일까. 학교에서 내가 먼저 누군가에게 말을 건넨 게.

그는 느닷없는 내 질문에 놀란 듯하더니 왠지 슬픈 듯이 웃었다.

"어, 으응. 그거 말인데."

"알리고 싶지 않았던 거야? 문예대회에도 낸다며?"

"가능하면 반 애들한테는 비밀로 해줄래?"

"말할 사람도 없어."

그와 나눈 첫 대화는 간결하고 건조했다. 그는 시를 쓰고 있다는 사실을 비밀로 하고 있는 듯했다. 그런데 내게 들켜서 당황했는지 모른다.

"아, 근데……."

너의 시는 내 마음을 가득 채웠어.

너의 시는 너무도, 아름다웠어.

나는 아마도 그런 말을 하고 싶었을 것이다. 비밀로 하지 않아도 될 일이라고.

"아무것도 아냐."

하지만 입 밖으로 꺼낼 용기가 없어서 다른 말로 얼버무리고는 그 자리를 떠났다.

나는 가능한 한 아이들과 가까워지지 않으려 애쓰고 있었다. 가까워지면 들키고 만다. 내가 비밀로 하고 싶은 일, 그냥 내버려뒀으면 하고 바라는 일을.

점심시간에 학교 건물은 온통 학생들의 목소리로 시끌벅적했다. 나는 평소처럼 귀에 이어폰을 끼고 나만의 세계로 빠져들었다. 음악으로 가득한, 어디로도 갈 수 없지만 익숙한 세계로.

아직도 가사를 찾지 못한 창작곡을 들으며 혼자 시간을 보낼 수 있는 옥상으로 향했다. 옥상으로 올라가는 동안에도 그의 시가 마음속에 떠올랐다.

그의 시는 다양한 자연을 소재로 삼고 있었다. 꽃이 있고, 바람이 있고, 구름이 있다. 그런 자연을 멀리서 바라보는 심정이 담겨 있다. 위로의 말은 없지만 그럼에도 아름다운 감정이 들어 있었다.

분명 나도 알고 있는 어휘인데 다른 조합으로 엮이자 완전히 다른 정취로 와닿았다. 어떻게 하면 그렇게 아름다우면서도 쓸쓸한 시를 쓸 수 있을까. 어쩌면 노래와도 비슷했다.

나는 시험 삼아 그의 시를 곡에 얹었다. 그저 충동적으로 저지른 일이었다. 그 정도였다.

"……어?"

계속 걸음을 옮기던 내 발이 어느새 멈춰 있었다. 순간, 무슨 일이 벌어진 건지 알 수 없었다. 반은 장난으로 그가 쓴 시를 기타의 음색에 입혔다. 그러자…….

지금까지 들어본 적 없는, 노래 같은 것이 되어 있었다.

복도 끝에 기대어 음악을 멈췄다. 마음을 가라앉히고 다시 한번 같은 작업을 반복했다. 내 안에서 팽팽한 무언가가 생겨나고 심장이 뛰는 걸 느끼며 두 번, 세 번, 계속해서 시를 곡에 실었다.

노래를 불러보기 전에는 확실하지 않다. 하지만, 이건 어쩌면…….

무심코 하늘을 바라보니 여름 끝자락의 보송보송한 푸르름이 끝없이 펼쳐져 있었다. 줄곧 찾고 있던 답을 의도치 않게 얻은 기분이었다.

다시 발걸음을 떼어 옥상으로 올라갔다. 분명 걷고 있다고 생각했는데 정신을 차려보니 어느새 뛰고 있었다. 옥상에는 여전히 사람이 없었다. 나는 옥상 한가운데 서서 깊은숨을 내뱉었다.

지금 여기서 시도해 볼 작정이었다. 눈을 내리감고 새로운 공기를 들이마시며.

다음 순간에는 시가 가사가 되고, 노래가 되어 내 입에서 흘러나왔다.

아니, 이건 아니다. 한 번으로는 완전해지지 않았다. 하지만 예감이 있었다. 이건 분명 노래가 될 거야. 가사는 그대로 둔 채 템포와 멜로디를 바꿔가면서 나는 그렇게 시를 노래로 만들고자 애썼다.

그러면서 시를 쓴 그 애를 생각했다. 그는 나와 정반대인 사람이다. 우등생으로 선생님들에게 예쁨을 받고 있으며 교실에서도 자신의 자리가 확실하다. 미래가 있는 사람이다. 훨훨 날아서 어디로든 갈 수 있는 미래가.

그런데 가끔 교실에서 깜박깜박 빛을 낸다. 나는 시선

의 한쪽 끝에서 그 빛을 확인했다.

그것은 고독과 비슷하고 쓸쓸함과도 닮은 공허한 빛이었다. 왜 그에게서 그런 빛이 새어 나오는지는 모른다. 내 착각일 수도 있다.

다만 역시 그는 때때로 쓸쓸한 빛을 흘리고 있었다. 교과서를 들여다볼 때. 수업 중 창밖을 바라볼 때. 친구들과 웃고 있을 때조차도.

그의 내면 깊은 곳에서 끌어올려진 외로움이 시에 감돌고 있는 것 같았다.

그런 느낌에 의지해 끝까지 노래를 불렀다. 만족스럽게 완성되었을 때에야 비로소 감았던 눈을 떴다.

"완성했어……."

내가 처음으로 만든 창작곡이었다. 고등학교 2학년 여름방학이 다 끝나가도록, 수없이 도전했음에도 결국 만들지 못했던, 나만의 노래.

만족감이라고도 성취감이라고도 할 수 있는 감회에 젖으며, 이 노래가 내 안에서 사라지기 전에 서둘러 녹음 앱을 열었다. 무사히 녹음을 마치고 나니 왠지 나비를 잡는 과정과 비슷하다는 생각에 웃음이 나왔다. 학교에서 웃어 본 게 얼마 만인가.

긴장이 풀어지자 그늘을 찾아가 하늘을 보고 누웠다.

냉정히 생각해 보면 이걸로 문제가 해결된 건 아니었다. 그에게 사정을 설명하고 시를 빌릴 수는 있겠지만 밴드 멤버들이 원하는 곡은 아닐 터였다.

하늘을 바라보고 있는데 종이 울렸다. 점심시간이 끝났음을 알리는 예비종이다. 아래층에서 학생들이 바삐 움직이는 소리가 들렸다. 우등생인 그도 분명 수업 준비를 시작할 테지.

──그가 내 곡에 가사를 붙여준다면 과연 어떤 노래가 만들어질까.

머리 위에서 구름이 흘러가듯, 그런 생각이 머릿속을 흘러 지나갔다.

조금 전 완성한 노래는 시를 기본으로 했기 때문에 짧고 독특하며 어딘가 빈틈이 있었다. 그건 그럴 수밖에 없다. 원래 노래를 만들기 위한 가사가 아니었으니까. 만약 노래로 부르기 위한 가사를 그가 쓴다면?

나는 아무리 애써도 만족스러운 가사를 쓰지 못했다. 사람의 마음을 움직일 수가 없다. 혹시 그라면 가능할까. 어딘가 나와 비슷한 쓸쓸함을 지닌, 그 애라면.

몸을 일으켜 무릎을 끌어안고 생각에 잠겼다. 수업 시

작을 알리는 종소리가 울렸는데도 그 자리를 뜰 수가 없었다.

그대로 있자니 시야 안에서 무언가가 움직였다. 이 시골 마을에서 자주 보이는 새가 날개를 펴고 하늘을 가로지르고 있었다. 중학생 때 내 마음을 뒤흔들었던 그 시가 나도 모르게 입에서 흘러나왔다.

"If I were a bird, I could fly to you."

날개가 없는 나는 날 수 없다는 걸 잘 알고 있다. 하지만…… 불러보고 싶은 노래는, 있다.

마음을 굳힌 나는 주머니에서 수첩을 꺼냈다. 중학교 때와는 달리, 이 학교에는 학생 수첩이 있다. 시간을 들여 수첩의 빈 페이지에 메시지 앱의 아이디를 적었다.

방과 후까지 기다릴까도 생각해 봤지만 그러면 막상 겁이 나서 말을 걸지 못할 것 같았다.

나는 교실로 돌아가 선생님께, 늦게 들어와서 죄송하다고 말씀드렸다. 선생님들은 모두 내 증상을 알고 있었다. 나를 어떻게 대해야 할지 몰라서인지 별다른 말은 하지 않는다.

그에게로 시선을 돌리자 교무실에서의 일 때문인지 나를 보고 있었다.

그의 자리로 다가가 둥글게 뭉친 종이를 책상 위에 툭 던져놓았다. 내가 자리로 돌아와 앉자 그가 놀란 표정으로 내게 시선을 돌렸다. 순간 눈이 마주쳤고 그는 아무 말 없이 다시 앞을 바라보았다.

그걸로 충분하다고 생각했다. 내가 하고 싶은 말이 전해질 거라고.

실제로 내 의도를 알아차렸는지 잠시 후 메시지 앱 계정에 친구가 추가되었다. 이름을 바로 읽을 수는 없었다. 그러나 타이밍과 이런 성실한 대응을 보면 그 애인 게 분명했다. 난독증이 반 아이들에게 알려질지도 모른다는 두려움이나 밴드를 계속하는 데 도움이 될 거라는 계산 같은 건 멀리 밀려나 있었다. 그저 순수하게 그 애와 함께 노래를 만들어보고 싶었다. 마치 기도와도 같은 숨을 내쉬며, 녹음한 노래를 그에게 보냈다.

항상 무언가가 움직여 어떤 일이 시작되기 마련이지만 실은 아무것도 움직이지 않을뿐더러 시작되지도 않는다. 그런 일상 속에서 나는 무언가를 움직여 어떤 일을 시작하려 하고 있었다.

3

“그래? 고등학생인데 시를 쓴다고?”

그날 방과 후 나는 또 록앤롤러의 집으로 갔다.

“문예대회에 작품도 내고 있나 봐. 일단 오늘 들은 시가 너무 좋은 거 있죠.”

“문예대회라니……. 꽤 본격적으로 하나 보네. 어떤 시를 쓴대?”

“평소엔 잘 모르겠지만 오늘 들은 시는 노래로 만들었어. 들어볼래요?”

“노래? 그 녀석이 쓴 시를 붙여서 즉흥적으로 노래를 만들었다는 거야?”

“즉흥적이라기보다, 지금까지 만든 곡에 그 애의 시를 얹어봤어. 노래 파일을 그 애한테 보내주고 앞으로 같이 노래를 만들자고 제안했거든.”

수업이 끝난 뒤 학교 구석에 자리한 옛 동아리 건물에서 있었던 일이다. 이유는 모르겠지만 그가 지금은 사용하지 않는 낡은 부실에 드나든다는 건 알고 있었다.

수업 중에 내가 녹음한 노래를 보내자 그는 그것을 듣고 분명 놀라워했다.

단둘이 이야기하려고 메시지를 보냈다. 결국 우리는 옛 동아리 건물에서 만나기로 했다. 그를 따라 들어간 부실에는 책장이 가득 들어차 있었다. 꽤 오래전에 해체된 문예 부실을 빌려서 문예대회에 출품할 시를 쓰고 있다고 했다.

단둘이 있어 그런지 그는 한눈에도 꽤 긴장해 보였다.

"그렇게 긴장할 필요 없어. 부탁을 좀 하고 싶을 뿐이니까."

"부탁?"

다시 마주한 그는 시를 쓴다는 말이 어울리는 외모를 가지고 있었다. 섬세하고 맑으면서도 겉으로 쉽사리 드러낼 수 없는 무언가를 내면에 감추고 있는 듯한.

그런 시인 군에게 밴드에서 노래를 부르고 있다는 사실을 털어놓았다. 창작곡이 필요하다는 사실도. 무엇보다 오늘 교무실에서 그의 시를 듣고 감동했다는 것을.

제대로 전달되었는지 알 수는 없지만 장난으로 노래를 만들지는 않는다. 진심이라는 건 전해졌을지 모른다. 시인 군은 놀라워하면서도 내 이야기를 귀담아 들어주었다.

"내 시에 도사카가 흥미를 느꼈다는 건 알겠어. 그런데 부탁이라니……."

"함께 노래를 만들면 어떨까 해서. 내가 작곡하고 미즈시마가 작사하는 거야."

"아, 하지만 시를 쓴다고 해서 가사를 쓸 수 있는 건 아
냐. 해본 적도 없고."

정말로 싫다면 억지로 조를 생각은 없다. 하지만 그가
동아리 활동을 하지 않고 바로 귀가한다는 사실은 알고 있
었다. 내 노래를 듣고 조금이라도 작사에 흥미를 갖지 않
을까 하는 기대감도 있었다.

가능하면 한번 생각해 보라고 말한 뒤 내일 방과 후에
다시 만나기로 약속하고 헤어졌다. 내가 만든 곡을 시인
군에게 보냈다. 그 곡에 어울리는 가사를 써주었으면 좋겠
다는 말도 덧붙였다.

문예부실에서 있었던 일을 전부 이야기하자 록앤롤러
가 슬쩍 미소를 흘렸다.

"어, 표정이 왜 그래요?"

"네가 학교 친구 얘기를 한 게 처음이라서."

그건 사실이다. 아무 말도 못 하고 있는 내게 록앤롤러
가 웃으며 말했다.

"혹시 작사 이야기가 잘 안되더라도 그 녀석이랑 친구
하면 되겠네."

"……왜요?"

"좋은 일이 많이 생기니까."

"또 그런다. 스승님, 그 소리!"

"스승님이라고 하지 마라. 난 제자 안 받으니까."

"그런 점, 묘하게 록앤롤러 같다니까. 실제론 그냥 마음 좋은 아저씬데."

"뭐라는 거냐?"

그 뒤로는 곡을 완성하는 데 무엇이 필요한지 의논했다. 실마리를 찾지 못해 난감해하던 문제도 그는 마법처럼 기타 줄을 한 번 튕겨보고 바로 해결책을 찾아냈다.

"내친김에 전체 다 봐줄게"라고 말하기에 그의 앞에서 한 곡을 모두 쳤다.

몇 번이나 다시 쳐보라고 했지만 록앤롤러는 대체로 만족스러워했다. 그럼에도 기술력이 근본부터 달라서인지 그가 시험 삼아 연주했을 땐 완전히 다른 곡이 되어 울렸다. 우아한 그 소리는 그야말로 품격이 달랐다.

기타를 치다 보니 시간이 순식간에 흘러갔다. 삼촌이 운영하는 레스토랑 일을 도우러 가야 할 시간이었다. 내가 할 수 있는 일은 별로 많지 않았지만 고등학생이 된 뒤로는 최대한 돕고 있다.

록앤롤러에게 고맙다고 인사하고 현관으로 향했다. 그

가 배웅하러 따라 나오며 말했다.

"이제 작곡도 거의 끝난 것 같으니 편곡은 내가 해둘게. 그러니까 당분간은 안 와도 돼."

"응? 갑자기 왜요?"

신발을 신다 말고 돌아보며 묻자 그는 "말 들어" 하고 일축했다.

"좀 오면 어때서! 치사해."

"됐고. 너는 그 시인이랑 노래를 완성하라고."

한없이 자상한 사람이라는 걸 이미 다 알고 있는데 록앤롤러는 이따금 이렇게 차갑게 군다.

토라진 표정으로 바라봤더니 이번에는 마치 강아지를 쫓아내듯이 "자, 어서 가" 하며 손을 내저었다.

록앤롤러의 집에서 쫓겨나다시피 나온 나는 다음 날이 되어도 그의 행동이 이해가 가지 않아 기분이 언짢았다. 그래도 학교에는 나가서 수업을 들었다.

비록 형식적이지만 쉬는 시간에 교과서와 노트를 다음 과목으로 바꾸다가 책상 속에 넣어두었던 무언가를 발견했다.

예전에 한 남자 선배에게 받은 편지였다. 몇 번이나 말을 걸어와도 계속 모른 척했더니 그 선배가 포기하지 않고 이번에는 편지를 건네왔다.

나는 사랑을 모른다. 노래로 듣기도 하고 밴드에서 커버 곡으로 부르기도 했지만 지금까지 그럴 여유가 없었던 탓인지 누군가를 좋아해 본 적이 없다. 좋아한다는 감정이 어떤 것인지도 알지 못한다.

하지만 동급생들이 말하는 사랑에 관해 생각해 본 적은 있다.

사람들은 대부분 겉모습만 보고 이야기하는 듯했다. 편지를 건네준 남학생도 마찬가지다. 나에 대해 아무것도 모르면서 외모만 보고는 말을 걸어왔다.

가끔 생각한다. 이 세계가 동굴이었으면 좋겠다고.

빛이 비치지 않는 그곳에서는 외모도 피부색도 중요하지 않다. 사람과 사람이 마음으로 이어질 뿐이다. 자신이 진심으로 멋있다고 느끼는 건, 바로 그 상대의 마음이다.

어딘가에 정말로 아름다운 것이 없을까 하고 나는 계속 찾고 있는 듯하다. 설령 내 안에 없다 해도 좋다. 어딘가에 존재한다는 사실만이라도 알 수 있다면…….

어느덧 수업이 끝나 있었다. 귀에 담아 남은 말도 있고 놓쳐버린 이야기도 있다. 제각각 다양하지만 이것이 나의 하루다.

무언가 조금이라도 남아 있으면 된다. 이따금 기도하듯 그런 생각을 한다.

시인 군과 만나기로 약속했기에 낡은 동아리 건물로 향했다. 교실 건물 현관 신발장 앞에서 신발을 갈아 신고는 남들이 다니지 않는 조용한 길로 걸어갔다. 그때 등 뒤에서 이상한 기척이 느껴졌다. 그 기척은 내게 점점 가까워지고 있었다. 지금까지도 여러 번 느꼈던 감각이다. 이건 아마도…….

세상이 나를 내버려둘 때만, 세상은 나에게 다정하다. 그런 말을 한 게 누구였더라. 아니면 무슨 노래였지?

"얘, 잠깐 나 좀 봐."

뒤를 돌아보니 험상궂게 인상을 쓴 여학생들이 있었다. 교복 스카프 색깔로 보아 상급생인 모양이다. "무슨 일이죠?" 하고 묻자 남자 이름을 댔다.

"너, 그 남학생한테 편지 받았지?"

추측건대 요전번의 그 편지 때문에 내 뒤를 쫓아와 말을 건 것 같았다.

"아하…… 네. 근데 그게 왜요?"

"그 애가 그러던데, 답장 안 했다며?"

중학교 때도 비슷한 일이 있었다. 겉모습으로 보기에 편지를 보낸 남학생은 인기가 많을 것 같았다. 내 앞에 서 있는 이 여학생은 아마도 그를 좋아하겠지. 서로 마음이 엇갈린 것이고.

"읽지 않았으니까."

"뭐라고?"

"그 편지. 애초에 안 읽었거든요. 그러니까 답장도 안 했죠."

내가 솔직히 대답하자 눈앞에 있는 여학생이 무섭게 화를 냈다.

"안 읽었다니, 너 뭐야? 제정신이야?"

그녀는 아무렇지 않게 욕을 내뱉었다. 그녀에겐 별일 아니겠지만 나는 몸이 쪼그라드는 것만 같았다. 초등학생 때도 비슷한 욕을 들었다. 물론 나도, 읽을 수 있다면 읽는 게 좋다고 생각한다. 하지만 내겐 쉽지 않은 일이다. 글자를 읽는 것도. 사람과 관계를 맺는 것도.

날 좀 내버려둬. 상관하지 마. 나에 대해 아무것도 모르면서. 그런데 왜, 너희들은 항상 겉모습만 보는 거냐고. 왜, 왜!

"도사카, 여기 있었구나. 후지타 선생님이 찾으셔."

내가 소리를 지르려는 찰나, 그와는 정반대의 맑은 목소리가 들려왔다. 순간적으로 시선을 돌렸다. 시인 군이다. 날 선 말이 오가는 걸 지켜보고 있었던 듯 그가 내 쪽으로 다가왔다.

"넌 뭐야? 지금 얘기 중인 거 안 보여?"

눈앞에 선 여학생이 윽박지르자 잠시 겁을 먹는 듯하던 그가 바로 되받아쳤다.

"도사카랑 같은 반 친구예요. 교무주임 후지타 선생님이 도사카를 불러오라고 하셔서요. 근데 무슨 일 있나요? 선생님을 오시라고 할까요?"

임시방편으로 둘러댄 말이었겠지만 우등생 그 자체인 그의 입에서 나오자 묘하게도 설득력이 있었다. 실제로 나를 몰아세우던 여학생들이 망설이는 듯한 태도를 보였다. 자기들끼리 작은 목소리로 소곤거리더니 따가운 눈초리로 나를 한 번 흘겨보고는 그 자리를 떠났다.

둘만 남게 되자 시인 군이 멋쩍은 표정으로 웃었다.

"……일단, 부실로 갈까?"

어색함에 눈을 마주치지 못하고 고개만 끄덕였다.

동아리 건물 쪽으로 걸어가면서 속으로 조금 놀랐다. 그는 시를 쓸 정도니까 분명 고요하고 평온한 상태를 좋아할 것이다. 그런데도 골치 아픈 일에 끼어들어 나를 도와줬다.

아무 말도 하지 않고 문예부실에 도착해 각자 의자에 앉았다. 잠시 망설이는 듯한 시간이 흐른 뒤 "미안, 주제넘은 참견일지도 모르지만 말이야" 하고 그가 말했다.

"다음부터 편지 정도는 읽어주는 게 어때? 도사카는 그런 거 익숙할지 몰라도 요즘 시대에 편지를 쓴다는 건 대단한 정성이잖아."

정론이었다. 마치 시인 군 그 자신처럼, 어디에 내놓아도 부끄럽지 않은 올바른 말들. 하지만 사람이 모두 정론에 맞춰 살 수 있는 건 아니다. 분하긴 해도.

"도와줬다고 해서 그렇게 쉽게 말하지 말아줘."

"아…… 혹시 남자친구가 있는 거야? 그래서 편지 읽는 게 껄끄러운 건가."

"아니, 남자친구 없는데."

"그럼 편지를 읽기만 하면 되는 거네? 어려운 일 아니잖아."

어려운 일이거든. 특히 손 편지를 쓰는 건. 나에겐 성실하지 못한 면이 꽤 있지만 이 세상에는 겉모습만 보고는 알 수 없는 일도 많아.

그런 속마음을 얼버무리기라도 하듯이, 나는 화제를 돌렸다.

"그보다 작사는 생각해 봤어?"

시인 군은 순간 난처한 듯 애매한 웃음을 지었다.

"미안, 아직 좀 고민하고 있어."

"하긴 어제 말했으니 어쩔 수 없지. 이거, 일단 갖고 와 봤는데."

참고가 될까 싶어 예전에 사둔 작사 교본을 꺼내 내밀었다. 여름방학 동안 내용을 이해하려고 애써봤는데 좀처럼 진척이 없어 그대로 방치해 두었던 책이다.

"오호, 이런 책도 있구나. 고마워. 빨리 읽고 돌려줄게."

"괜찮아. 줄게."

"그럴 순 없지. 맞다, 오늘 아직 시간 괜찮아? 그럼 지금 읽고 궁금한 게 있으면 물어보고 싶은데."

결국 그날 방과 후에는 부실에서 시인 군과 각자 시간을 보냈다.

나는 이어폰을 끼고 음악을 듣는 척했다. 그러다가 슬쩍 시선을 돌려 보니 그가 진지한 표정으로 교본을 들여다보고 있었다.

시인 군에게 뭔가 말하고 싶었다. 아까는 도와줘서 고마워. 편지를 읽지 못하는 데는 이유가 있어. 사실은, 나…….

하지만 좀처럼 입이 떨어지질 않았다. 아무런 대화 없이 시간을 보내고 있는데 시인 군이 문득 "꼭 동아리 활동 같네" 하고 중얼거렸다. 어딘가 즐거운 듯이, 속마음을 드러내듯.

"원래 여기는 문예부였는데, 만약 해체되지 않았다면 이런 분위기였을까 하는 생각이 들었어. 방과 후에 이렇게 모이는 거 좀 부러웠거든."

그 역시 평범한 학교생활을 보내고 싶어 하는 학생인지 모른다.

동아리 활동을 하지 않는 건 무슨 사정이 있어서일까. 학교 친구에게 관심이 생겼다는 게 스스로 생각해도 뜻밖이었다. 시인 군의 한마디가 계기가 되어 소소한 이야기를 나누었다.

"뭐, 의외로 편하긴 하네. 와이파이랑 기타, 과자가 있으면 딱 좋겠지만."

"……도사카도 와이파이니 과자니 그런 말을 하는구나."

그리고 저녁이 되어 헤어질 무렵 마침내 내내 하고 싶었던 말을 전했다.

"오늘 도와줘서 고마웠어. 그럼 내일 봐, 부실에서."

4

때때로 나는 배려에 대해 생각한다. 학교에서는 내게 관심을 끊어주는 게 배려였다. 마찬가지로 나도 다른 사람에게 관심을 갖지 않는 게…….

그런데 신기하게도 지금 시인 군에게 관심이 생기기 시작했다. 작사를 부탁한 사람으로서만이 아니라 그 자신에게. 어째서일까? 그가 아름답고도 슬픈 시를 쓰기 때문일까. 지금까지 아무런 접점도 없던, 나와 정반대인 사람이라서?

아니면 그에게서 느껴지는 고독과 쓸쓸함이 나와 비슷해 보여서일까.

── 그에게라면 내 비밀을 털어놓아도 괜찮을지 몰라.

나답지 않은 생각에 당황스럽기만 하다. 어째서 이런 생각에 이르렀는지조차 확실하지 않다. 조금 친절을 베풀어 준 걸 가지고 난 대체 무슨 생각을 하는 건가.

하지만 반대로 이런 생각도 들었다.

남들과 가까이 지내는 법을 모르다 보니 '모른다'를 '싫다'로 애써 덮어씌우며 그렇게 내가 편한 길만 걷고 있는 것이 아닐까. 만약 그렇다면…….

나는 그저 철없는 겁쟁이인지 모른다.

록앤롤러의 집에 드나드는 건 금지되어 있었다. 하지만 고민을 상담할 만한 사람은 록앤롤러뿐이다. 오늘은 삼촌네 레스토랑이 쉬는 날이라 도우러 갈 일도 없었기에 나는 또다시 록앤롤러의 집을 찾고 말았다.

"노래가 완성될 때까지 오지 말라고 했을 텐데."

거실에 발을 들여놓자마자 기타를 손보고 있던 록앤롤러가 나무랐다. 하지만 내가 심각한 표정으로 입을 다물고 있자 "왜 그래? 무슨 일 있어?" 하고 걱정스러운 듯 물었다.

"나…… 말이야."

"응"

"학교에서 그 누구한테도 내가 먼저 말한 적 없거든. 난 독증이라는 거."

록앤롤러가 잠시 뜸을 들인 뒤 물었다.

"그 시인이 뭐라고 해?"

"아니. 그게 아니고. 그건 아닌데……."

뭐라고 대답해야 할지 몰라 쭈뼛거리고 있자 록앤롤러가 자리에서 일어났다. 초등학생 때 자주 해줬던 것처럼 내 머리에 손을 얹었다. 그리고 옛날과 다름없이 자상한 목소리로 말했다.

“사람들과 어울리는 걸 두려워하지 마. 다른 사람과 관계를 맺지 않으면 달라지지 않는 일도, 알 수 없는 일도 많거든.”

“그래도…… 겁이 나. 난 보통 사람들과 다르니까.”

“네가 말하는 보통 사람 중에도 네게 상처 주지 않는 사람이 있어.”

“상처 주는 사람도 있다는 거잖아.”

“그렇다고 해서 전부 싫어하진 않아도 되잖니?”

나는 다시 입을 꾹 다물었다. 그는 내 머리에서 손을 떼고 말했다.

“아야네, 알고 있니? 이 세계는 전부, 너만의 거란다. 바라보고 있는 한, 네 세계인 거지. 그러니까 그 세계를 조금이라도 좋아해 봐. 그러면 분명 좋은 일이 잔뜩 생길 거야.”

록앤롤러와 나 사이에서만 통하는 주문과도 같은 말이다. 그는 내가 초등학생일 때도 비슷한 말을 했다. 순순히 납득하지 못하는 내게 음악을 선물해 주었다.

그래서 조금은, 이 세계가 좋아졌다.

타인을 자신의 세계로 들이는 일. 날 키워준 마사후미 삼촌도, 음악을 함께하고 있는 밴드 멤버도 아닌 다른 누군가를 내 세계로 들여놓는 일. 그렇게 노력하는 일.

남들이 모두 당연하게 하고 있는 일을 하면, 내 세계는 또 달라질까.

그날, 그때. 음악이 내 세상에 더해진 것처럼.

—— 철없는 겁쟁이야, 나는.

이런 나를 조금이라도 바꾸고 싶어서 더 이상 도망치지 않고 다음 날 방과 후에 편지를 건네준 남학생에게 이야기했다. 호의는 기쁘지만 그 마음에 응할 수는 없다고 솔직히 말했다. 내가 상처받을 만한 말을 퍼부으면 어쩌나 싶어 조마조마했는데 그 남학생은 "그렇구나" 하며 쓸쓸한 듯 웃었다.

처음 제대로 마주한 그 남학생은 전혀 불쾌한 사람이 아니었다.

—— 철없는 겁쟁이야, 나는.

부실에서 만난 시인 군에게 편지를 준 남학생과는 내 나름대로 성의를 다해 대화를 잘 마무리했다고 말해주었다. 시인 군은 교본을 참고해 시험 삼아 가사를 만들어왔다. 작사를 해달라는 내 부탁을 진지하게 들어준 것이다.

그는 두려워해야 할 타인이 아닐지 모른다. 소소한 대화를 나누고, 진짜 내 모습을 조금씩 내보이면서 그와 마주하고 있다. 그래서 나는……

"나는 보통 사람들처럼 글자를 읽지 못해. 그렇게 태어
났어."

학교 친구에게 내 비밀을 고백한 건 그때가 처음이었다.

발달성 난독증에 대해 알고 있는 사람은 드물다. 우등
생인 그도 마찬가지인 듯, 내가 자세히 설명해 주자 그런
증상이 존재한다는 사실에 놀라는 모습이었다.

그렇다고 나를 두려워하지도, 피하려 들지도 않았다.

"교실에서 차가운 이미지를 만들어 보인 건 애들한테
그 사실을 알리고 싶지 않아서야?"

손으로는 어려워도, 말을 휘둘러 다른 사람에게 상처
입히기는 참으로 쉽다. 초등학생 때는 그런 일을 자주 당
했다. 이상해. 평범하지 않아. 희한하네. 왜 못 하는 거야?

다 털어놓은 후에도 여전히 두려웠지만 그는 나를 이상
한 아이로 보지 않았다.

"그렇지 뭐. 이 증상 탓에 나름대로 안 좋은 일도 겪었
고. 혼자 있다 보면 다들 원래 그런 아이려니 하고 마음대
로 생각해서 나한테 말을 안 걸거든."

"외롭지 않아?"

"아니, 학교에 기대하는 것도 없는걸. 그러는 넌?"

“나?”

“응, 애들하고 잘 어울리는 것 같으면서도 실은 한 발 뒤로 물러나 있잖아. 남들에게 마음을 허락하지 않는다고 할까, 애도 친구가 없겠구나 싶었어.”

나와 비슷한지도 모른다. 그렇게 느꼈다고 솔직히 얘기하자 시인 군이 놀란 표정을 지었다. 그러고는 당황한 듯 머쓱한 웃음을 보이더니 “그럴지도 몰라” 하고 순순히 인정했다.

자연스러운 이 표정이야말로 교실에서는 보여주지 않던 그의 진짜 모습이 아닐까.

어쩌면 그도 나처럼 학교에서는 본모습과 다른 이미지를 만들고 있는 건지도 모른다고, 문득 생각했다. 아무 문제 없는 우등생이라는 이미지를.

아니면 그런 이미지를 스스로에게 강요하다 보니 내면까지 스며들어 어디서부터가 연기고 어디서부터가 진짜 자신인지 모르게 된 건 아닐까 하는 생각이 들었다.

내 생각이 맞았는지는 모른다. 하지만 그때부터는 서로 숨기는 것 없이 마음을 열고 편하게 이야기할 수 있었다. 장래에 관한 이야기까지 나눴다. 나는 당연히 시인 군이 대학에 진학할 거라고만 생각했다. 그는 고등학교를 졸업하면 이 마을 관공서에서 일하고 싶다고 말했다.

솔직히 뜻밖이었다. 나고 자란 이 시골에서 벗어나 큰 도심으로 나갈 사람이라고 여겼기 때문이다. 성적이 좋아 아무런 문제가 없을 텐데, 무엇이 그에게 그런 인생을 선택하게 만들었을까. 그 무언가가 그에게서 느껴지는 고독과 관련이 있는 걸까.

"도사카는 졸업하면 어떻게 할 거야?"

"일할 거야. 내 증상으로는 전문학교나 대학교에 진학하기도 어렵고. 돈도 많이 들 테니까."

심각하게 들리지 않도록 조심했는데 그는 무슨 말을 건네야 할지 모르는 듯 가만히 있었다.

그 침묵을 내가 채웠다. 최대한 밝은 목소리로. 처음 해 보는 일이었지만.

"하지만 감사하게도 노래할 수 있는 환경이 되니까."

"노래를 좋아하는구나."

"좋아한다, 라기보다 뭐라고 하면 좋을까. 노래하고 있을 때만큼은 세상이 나를 사랑해 주는 느낌이 들어. 미래라든지 과거라든지, 그런 것에서 벗어난 기분이거든."

그건 진심이었다. 어른인 밴드 멤버들은 이미 간파하고 있던 나의 도피처다.

노래 부르고 있을 때만은 아무 생각 하지 않아도 되니까. 단지 노래와 하나가 될 뿐.

내 말을 어떻게 받아들였는지 몰라도, 시인 군은 따뜻한 미소를 지었다.

"도사카의 노래가, 듣고 싶어졌어."

"그럼 빨리, 같이 노래 만들자. 그땐 질리도록 들을 수 있을 테니까."

이 세계에는 둘이 함께해야 비로소 하나가 될 수 있는 것이 있다.

고독과 고독을 곱해도, 제로에 제로를 곱하는 것과 다름없을지 모른다. 하지만 곡과 가사처럼 곱해야 새롭게 태어나는 것이 확실히 있다.

시인 군은 망설이는 듯했으나 그 시간은 그리 길지 않았다.

"……그렇네. 알았어."

그 후의 일이 어떻게 될지 그런 건 전혀 알 수 없었다. 우리는 하찮은 일로 티격태격할지도 모르고 애초에 노래를 완성할 수 없을지도 모른다.

그래도…… 나는 소망한다. 부디 우리 두 사람에게 새로운 세계가 열리기를. 그와의 관계를 통해 이 세계에 애정이 생기기를. 좋아할 수 있기를.

설령 그 세계가 나를 상처 입힐지라도.

5

시를 쓴다는 사실과 난독증이라는 서로의 비밀을 공유한 우리는 다음 날 방과 후부터 문예부실에서 노래를 만들기 시작했다.

내가 일방적으로 제안한 일이었으나 시인 군도 나름대로 즐거워하는 것 같았다.

"지금까지는 수업 끝나면 곧바로 집으로 가곤 했는데, 좋은 추억이 될 거 같아서 기대돼."

어딘가 감회에 젖은 듯 말하는 시인 군에게 나는 무심코 대답했다.

"너도 추억이라는 말을 다 하네."

"그럼, 하지. 대체 날 어떻게 생각하는 거야?"

"……약간 냉철하고 선생님한테 예쁨받는 우등생?"

"네네. 어차피 난 우등생 외의 나를 찾을 수 없는, 재미없는 사람이니까요."

그런 말을 하는 시인 군에게 노래 구성에 관해 설명했다. 음원은 이미 건네줬지만 가사를 쓰는 데 참고하라고 내가 '라라라' 하면서 가사 없이 음을 불러 들려주었다.

"아름다워."

다 듣고 난 시인 군이 갑자기 중얼거렸다.

"뭐?"

"아니, 노랫소리가."

"알거든. 갑자기 이상한 소리 좀 하지 말아줄래?"

마음을 가다듬고 이번에는 작사 작업을 설명해 주었다. 약간 망설이다가 직접 내 손으로 만든 악보의 사본도 건넸다. 이제 '라라라' 부분에 가사를 붙이면 간단하게나마 노래가 완성된다.

다만 그 가사가 고민이 되었다. 완성도를 높이려면 특정한 주제가 필요하다. 어이없게도 나는 노래하고 싶은 주제도, 전하고 싶은 내용도 없었다.

둘이 머리를 맞대고 한참 생각해 봐도 쉽사리 답이 나오지 않았다. 하지만 생각을 거듭하다 보니 주제까지는 아니더라도 노래하고 싶은 것이 있다는 사실을 깨달았다.

"그럼 그 시로 하자. 교무실에서 들었던 시 말이야. 임시여도 상관없어."

"뭐? 그 시로?"

시인 군은 선뜻 내켜 하지 않았다. 문예대회의 시 부문에서 입상했으면서도 그는 자신이 쓴 시를 과소평가하고 있었다. 노래에 적합하지 않다고 자꾸만 사양했다.

그래도 끈질기게 부탁하자 마지못한 듯 결국 해보겠다며 고개를 끄덕였다. 내가 손으로 만든 독특한 악보를 보면서 시인 군이 노트에 글자를 쓰기 시작했다.

아마도 시를 가사로 바꾸는 것 같았다.

예전에 록앤롤러는 손가락 하나로 다양한 곡을 연주해 나를 놀라게 했다. 이번에는 시인 군이 손가락 하나로 무언가를 만들고 있었다. 둘 다 나에게는 마법 같은 기술이다.

"일단 이런 느낌이야."

30분도 채 지나지 않아 작업을 끝낸 그가 부끄러운 듯 노트를 내밀었다.

"그냥, 읽어주는 게 빠르긴 한데."

"아 참, 그렇지. 미안. ……읽긴 쑥스러우니까 메시지로 보내도 돼?"

나는 귀에 이어폰을 꽂고 그가 보내준 가사를 스마트폰의 낭독 앱으로 확인했다.

나도 모르게 숨을 꼴깍 삼켰다. 예전에 교무실에서 들

었던 시와도, 내가 노래로 부른 가사와도 전혀 다르게 느껴졌다.

그에게는 어려운 일이 아닐지 모르지만 구성이 달라졌을 뿐 아니라 시가 가사로 완전히 탈바꿈되어 있었다. 표현이 달라지고 순서가 바뀌었으며 시에는 없던 단어와 주어까지 더해져 있었다.

그가 만들어서 그런지 조금도 어색한 곳이 없었다. 틀림없이 하나의 가사로 완성되어 있었다. 감동적이었다. 나는 마음속으로 가사를 곡에 얹어 확인해 보았다.

"응, 괜찮을 거 같아."

지금까지 혼자 시행착오를 겪어왔기 때문인지 나는 단번에 마음을 빼앗기고 말았다.

만들어야 할 사람이 만들어낸 가사를 입히자 내 곡이 전혀 다른 모습으로 태어났다. 이런 경험과 감정은 정말이지 처음이었다. 가슴이 설레면서 지금 당장이라도 노래로 부르고 싶어졌다.

"그래? 그럼 어떻게 할까? 음원이라도 틀어놓고 시험 삼아 노래를 한번……."

그 말에 대답하기 전에, 나는 가만히 눈을 감았다. 아직 1절 정도밖에 없지만 새로 태어난 노래를 부르기 시작했다. 지금 노래하지 않으면 소중한 무언가를 놓칠 것만 같았다. 노랫소리가 끝없이 퍼져 나갔다. 노래를 부를 때 나는 자유였다. 내 마음에는 시가 없어서 잘 표현할 수 없지만 나 자신이 끝없이 드넓어지는 기분이었다. 마치 바람처럼.

이윽고 바람이 잦아든다. 노랫소리가 바람처럼 사라진다.

"응. 느낌 좋아. 괜찮게 부른 것 같아."

나도 모르게 흥분해서 얼굴을 돌리니 시인 군의 눈이 휘둥그레져 있었다. 갑자기 노래를 불러서 당황한 건가 걱정했는데 다행히 감탄하는 표정이었다.

"정말, 잘 부른다. 지난번 노래와는 또 느낌이 달라서 깜짝 놀랐어."

하지만 감탄해야 할 대상은 내 노래가 아니다. 그의 시다. 그가 엮어낸 가사다.

"역시 좋아. 미즈시마의 시, 진짜 훌륭해."

진심으로 칭찬하자 그는 겸손해하면서도 부끄러운 듯이 대답했다.

"솔직히, 도사카의 목소리에 정신을 뺏겨서 가사가 어떤지는 머릿속에 들어오지도 않았어."

"나는 반대로 내 노랫소리는 들리지도 않고 가사밖에 머릿속에 안 들어오던데. 시를 소리로 내는 게 즐거워. 이렇게 표현할 수 있다는 게 믿어지지 않아. 생각지도 못한 조합으로 단어를 엮어내다니.”

이 일을 계기로 시인 군은 작사에 더욱 열중했다. 반드시 좋은 가사를 써내겠다고 의욕을 보이더니 놀랍게도 주말 동안 가사를 세 곡이나 써 왔다.

하지만 의욕이 지나쳤는지 유행을 너무 의식한 탓에 전혀 그답지 않은 가사가 나왔다.

시인 군은 시를 토대로 한 가사는 시대에 뒤처져 고루하고 딱딱하다고 여기는 듯했다. 그리고 재미있게도 자신의 생각을 쉽사리 양보하려 들지 않았다.

함께 무언가를 만든다는 건 이런 것인지도 모른다. 서로 양보할 수 없는 미학과 방향성이 있어서 평소에는 겸손한 그도 자신의 의견을 굽히지 않는 거겠지.

그건 결코 불편한 일이 아니었다. 풍요롭고 신선했으며 흥미로웠다.

하지만 그와는 별개로 가사의 방향성은 중요한 요소였다. 시를 토대로 할 것인가 아니면 유행을 반영해서 만들 것인가.

제삼자에게 의견을 들을 수 있다면 가장 좋겠지만 밴드 멤버들에게 미완성곡을 들려줄 수는 없다. 록앤롤러에게도 들려줄 수 없다. 그렇다면…… 떠오르는 방법은 단 하나다.

"도사카, 정말로 하려고?"

토요일 오전, 우리는 번화가 역 앞에서 거리 공연을 감행하려 하고 있다.

40분 정도 전철을 타고 간 그곳에는 이미 여러 팀이 거리 공연을 하고 있었다.

"기왕 여기까지 왔는데 안 하면 오히려 뭐 하러 왔나 싶잖아. 기타도 가져왔고."

"뭐, 그렇긴 하지만……. 그래도."

학교 친구와 휴일에 밖에서 만나는 것도 처음이고 거리 공연도 처음이다.

다만 필요한 건 모두 손안에 있었다. 내가 늘 손에서 놓지 않는 기타도 있고 곡도 있다. 이날을 위해 시인 군에게 가사를 두 가지 버전으로 만들어달라고 미리 부탁해 두었다.

유일하게 준비하지 못한 건 도로사용허가증. 경찰이 오면 그때 사과하면 되겠지.

우리는 비어 있는 나무 그늘 벤치에 앉아 공연을 준비하기 시작했다.

눈앞에서는 수많은 사람이, 인생이 걸어가고 있었다. 관계만 맺지 않으면 내가 난독증이라는 사실이 그들에게 알려질 일은 없다. 그들의 인생에서도 나는 전혀 관계없는 사람이다.

세계는 넓을 터였다. 록앤롤러가 말했듯 본래 그것은 분명 끝없이 넓을 것이다. 그런데도 좁게 만들고 있는 건 누구일까.

그런 생각에 시달릴 때면 나는 노래가 부르고 싶어져 견딜 수가 없다.

먼저 유행을 의식한 가사로 노래를 불렀다. 사람들의 발걸음을 멈춰 세우는 데 실패했다. 사람들에게 노래를 들려주고 의견을 구하려 했기에 이 상태로는 우리의 목적을 달성할 수가 없다. 다른 버전의 가사가 더 마음에 들었던 나는 "듣는 사람이 전혀 없네" 하고 짓궂게 말했다. 그러자 웬일로 시인 군이 볼멘 표정을 지었다.

"아니, 모르는 노래니까 흥미를 끌기 어려운 것뿐이야. 사람이 너무 많이 모여들어도 좋지는 않겠지만, 우선은 다들 알 만한 노래를 불러보자."

발끈한 시인 군의 모습이 재미있어서 나는 "네네" 하고 순순히 따라주었다.

커버곡에는 약간 자신이 있었다. 노래 실력에 대한 자부심이 아니다. 연습해 온 시간에 대한 자부심이었다. 중학생 때부터 밴드 멤버들에게 단단히 훈련을 받았고 마사후미 삼촌의 레스토랑에서 지금도 노래를 부르고 있다. 남자 가수의 노래일지라도 유명한 곡이라면 나름대로 편곡해서 부를 자신이 있다.

기타를 치며 노래를 불렀다. 대중가요를 두 곡 정도 부르자 사람들이 모여들었다.

시인 군에게 노래 소개를 부탁했다. 그는 모여 있는 사람들에게 큰 소리로 외쳤다.

"이번에는 창작곡을 부르겠습니다. 가사가 두 가지 버전이니 들어보시고 마음에 드는 쪽에 박수를 쳐주시겠어요?"

다시 유행을 의식한 가사로 노래를 불렀다. 처음과 달리 반응이 있었다.

"아, 좋은데!"

"너무 잘 부르는 거 아냐?"

노래를 마치자 박수가 터져 나왔다. 시인 군은 만족스러운 표정을 지었다.

이번에는 내가 못마땅한 표정이 되었다. 사람들의 반응

은 기쁘지만 시인 군의 가사는 이런 게 아니다.

"잠깐 머리 좀 묶을게."

양해를 구하고 머리를 묶었다. 다시 기타를 들고 눈을 내리감았다.

손끝이라면 보지 않아도 알 수 있다. 손가락이 코드를 기억하고 있으니까. 모여 있는 사람들에게 시인 군이 쓴 가사를 들려주기 위해 나는 진심을 다해 또 다른 버전의 노래를 부르려 한다.

마음속으로 카운트다운을 한 뒤 연주를 시작했다.

나 같은 사람은 몰랐으면, 보지 않았으면. 하지만 그의 가사는 들어줬으면 좋겠다.

닿아줘, 닿기를 원해. 나는 노래에 열정을 담았다. 내가 그의 시에서 느낀 것을 모두에게 전하기 위해.

울려라, 울려 퍼져라. 나라는 보잘것없는 존재를 넘어서, 가사여, 세상에 순수하게 울려 퍼져라.

나는 내버려두고, 어디까지나, 어디까지나…….

노래를 끝냈을 때, 그곳은 환호성에 둘러싸여 있었다.

눈을 떴다. 노래를 들은 사람들이 흥분한 듯 박수를 쳤다. 앙코르 소리도 들려왔다. 나는 다소 뿌듯한 표정으로 시인 군에게 말했다.

"어때, 미즈시마. 역시 이쪽 가사가 훨씬 좋지?"

나는 시인 군이 자신감을 가졌으면 좋겠다. 이렇게나 많은 사람이 열렬히 호응할 정도로 너의 시는 아름답게 빛나고 있으니까.

그때였다. 사람들의 반응에 당황했나 싶던 시인 군이 갑작스레 허둥대기 시작했다.

"아니, 지금 그게 중요한 게 아냐. 저기, 경찰이."

"어? 뭐라고?"

눈앞의 사람들이 웅성거리는 소리에 묻혀 잘 알아들을 수가 없었다. 다시 물으려는 순간, 시인 군이 내 손목을 잡았다.

남학생에게 손목을 잡힌 건 처음이었다. 그의 손가락은 가늘고 부드러웠다. 처음 느껴보는 감촉에 가슴이 두근거렸다. 하지만 감상에 젖어 있을 만큼 여유로운 상황이 아니었다.

"왜 그래, 미즈시마?"

"경찰이 오고 있어."

고개를 돌려 보니 정말로 경찰이 우리 쪽으로 다가오고 있었다. 사람들이 너무 많이 모인 모양이다.

나는 그제야 상황을 알아차렸다. "빨리 도망쳐야 해" 하고 나를 잡아끄는 시인 군에게 이끌려 힘껏 내달리기 시작했다. 정말로 경찰이 올 줄은 몰랐다. 둘이서 허둥지둥 도망치는 일이 벌어질 줄이야. 나는 기타를 멘 채 달렸다.

놀람이나 초조함보다 우스움이 점점 더 커지기 시작했다. 청춘이라든가 젊음이라는 말과 가장 멀리 떨어져 있던 내가, 흔한 청춘의 그림 속에 섞여 있었다. 이게 어떻게 된 거지.

다행히도 경찰은 쫓아오지 않았다. 그래도 우리는 계속 달렸다. 기타 케이스를 들고 있던 그가 갑자기 웃음을 터뜨렸다. 나도 웃음이 터져 나왔다. 우리 둘은 함께 웃으며 낯선 거리를 달렸다.

그날은 질리지도 않고 장소를 바꿔가며 거리 공연을 계속했다. 원래는 가사의 방향성을 정하기 위해 시작한 일이었지만 어느새 둘 다 거리 공연 자체를 즐기고 있었다.

허가를 받지 않고 노래를 부르다 보니 사람들이 모여들어 분위기가 한창 달아오를 때면 어김없이 경찰이 나타났다.

그때마다 나는 기타를 어깨에 멘 채 시인 군과 함께 달려 도망쳤다.

"기다려~. 음악 도둑~!"

달리면서 무심코 소리치자 앞장서서 뛰어가던 그가 웃으며 물었다.

"그거, 무슨 뜻이야?"

"나도 몰라! 느낌대로 대충 말한 거야."

신기하게도 기분이 너무 좋았다. 시인 군과 둘이서 이렇게 창작곡을 선보이며 돌아다니다 보니, 예전에는 상상도 하지 못했던 행복이 실현된 것만 같았다.

6

나는 항상 나를 의심한다. 내가 보잘것없는 존재로 느껴진다.

그런 내가 잘하는 노래라는 것도 애매하기만 하다. 학력처럼 시험을 봐서 수치로 확인할 수도 없고 마음에 울리는 느낌만으로 평가받을 뿐이다. 어떤 의미에서는 허울뿐인 것 같았다.

하지만 노래는 내가 이 세상에서 만난, 정말로 좋아한다고 말할 수 있는 몇 안 되는 것 중 하나이기도 했다.

결국 거리 공연에서 사람들의 반응이 더 좋았던, 시를

토대로 한 가사를 선택했다. 그 뒤 가사의 완성도를 끌어올리고 싶다는 시인 군의 의견에 맞춰 함께 작업을 해나갔다.

"도사카, 오늘도 수업 끝나면……."

"응. 그럴 생각이야. 부실에서 봐."

"알았어. 그럼 먼저 가서 기다릴게."

교실에서 남몰래 그런 대화를 주고받았다.

방과 후 부실에서 만나, 그 자리에서 바로 노래를 불러가며 가사의 내용을 다듬었다. 둘이 함께 보내는 시간이 어느새 농밀해져 있었다.

그래서인지 하루하루가 즐거웠다. 지금까지 학교생활이 즐거웠던 적은 한 번도 없었는데. 부실에서 지내는 시간이 무척 기다려졌다. 한 달 전의 나에게 말한다 해도 분명 믿지 않을 것이다. 설마 내가, 같은 반 남학생과 즐겁게 노래를 만들고 있다니…….

"도사카, 왜 그래?"

부실에서 그런 감상에 젖어 있는데 시인 군이 물었다. 나는 재빨리 얼버무렸다.

"어? 아무것도 아냐. 그보다 지금 생각난 게 있는데, 2절에서 시작 부분을 조금 바꿔보면 어때? 지금 이대로도 부르기 쉽긴 하지만 한 번 더 변화를 줘도 괜찮을 거 같아서.”

“좋아, 어떤 느낌으로 갈까?”

“시적인 느낌으로.”

“……구체적으로 말해봐.”

“멋진 느낌으로.”

“도사카의 어휘 주머니에 ‘통째로 떠넘기기’라는 멋진 단어를 넣어줄게.”

“그건 알아. 신뢰의 증거라는 거잖아? 우리 기타리스트가 그러더라.”

“그분도 달관했군. 그래도……. 하긴 그런가?”

그 기타리스트와의 약속을 지키느라 그 후로는 집으로 찾아가지 않고 있다. 하지만 록앤롤러는 내가 걱정되는지 가끔 메시지로 곡 진행 상황을 물었다.

“어때? 마무리 작업은 잘돼 가니?”

그날도 가게 일을 도와주고 집으로 돌아올 무렵 연락이 왔다. 시인 군과 본격적으로 노래를 만들기 시작해 매일 다듬고 있다는 이야기는 이미 전했다.

“응. 그럭저럭. 생각보다 순조로운 것 같아요.”

“잘됐네. 그 시인 친구와는 어떻게 지내? 싸우진 않고?”

“잘 지낸다니까. 그러고 보니 말 안 한 게 있는데, 그 친구랑 번화가 역 앞에서 거리 공연을 했어. 경찰이 나타나는 바람에 당황해서 같이 도망치기도 하고.”

“아야네가, 그 녀석이랑 둘이서?”

록앤롤러의 목소리에 놀란 기색이 묻어나더니 곧 흐뭇해하는 말투로 바뀌었다.

“그랬구나. 그래서 어떠냐, 아야네. 네 인생은? 조금은 인간다워졌나?”

“무슨 그런, 제가 인간답게 살지 못한다는 전제로 말씀하시네요.”

삐죽거리며 대답한 뒤 마음속으로 답을 찾아보려 했다.

“그러게. 하지만…….”

미래나 타인이, 예전에 내가 두려워했던 괴물이 아니라는 사실을 알게 된 것 같다. 사실은 그런 말을 하고 싶었으나 복잡하고도 미묘한 마음을 말로 표현할 자신이 없었다.

그래서 솔직하게 감사의 마음을 전했다.

“네, 스승님. 용기 내서 사람들과 어울리길 잘한 것 같아.”

록앤롤러는 스승님이라 불렀다고 타박하지 않고 “그거 아주 잘됐네”라고 말하며 웃었다.

그 주 토요일, 드디어 가사가 완성되었다.

시인 군과 나는 그날, 장서가 많기로 유명한 근처 도서관을 찾았다. 나는 도서관의 거대한 규모에 넋을 잃었다. 시인 군은 가사에 대한 힌트를 얻으려고 아침부터 책과 씨름했다.

지금까지 책을 가까이해 본 적 없는 나로서는 마치 그가 다른 생명체라도 되는 듯 신기한 눈초리로 쳐다보게 된다. 시인 군은 미처 깨닫지 못하는 것 같았지만 책을 마주하고 있는 그는 무척 즐거워 보였다.

"미즈시마, 정말 책 좋아하네."

옆자리에서 시집을 팔랑팔랑 넘기다가 말하자 그가 책에서 얼굴을 들고는 나를 보았다.

"어? 응, 그럴지도 몰라. 책에는 인생에 중요한 것들이 쓰여 있으니까."

"예를 들면?"

"예를 들면……. 책을 버려라, 거리로 나가라(데라야마 슈지의 산문집 《書を捨てよ、町へ出よ》의 제목. 한국 출간명은 《책을 버리고 거리로 나가자》). 같은 거."

"아니야. 미즈시마 군, 안 버렸잖아. 다 갖고 있잖아."

"이건 비유한 거야. 퍼뜩 떠오른 게 마침 그 문구였던 거지."

"무슨 뜻인데?"

"으음, 자기 세계에만 갇혀 있지 말고 바깥 세계와 어우러지는 게 중요하달까……."

"그 말은 거리 공연을 하라는 거네."

"꼭 틀린 말은 아닐지도."

시인 군은 피식 웃더니 다시 손에 들고 있던 책으로 시선을 돌렸다.

그의 옆에서 뭘 해야 할지 몰라 심심해하다가 문득 세계란 뭘까, 하는 생각에 빠져들었다.

세계는 분명 지구본을 가리키는 게 아니다. 지리나 역사에 등장하는 국가들도 아닐 터였다. 뭔가 아주 거대한 것처럼 여겨지지만 사실은 더 개인적이고 가까운 것일지도 모른다.

이런 생각을 하다 보니 언젠가 록앤롤러가 했던 말이 떠올랐다.

'아야네, 알고 있니? 이 세계는 전부, 너만의 거란다. 바라보고 있는 한, 네 세계인 거지. 그러니까 그 세계를 조금이라도 좋아해 봐.'

어쩌면 세계란…… 사람을 말하는 건지도 모른다. 나에게는 나라는 세계가 있고 시인 군에게는 그라는 세계가 있다. 타인도 또한 하나의 세계다.

내가 계속 내 세계에만 틀어박혀서 시인 군의 세계와 어울리지 않았다면 거리 공연 같은 건 할 수 없었겠지. 창작곡을 만드는 일조차도……

오후가 되자 바깥바람을 쐬고 싶어져 도서관을 나왔다. 시인 군이 가사를 매만지는 동안 가까운 공원에 가서 기타를 치기로 했다.

날씨가 무척 화창하고 따사로웠다.

기분이 좋아 창작곡을 흥얼거리자 공원에서 아이와 놀고 있던 부모들이 모여들었다.

그들에게 들려주기 위해 나는 눈을 감고 조금이라도 더 잘 부르려 애썼다.

눈을 감기 직전, 작은 여자아이가 나를 보고 있다는 걸 알았다. 곁에는 부모님도 있었다. 멜로디와 가사처럼 둘이 하나가 되는 것. 부모와 자식의 관계도 생각해 보면 그와 비슷하다.

나는 엄마를 떠올렸다. 안타깝게도 아버지는 기억나지 않는다. 추억을 더듬어 보니 어릴 적 내 모습이 떠오른다. 왠지 사진처럼 객관적인 시선으로 보여진다.

엄마가 사라지고 없는 방에서 하늘을 바라보고 있었다. If I were a bird.

어린 나는 어딘가로 날아가고 싶었던 걸까. 날아서 엄마에게 가고 싶었던 걸까. 지금의 나는 어떠한가. 어디로 가고 싶은 걸까. 노래는 날개가 될 수 있을까.

아니, 애초에 머릿속에 떠오른 나는 허상이다. 실제 존재가 아니다. 그런데도 마음대로 영상이 움직이더니 누군가 내게로 다가왔다. 어린 소년이다. 다정한 듯하면서도 쓸쓸해 보이는 소년.

그 소년이 내게로 손을 뻗어…….

노래를 끝내고 눈을 떴다. 시야 안에 누군가가 있었다. 아련하게 빛나고 있었다.

"언제부터 듣고 있었어?"

눈앞에 서 있는 시인 군에게 묻자 그가 다정한 웃음을 띠었다.

"방금 전부터. 그보다도 가사, 완성된 것 같아."

"정말? 그럼 지금 부르면서 확인해 볼까?"

노래를 듣고 있던 여자아이와 손을 흔들며 헤어졌다. 나는 이어폰을 끼고 메시지 앱으로 받은 가사를 확인했다.

많이 고치진 않았지만 어디가 달라졌는지 바로 알 수 있었다. 아주 사소한 차이인데도 듣는 느낌이 전혀 달랐다. 모든 언어가 땅에 닿아 단단히 자리 잡고 있었다.

언어가 전부 이 노래를 위해 제자리를 찾아갔다.

마음을 가라앉히고 새 가사로 노래했다. 무언가가 딱 들어맞은 듯한 감각이 전해졌다. 그 느낌 그대로 노래를 불렀고 누가 먼저랄 것도 없이 서로 얼굴을 마주 보았다.

우리는 동시에 웃고 있었다.

"왜 웃는 거야, 도사카."

"미즈시마, 너야말로."

분명 내 미래는 여전히 불확실하고 희미하겠지. 여러 가지 손에 넣을 수 없는 것들과 타협해서 이루어진 불안정한 장소일 것이다.

그래도 지금, 비록 착각에 지나지 않는다 해도 나를 잘 이해해 주는 사람을 만났다. 그리고 나 또한 상대방을 이해할 수 있을 것 같아서 더없이 기쁘다.

"좋은 노래로 완성됐는걸."

"응. 정말 좋아."

앞으로도 그와 이런 시간을 쌓아가고 싶다.

오늘처럼, 아름다운 순간의 빛을 받으면서.

다음 날인 일요일 오후에는 밴드 멤버들과의 연습이 있었다. 그때 나는 완성된 창작곡을 불렀다. 곡의 음원은 꽤 오래전에 건넨 터라 파트별 조정도 이미 끝나 있었다.

가사가 완성되기만을 기다리고 있던 상태였다.

노래를 끝냈을 때 불안하지 않았다고 하면 거짓말이다. 그들은 퀄리티에 엄격하다. 가사에 관해서도 마찬가지였다. 완벽하게 다듬어지지 않은 어설픈 가사로는 합격점을 받을 수 없다.

작사를 학교 친구에게 부탁했다는 사실은 미리 말해두었다. 친구냐고 묻기에 그렇다고 대답하자 모두 놀라워했다. 이제는 이 노래가 그들의 합격선을 통과하기만 하면 된다.

"정말 좋은데."

맨 먼저 박수를 치며 칭찬해 준 멤버는 베이시스트 요시 아저씨였다.

"가사도 상상 이상으로 완성도가 높고. 곡도 좋아. 정말 잘했어."

그는 안경이 잘 어울리는 부드러운 인상으로, 원래 록

앤롤러와 마찬가지로 레코드 회사에 소속되어 활동하던 스튜디오 뮤지션이었다. 지금은 직장에 다니면서 음악을 부업으로 하고 있는데 기술은 여전히 녹슬지 않았다. 인품이 좋아 밴드의 리더 역할을 맡고 있었다.

요시 아저씨에 이어 키보디스트와 드러머가 박수를 쳤다. 각자 찬사를 보낸 뒤 가사를 더욱 돋보이게 하는 가창에 대해 조언해 주었다.

마지막으로 가장 큰 박수를 보낸 사람은 록앤롤러였다.

그는 아무 말도 하지 않았다. 그저 내 얼굴을 바라보며 기쁜 듯이 씨익 웃었다.

그 후, 창작곡 공개일까지는 시간이 순식간에 지나갔다. 마사후미 삼촌의 레스토랑에서 공연하는 금요일, 이 신곡을 처음으로 선보이기로 했다.

첫 창작곡이 음악을 좋아하는 손님들에게 어떤 반응을 얻을지 불안했다.

"괜찮아. 아무것도 걱정할 거 없어."

나의 불안을 눈치챘는지 록앤롤러가 웃으며 안심시켜 주었다.

우리가 공연할 곳은 마사후미 삼촌이 운영하는 이탈리

안 레스토랑 '뜨라또리아 마사Trattoria MASA'다. 라이브 하우스 같은 곳에서 열리는 공연과 달리 요리와 음악을 함께 즐길 수 있는 세련된 연주회다. 무대에는 피아노도 있다.

우리가 만든 노래가 밴드 멤버들에게 인정받았다는 사실은 시인 군에게 바로 전해주었다. 단지 전해주기만 한 게 아니라 첫 공연 무대에도 초대했다.

공연을 준비하는 동안은 무척 바빠서 방과 후 부실에 갈 시간이 없었다. 록앤롤러의 집이나 레스토랑 오픈 전에 무대를 빌려 멤버들과 창작곡을 연습했다.

"아야네. 조용한 곡이긴 하지만 내 베이스도 켄의 기타도 상당히 과감하게 치고 나갈 테니까 지지 않을 각오로 마음껏 불러도 돼."

"지금보다 더요? 그러면 너무 과격하지 않을까?"

"그래서 피아노랑 드럼이 있는 거니까. 이 레스토랑을 부숴버리겠다는 열정으로 하자고."

"곤란해. 우리 레스토랑은 부수지 말아줘."

마사후미 삼촌이 미소 지으며 시끌벅적하게 연습을 거듭하는 우리를 바라보았다.

그러는 동안 눈 깜짝할 사이에 라이브 공연일이 다가왔다.

리허설을 마치고, 대기실로 쓰고 있는 레스토랑의 한쪽 방에서 공연 시간이 되기를 기다렸다. 10년 이상의 경력을 가진 멤버들은 공연에 익숙해서인지 끊임없이 농담을 주고받았다. 요시 아저씨가 중심이 되어 이야기꽃을 피웠다.

나는 평소와 다르게 약간 긴장했다. 하지만 괜찮다. 멤버들의 평가와 시인 군의 가사를 믿자.

"시간 다 됐네. 자, 그럼 갈까?"

드디어 시간이 되었다. 요시 아저씨의 인솔에 따라 무대로 향했다. 홀이 그렇게까지 넓은 편은 아니지만 오늘도 자리가 꽉 찼다. 시골 마을이라고 해도, 아니 오히려 그래서일까, 주말마다 라이브 공연을 선보이는 삼촌의 레스토랑은 새롭고 독특한 매력에 꽤 많은 단골손님이 드나들곤 했다.

무대에 오를 때 시인 군의 모습도 확인했다. 삼촌에게 미리 부탁해 둔 대로 무대 바로 옆자리에 앉아 있었다. 그도 긴장한 듯 가만히 나를 바라보았다.

나는 오늘, 뭔가를 크게 바꾸겠다는 생각은 하지 않았다. 하지만 이루어질 수 있다면…….

이 세계와 더 친해지고 싶었다.

연주는 탁월한 실력을 가진 밴드 멤버들에게 맡기고 나

는 여느 때처럼 눈을 감고 커버곡을 불렀다. 키보드가 곡에 변화를 더하자 그에 맞춰 기타가 연주한다. 여기서는 단 한 번도 똑같은 연주가 없다. 다만 곡만은 누구나 한 번쯤 들어봤을 익숙한 것들이다.

모두 일류 작곡가와 작사가 그리고 최고의 뮤지션이 만든 곡들이었다. 이해하기 쉬우면서도 깊이가 있고 공감할 수 있다. 대중성의 결정체다.

다만 우리가 만든 노래는 이런 커버곡들에서 조금 벗어나 있다. 만든 사람도 다르다. 난독증인 내가 곡을 만들고 아마추어인 시인 군이 가사를 썼다.

그렇지만 내가 지금 내 인생에서 가장 부르고 싶은 노래였다.

시간은 아까워하면 할수록 빨리 지나가 버린다. 라이브 공연이 거의 끝나가고 있다. 예정되어 있던 커버곡을 모두 부르고 이제 마지막 한 곡만 남았다.

"이번이 마지막 곡입니다. 처음 도전한 자작곡이에요. 그럼 들어주세요."

그 말을 신호로 록앤롤러가 섬세하게 전주를 연주하기 시작했다.

저절로 웃음이 배어 나올 만큼 아름답고 든든한 소리였

다. 어디에서 길을 잃든 그 소리에 의지해 제자리를 찾아 갈 수 있을 것만 같은.

나는 혼자 눈을 감았다. 하지만 혼자가 아니다. 내 뒤에 는 안심이 되는 밴드 멤버들의 소리가 있다. 가슴속에서는 시인 군과 함께 만든 노래가 밖으로 터져 나오려고 소용돌 이치고 있다.

'나……. 이 세상이, 싫어.'

어릴 적 언젠가 록앤롤러와 나눈 대화가 머릿속을 스 쳤다.

'그래도 이 세상만은, 가능한 한 좋아하는 게 좋지.'

'그건, 왜요?'

'그러면 좋은 일이 많이 생기거든.'

간절히 기도했다. 라이브 무대를 마쳤을 때 내가 세상 과 조금이라도 더 친해져 있기를. 이 세상을 좋아할 수 있 도록 노력할 테니까. 그러니까…….

나는 세상을 이루는 하나의 기관器官이 되는 거다. 노래 로 나를 채우고 시인 군의 언어로 넘치게 하여 나라는 존 재를 없애고 노래를 부르는 거다. 연주하는 거다. 듣는 이 에게 조금이라도 무언가가 전해질 수 있도록.

노래를 마치고 나는 감았던 눈을 떴다.

그때 홍수처럼 이어져 빛나고 있는 아름다운 무언가를 이 눈으로 본 것 같았다.

박수갈채를 보내는 레스토랑 손님들의 얼굴에서.

감사하게도 그날의 라이브 공연은 성공이었다. 우리가 만든 노래는 마사후미 삼촌의 레스토랑에 새롭게 울려 퍼졌고 지금까지 경험해 본 적 없는 광경을 내게 보여주었다.

나는 그 후로도 시인 군과 노래를 만들고 둘이 함께 걸어 나가게 된다.

노래와 시, 지금까지 맛보지 못한 온갖 새로운 일들을 내 인생에 싣고서.

제2장

둘, 또는
세 존재의 무게들

어떤 문학가가 말했듯, 나는 지옥의 문을 향해 나설 때 조차도 신의 나라를 잊지 못하는 어리석고 비겁한 인간이었다.

다시 말해, 죽을 각오도 배짱도 없는 비열한 인간이다. 악마의 뒤편에서 신을 잊지 못하고, 신의 그늘에서 악마와 함께 살고 있으니까.

그럼에도 어리석은 자는 어리석은 자 나름대로 지금까지 살아왔다. 그래, 살아온 거다.

사랑하는 아내와 태어났어야 할 딸을 잃은 뒤에도 나 혼자만…….

1

잠에서 깨자 흐릿한 오렌지색 빛이 시야로 뛰어들었다. 순간 여기가 어디인지 알 수 없었다. 아, 다행히 내 아지트다. 집에 있는 지하 스튜디오다.

작업을 마친 뒤 그대로 의자에서 잠이 든 모양이다. 허리와 몸의 관절이 여기저기 아팠다.

뭔가 굉장히 추상적인 꿈을 꾼 것 같은데 기억에는 남아 있지 않다.

컴퓨터로 시간을 확인하니 오후 2시가 지나 있었다. 그 김에 업무 메일을 확인하자 새벽에 보낸 연주 데이터를 담당자가 확인한 듯 답 메일이 들어와 있었다.

프리랜서 스튜디오 뮤지션으로 전향한 지 거의 10년이 지났다. 지금의 담당자와 함께 작업한 지도 오래되었다. 어떤 무리한 요구에도 내 나름대로 최선을 다해 응해왔다고 자신한다.

연주에 문제가 없었던지 감사 인사가 적혀 있었다. 답장을 쓰려는데 마치 내 생활 패턴을 꿰뚫어 보고 있는 듯 담당자가 전화를 걸어왔다.

"아, 켄 씨? 완벽했어요. 갑작스럽게 변경을 부탁드렸는데 덕분에 살았습니다. 역시 재능 있는 분은 다르시네요. 저희 일을 맡아주셔서 정말 감사합니다."

이곳이 시골이다 보니 지방 뮤지션의 공연 연주나 간단한 곡 제작 의뢰가 많았다. 담당자가 성격이 좋아서 일하기가 수월했는데 오히려 그는 사소한 작업도 담담히 해내는 나를 높이 평가해 주었다.

새로운 연주 의뢰가 들어왔다면서 악보를 포함한 상세 내용을 메일로 보내주기로 했다. 전화를 끊고 10여 분 후에 자료를 보내왔기에 바로 확인했다.

이 업계에서는 많은 사람이 재능이라는 말을 사용한다. 그 단어를 사용해 나를 칭찬해 주는 사람도 적지 않았다. 나로 말하자면 이제는 기타를 만지지 않은 날보다 만진 날이 더 많다.

하지만 그렇기에 더더욱 내가 특별한 재능을 갖고 있다고는 눈곱만큼도 생각하지 않는다.

만약 그런 사람이 있다면 그건……

아직 식사를 하지 않았기에 잠시 쉴 겸 1층으로 올라갔다. 집에 지하실이 있다기보다 지하실에 집이 딸린 듯한 시골의 작은 임대주택이다.

집 안에서 기타 소리가 들려오기에 혹시나 싶어 거실로

들어섰다.

"아, 스승님!"

또 하루토와 곡을 만들었는지, 아야네가 기타를 치며 노래를 부르고 있었다.

"스승님이라고 부르지 마."

"뭐 어때요, 둘이 있을 때는 그렇게 불러도 되잖아."

"그보다, 무슨 일인데?"

"응. 새로 만들고 있는 노래에 대해서, 상의드릴 게 있어서요."

나도 내가 아야네에게 너무 무르다는 걸 안다. 하지만 주눅 들어 있었던 어린 시절을 잘 아는 터라 지금 자유롭게 지내는 모습을 보면 마음이 놓인다.

뭔가 만들어 먹을 생각이었으나 새로운 곡의 코드 때문에 고민하는 아야네의 이야기를 들어주기로 했다.

구성은 심플한데 그 안에서 복잡한 시도를 하고 있었다. 연주 기술은 그런대로 괜찮은 정도지만 아야네는 음감이 뛰어나고 작곡을 하는 감성 면에서 내게 없는 것을 갖고 있다.

기술적인 부분을 가끔 물어오는데 이런 건 역시 경험이다. 언젠가 아야네도 손쉽게 스스로 극복할 수 있겠지. 그래도 지금은 힘이 되어 주려고 아낌없이 조언을 해줬다.

내가 기타를 치며 들려주자 아야네가 눈을 반짝였다.

"역시 스승님!"

"대단한 거 아냐."

"그렇지 않다니까. 어젯밤부터 줄곧 고민했거든요. 아, 맞다. 괜찮으시면 보답하는 의미로 뭔가 만들어드릴까? 어차피 식사 안 하셨을 거 아냐."

망설이다가 아까 받은 의뢰를 떠올리곤 무언가를 시도해 보고 싶어졌다. "식사도 좋지만, 잠깐 기다려 봐"라고 말하고는 인쇄한 악보를 가지러 지하실로 내려갔다.

"너한테만 말하는 건데, 실은 새로운 연주 의뢰를 받았거든. 아직 곡 확인은 안 했어. 어떤 느낌인지 파악하고 싶은데 노래를 불러봐 줄 수 있겠어? 1절만 들려줘도 되니까."

"그 정도로 괜찮아요?"

아야네는 글자를 읽지 못하는 대신 귀로 듣는 것은 기억을 잘한다. 내가 기타로 연주하며 노래를 불러서 가사를 외우게 했다. 두 번, 세 번 반복하자 그새 다 외웠는지 아야네가 연주에 맞춰 노래를 부르기 시작했다.

"그런데 이거, 누구 노래야?"

"지방 아이돌의 곡이야. 노래 실력으로 승부하고 있지."

지방 아이돌이긴 하지만 이번 곡에는 특히 공을 들이는 모양이었다. 작곡가도 작사가도 업계 사람들이 주목하고 있는 실력파를 기용했다. 그렇기에 더더욱…….

"이런 노래는 불러본 적이 없어서 신선할지도 모르겠네요. 그럼, 아카펠라로 해도 되죠?"

"좋아. 하지만 최선을 다해줘. 내 가슴속에 종이 있다고 생각하고 네 노래로 그 종을 울리겠다는 마음으로 해봐. 성량을 말하는 게 아니라 순수하게 노래의 힘으로 말이지."

"그거, 스승님이 자주 하시는 말씀이잖아. 알겠어요."

아야네는 가볍게 목청을 가다듬고는 후우, 하고 숨을 내쉬었다.

"그럼, 해볼게요" 하더니…….

노래가 이미 끝났다는 걸 안 것은, "스승님? 스승님! 켄 아저씨?" 하고 아야네가 날 불렀을 때였다. 막혀 있던 숨이 그제야 새어 나왔다.

"응? 아아."

"어땠어?"

"……소름 돋았어."

"피, 거짓말. 나, 혹시 아이돌 재능 있는 건가? 손가락으로 하트 만들어서 쿵 하고 날려줄까?"

"바보!"

나는 어이없다는 듯 웃음 지으며 팔을 가만히 문질렀다.

이런 내 심정을 알 리 없는 아야네는 "역시 뭘 좀 만들어드릴게. 삼촌한테 새로운 요리를 배웠거든"이라고 천진하게 말하며 부엌 쪽으로 등을 돌렸다.

아야네가 부엌으로 모습을 감추자 나는 몰래 숨을 크게 내쉬었다.

팔에 돋았던 소름은 이미 가라앉아 있었다.

재능이란 단순히 말일 뿐이다. 재능에 뭔가 실체가 있다고 여기는 건 착각일지도 모른다. 하지만…… 확실히 그것을 가진 인간은 존재하고 있었다.

그리고 당사자인 아야네만이 그 사실을 깨닫지 못하고 있다.

무언가를 부여받지 못한 사람은 그 대신 다른 무언가를 부여받는다. 그런 추상적인 생각을 한 건 첫 무대에 선 아야네의 노래를 들었을 때였다.

처음에는 멤버들의 장난이었다. 레스토랑을 운영하게 되면서 밴드에서 빠진 마사후미를 대신해 중학생이 된 아야네를 밴드에 보컬로 넣어보자는 말이 나왔다.

아야네에게는 초등학교 4학년 때부터 기타를 가르쳐 주었다. 기타 실력은 그 이후로 쑥쑥 향상되어 보통 수준을 넘어섰다. 하지만 어디까지나 보통 수준 이상일 뿐이었다.

나는 그걸로 충분하다고 생각했다. 자기긍정감이 낮은 아야네가 기타를 치면서 자신을 조금이라도 더 높게 재평가한다면 그걸로 충분하다고 여겼다.

노래도 마찬가지였다. 동료들과 함께 본격적으로 레슨을 해주었지만 그럭저럭 할 줄만 알면 되었다. 마사후미의 레스토랑에서 귀에 거슬리지 않을 정도로 노래할 수 있다면 그것으로 충분했다.

하지만 아야네가 실제로 무대에 서서 진심으로 노래를 불렀을 때…….

보통 수준 혹은 그보다 조금 더 잘하는 정도면 된다고 여겼던 나의 생각이 근본부터 뒤집혔다. 분명 연습할 때도 들은 노래였는데, 본무대에서는 완전히 달라져 있었다.

무대에 선 아야네에게는 압도적인 화려함이 있었고, 무엇보다 재능이 있었다.

나 말고 다른 멤버들도 그 사실을 바로 알아챘다. 가창력도 표현력도 아직 완벽하다고는 할 수 없다. 그건 바꿔 말하면 성장 가능성이 있다는 뜻이다.

그래서 과연 어디까지 성장할 수 있을지, 우리는 확인해 보기로 했다. 라이브 공연을 거듭할 때마다 아야네의 노래 실력은 거침없이 늘어갔다. 또 향상되었다. 계속해서 성장하고 있다. 이전 무대를 넘어서서 거듭 발전해 나갔다.

재능의 결정체 같은 존재를 발견한 음악 프로듀서가 바로 이런 기분일 테지. 정말 기가 막힐 정도로 아야네의 노랫소리는 빛을 냈다.

아야네는 진짜였다. 고등학생이 되자 목소리 톤이 안정되어 프로와 다름없는 가창력으로 노래를 불렀다. 그리고 여전히 성장 가능성이 남아 있다.

그 무렵에는 지역에서 소문이 날 정도였다. 아야네만이 그 사실을 모르고 있었다. 눈치채지 못하고 있다. 재능이 있다고 말해도, 높이 평가해도 그 말을 전혀 믿지 않았다.

자신은 어디까지나 커버곡을 꾸준히 연습해서 잘하고 있는 것뿐이라고 여기는 듯했다.

그렇다면, 하고 의문이 생겼다. 아야네가 직접 창작곡을 만들어 부른다면, 어디까지 갈 수 있을까. 그래서 우리는 시험해 보기로 했다. 아야네도 이제 앞으로 어떻게 살아갈지 슬슬 결정해야 할 나이였다. 음악을 취미로 할 것인가, 도피처로 삼을 것인가.

아니면 음악으로 살아갈 것인가.

난독증을 겪고 있는 아야네에게는 특히나 인생에서 중요한 갈림길이 될 터였다.

결과적으로 아야네는 한층 더 성장했다. 자작곡으로 자유롭게 노래하며 아야네는 한 단계 더 올라섰다. 더욱더 노래 실력이 늘었다.

하지만 아직도 아야네 자신만이 그 재능을 믿지 못하고 있었다.

2

바로 얼마 전까지만 해도 여름이었는데, 어느새 10월 중순으로 접어들었다.

아지트인 지하 스튜디오에서 일을 하고 주말에는 라이브 공연이나 연습을 한다. 월요일이 되면 다시 지하 아지트로 돌아간다.

몇 년 동안 변함없는 일상을 반복하다 보니 세월에 대한 감각이 무뎌졌다. 어제가 오늘이고, 내일도 아마 오늘일 것이다.

한편 아야네는 라이브 공연을 성공적으로 마친 후 매일 하루토와 창작곡을 만들고 있는 듯했다. 집에 올 때마다 하루토와 있었던 일을 이야기하며 신곡에 관해 조언을 구했다.

아야네에게 처음 하루토 이야기를 들었을 땐 속으로 무척이나 놀랐다. 지금까지 아야네가 학교 친구 이야기를 한 적이 한 번도 없었기 때문이다.

그 녀석이 아야네에게 상처를 주지는 않을까 걱정이 되었다. 하지만 시를 쓰는, 인간의 섬세한 감정을 민감하게 알아차릴 수 있는 사람이라면 괜찮을 것 같았다.

무엇보다 사람들과 어울리기 싫어하던 아야네가 선택한 상대다.

실제로 라이브 공연 때 만나서 이야기해 보니 하루토는 걱정하지 않아도 될 만한 사람이었다. 성실한 성품이 얼굴에 고스란히 드러나 있었다. 비겁하거나 비굴한 면은 찾아볼 수 없었다.

"하루토 군이지? 아야네한테 얘기 들었어. 창작곡 가사, 정말 좋더구나. 시를 좋아한다고?"

"처음 뵙겠습니다, 미즈시마 하루토라고 합니다. 확실히 시를 좋아합니다만, 저는 별로 한 게 없는걸요. 그보다 연주, 정말 굉장했어요."

"하루토 군은 겸손하네. 나는 이토 켄지라고 해. 시인 미야자와 켄지와 한자가 같지. 켄이라고 불러도 좋아."

"저도 그냥 하루토라고 불러주세요. 다만 저는 켄 아저씨라고 부를게요."

우리들의 라이브 공연은 매월 둘째, 넷째 금요일에 열린다. 하루토도 초대받아 공연을 보러 왔고 곧 레스토랑의 단골손님이 되었다. 하루토는 늘 아야네의 노래를 귀 기울여 들었다.

아야네에게 듣기로 하루토는 우등생인 데다 선생님들과도 사이가 좋은 듯했다. 지금은 폐부 된 문예부실을 빌려 그곳에서 두 사람이 곡을 만들고 있다고 했다.

아야네가 어떻게 이런 성실한 청년과 친해질 수 있었는지 처음엔 의아하기만 했다. 시간이 흐를수록 서로 비슷한 점이 있을지도 모른다고 생각했다.

하루토는 의외로 쓸쓸함을 안고 있는 듯했다. 겉으로 보기에는 평범한 청년인데 기묘한 체념 같은 것이 느껴졌다.

그런 하루토와 10월 셋째 주에 동네에서 우연히 마주쳤다.

그날은 토요일이었다. 일용품을 사러 차를 끌고 이웃

동네에 갔다가, 나온 김에 서점으로 향했다. 나는 업계의 동향을 알아보려고 음악 잡지를 몇 가지 구독하고 있다.

사고 싶었던 잡지를 집어 들고는 무심코 매장을 둘러보다가 낯익은 사람을 발견했다. 하루토였다. 주위를 두리번거리며 선 채로 무언가를 읽고 있었다. 그 모습을 보고 나는 이상하게 안심이 되었다. 하루토에게서 고등학생다운 면을 봤기 때문이다.

추측하건대, 잡지 코너에서 모델 화보를 들여다보는 게 부끄러워 다른 곳에서 몰래 보고 있는 거겠지. 같은 남자로서 흐뭇한 기분이 들었다.

"여어, 하루토!"

"아, 켄 아저씨~."

"이거 참 우연이네. 여기서 뭐 하고 있어?"

"아, 네. 뭐."

예상한 대로라고 할까. 내가 말을 걸자 하루토는 손에 들고 있던 물건을 살그머니 뒤로 숨겼다.

딱히 짓궂게 굴려는 건 아니었다. 그냥 남자끼리, 조금 친해지고 싶었을 뿐이다.

라이브 공연이 있는 날이면 대화를 나누긴 했지만 단둘이 얘기한 적은 없었다.

“그래서 청소년, 지금 뭘 숨긴 거지? 아저씨한테 보여줘
봐. 웃지 않을 테니까.”

“아니, 그게요.”

“어서 줘봐.”

지금은 내 키가 더 크고 팔도 길다. 놀리듯 책을 빼앗았
다. 가능하다면 이 순간과 만남을 웃을 수 있는 추억으로
만들고 싶었다.

재택 간병.

하지만 웃을 수 있는 이야기가 아니었다. 책 표지에는
그런 단어가 적혀 있었다.

고등학생에게는 어울리지 않는, 너무나도 현실적인 단
어가.

“아, 이거⋯⋯.”

내가 아무 말도 못 하고 있자 하루토가 어색한 표정으
로 웃었다.

“사실은 저, 연세가 많은 조부모님하고 셋이 살고 있어
요. 아직 간병이 필요한 건 아니지만⋯⋯ 인터넷에선 모호
한 내용도 많고, 그래서⋯⋯.”

그때만큼 내 자신이 부끄러웠던 적이 없다. 하루토가
비밀로 하고 싶었을지 모를 일을 함부로 들춰내 본인의 입

으로 말하게 했으니.

"그래, 할아버지와 할머니를 소중히 생각하고 있구나."

"네. 너무나 큰 사랑으로 키워주셔서 그 은혜에 보답하고 싶어요. 그러니까 지금 심각하거나 그런 건 아니에요."

혹시 부모님은 안 계시니?

물어보고 싶지만 그건 배려가 없는 질문이다. 사람에게는 사람 수만큼 각자 다른 사정이 있기 마련이다.

부모님이 안 계시거나 계시더라도 하루토가 조부모님을 돌봐드려야 하는 거겠지.

그러고 보니 아야네에게 들은 적이 있다. 하루토는 우등생이고 성적이 좋은데도 고등학교를 졸업하면 마을 관공서에 취직하고 싶어 한다고. 금전적인 이유일까 아니면 자기 자신에게 어떤 의무를 부여하고 있는 걸까.

—— 아야네도 하루토도, 왜 그 나이의 어린아이들이 인생의 무게를 짊어져야만 하는 걸까.

그런 생각을 하면서도 "그럼 내 간병도 너에게 부탁한다. 슬슬 노망이 시작될 테니까" 하고 최대한 밝은 목소리로 농담을 던졌다. 하루토는 살짝 놀란 듯하더니 곧 웃었다.

"켄 아저씬 아직 젊으시잖아요. 겉모습만 봐선 나이를 모르겠어요."

“아, 밤이면 밤마다 살아 있는 피를 빨아먹으며 살고 있
으니까.”

“네?”

“농담이야. 그렇게 놀라면 어떡해.”

이야기를 나누면서 아야네와 하루토가 함께 있는 이유
를 알 것 같았다.

두 사람은 닮았다. 흔히들 말하는 평범한 가정에서 자
라지 않았고…….

사과의 의미로, 하루토가 손에 들고 있던 책을 잡지와
함께 계산했다. “저기” 하고 당황하는 하루토에게 책을 건
네자 지갑을 꺼내려 하길래 “괜찮아” 하고 말렸다.

“죄송합니다. 저는 자꾸 책을 받기만 하네요.”

“책을 받기만 하다니……. 아야네가 전에 갖고 있던 작
사 교본 말인가?”

“아시는군요? 한 번 돌려줬는데, 결국 받았어요.”

네가 받기만 하는 건 분명 네가 누군가에게 무언가를
주고 있기 때문이야. 그렇게 말하고 싶었으나 “받을 수 있
는 건 받아둬” 하고 태평하게 웃어넘겼다.

서서 조금 더 이야기를 나누다가 하루토와 헤어졌다.
몇 발짝 걸어가다 뒤를 돌아보니 하루토가 서점 앞에서 나

를 지켜보고 있었다. 내 시선을 알아차리고는 어른스러운 몸짓으로 고개를 숙여 인사했다.

다음 날은 밴드 연습이 있었다. 연습이 끝난 뒤 내 차를 타고 고등학교로 향했다. 아야네가 부실에서 본격적으로 작곡을 하기 위해 장비를 가져가고 싶다고 부탁해서 요시와 내가 도와주기로 했던 것이다.

"그래서, 아야네. 오늘 일은 학교 측에 허가 안 받은 거지?"

가는 길에 묻자 조수석에 앉은 아야네가 잠시 생각한 뒤 대답했다.

"그건 말이지, 록앤롤러의 제자니까 기존 체제에 반역을 해볼 생각이야."

"켄……. 넌 대체 제자한테 뭘 가르치는 거냐?"

"제자도 아니고, 그런 거 가르친 적 없어."

"아니, 학교에 가지 않아도 된다고 가르쳐 준 사람이 켄 아저씨인걸."

"그건, 뭐, 그렇지만."

좁다, 좁다는 말을 연신 들으면서도 나는 두 사람을 학교까지 태워다 주었다. 자리가 좁은 건 차가 구형인 탓도 있지만 장비를 싣고 있어서이기도 했다. 그것 말고도…….

학교에 도착하자 요시가 뒷좌석에 실린 물건들을 다시 쳐다보더니 입을 열었다.

"그런데 켄. 앰프는 알겠는데, 전기 주전자며 소형 냉장고는 왜 실은 거야?"

"안 쓰는 게 있어서 하루토와 아야네에게 주려고."

"아, 네네. 넌 정말……."

"쓸데없는 소리 그만하고 빨리 옮기자고. 교문은 열려 있는 것 같은데 혹시라도 선생님한테 걸리면, 걸린 대로 그때 가서 생각하지 뭐."

다행히 선생님에게 들키지 않고 장비와 가전제품을 무사히 부실로 옮겼다. 문예부였을 때의 흔적인지 부실 선반에는 엄청난 양의 책이 있었다. 하루토는 그 책을 대부분 읽었다고 한다. 예전에는 여기서 문예대회에 응모할 시를 썼던 모양이다.

"그 녀석은 혼자서 이런 곳에 있었던 거구나."

어제의 일이 떠올라 순간 감상에 젖었다. 장비를 운반하느라 지쳐서 잠시 쉬었다 자동차로 돌아가기로 했다. 어떤 책들이 진열되어 있는지 선반을 둘러보았다. 우리 집에도 있거나 제목을 들어본 적 있는 유명한 시집이 많이 꽂혀 있었다.

그중 한 권으로 손을 뻗었다. 《사랑의 시집愛の詩集》(일본의 시인 무로 사이세이가 1918년 발표한 시집명). 무척 직설적인 제목. 우리 집 책장에도 잠들어 있는 책이다. 그 옛날, 아내가 읽던 책…….

"그러고 보니, 하루토는 어떤 시를 좋아하지?"

손에 든 시집을 바라보다 문득 궁금해져서 물었다.

"글쎄, 어떤 걸 좋아하려나?"

아야네는 생각에 잠긴 듯한 표정을 지었다가 다음 순간 미소를 지었다.

"그럼 내일 물어보지 뭐."

아야네가 아무렇지도 않게 그런 반응을 보이다니. 놀란 나는 말을 잃었다. 너무나도 자연스럽게 웃음을 띠고 있었다. 어딘가 기뻐 보이기도 했다.

오랫동안 곁에서 지켜봐 왔지만 아야네가 그런 표정을 보이는 건 처음이었다. 마음에서 우러나온 듯한 자연스러운 미소를 보니 하루토를 마음에 두고 있다는 게 느껴졌다.

아야네와 알고 지낸 지 오래된 사람은 나뿐만이 아니다. 요시 또한 놀란 모습이었다.

"저기, 아야네."

요시가 무심결인 듯 말을 걸었다.

"응? 요시 아저씨 왜요?"

"혹시 아야네, 하루토 군이 신경 쓰인다거나—"

"어이, 요시, 너 정말."

이런 일에 흥미를 보이며 끼어들면 안 된다. 내가 눈치를 주자 요시는 "뭐 어때" 하며 평소처럼 웃었다.

한편 아야네는 어리둥절해 있었다. 전혀 생각지 못한 표정으로도 보였다. 가만히 생각에 잠겨 있던 아야네가 불쑥 중얼거렸다.

"……혹시, 그런 건가?"

"뭘?"

"나, 미즈시마가 신경 쓰이는 걸까?"

새삼스럽게 아야네가 열일곱 살 소녀라는 데 생각이 미쳤다.

느물느물 웃고 있는 요시를 노려보고는 이제 돌아가자고 재촉했다. 아야네는 여전히 생각에 잠겨 있었다. 그러다 곧 "아 참, 살충제도 뿌려야 하는데" 하고 조금 전 일은 잊은 듯이 말했다.

3

그 주 금요일은 라이브 공연이 있는 날이었다.

아야네와 하루토가 만들어온 신곡은 연습을 마친 상태로, 곡에 변주를 줘 연주했다. 창작곡이 차츰 늘어나자 새로운 곡을 기대하며 찾아오는 단골손님도 많아졌다.

단골손님뿐만이 아니다. 소문을 들었는지 그날은 지방의 음악업계 사람들도 와 있었다. 라이브에 초대받은 하루토도 여느 때처럼 무대와 가까운 자리에 앉아 있었다.

나는 라이브 연주에 몰입하면서도 곡과 곡 사이사이에 하루토를 바라보았다.

그 녀석은 순수한 눈빛으로 아야네를 보고 있었다. 눈을 감고 노래를 부르던 아야네도 곡과 곡 사이에는 하루토를 바라보았다. 하루토와 시선이 마주친 듯 아야네가 살며시 미소 지었다.

다음 곡을 연주하며 나는 지난번 일을 떠올렸다.

'나, 미즈시마가 신경 쓰이는 걸까?'

아야네가 하루토를…….

앞서가는 걸 수도 있지만 그건 그것대로 멋진 일이 아닌가.

학교 아이들과 절대 어울리려 하지 않던 아야네가 다른 사람에게 곁을 내주고 있다. 게다가 상대는 하루토다. 그 녀석이라면 결코 아야네에게 상처 주지 않을 것이다.

하지만 하루토는 이 마을에서 취업할 계획이다. 공무원이 되어 조부모님을 보살펴 드리려 하고 있다. 이런 상황에서 만약 아야네가 음악의 힘으로 날아올라 넓은 세계로 나간다면, 뻗어 나가려고 한다면 두 사람은 어떻게 될까.

아야네가 자신의 재능을 깨닫는다면 힘들고 불편했던 그 아이의 인생이 크게 바뀔 것이다. 그건 아야네만이 걸을 수 있는 인생이고…….

다른 생각에 잠겨 있음에도 손가락은 정확하게 움직인다. 공연은 순조롭게 진행되어 오늘도 큰 박수를 받고 무사히 끝났다. 라이브 공연을 마치면 항상 악기를 대기실에 두고 레스토랑에 모여 함께 식사하는 것이 의례였다. 나는 멤버들에게 수고했다는 인사를 남기고 먼저 레스토랑으로 돌아왔다.

카운터석에 혼자 앉아 있는 남자에게 다가갔다. 그는 나를 알아보곤 웃어 보였다.

"오늘 라이브 공연, 정말 좋았어요. 소문으로 들었지만 재능이 대단하던데요."

"오셨어요? 미리 말씀해 주셨으면 자리를 예약해 드렸을 텐데."

"아뇨, 별말씀을. 켄 씨에게는 늘 신세만 지는걸요."

"아닙니다. 제가 더 감사하죠."

나에게 여러 번 음악 작업을 의뢰해 준 지방 음악업계 사람이었다. 나이가 비슷한 데다 대화도 취향도 잘 맞았다. 나는 옆자리에 앉아 식사와 술을 주문하고 이런저런 이야기를 나누기 시작했다.

서로의 근황과 일에 관해 이야기하다가 화제가 점차 아야네에게로 옮겨갔다.

"확실히 예전에는 커버곡밖에 안 했죠?"

"네. 올해 9월부터예요, 창작곡도 하게 된 건. 연주는 아직 멀었지만 아야네는 음감이 좋고 작곡 실력도 있어요. 무엇보다 가창력이 뛰어나고요."

"물론 들었어요. 켄 씨가 공들여 키운 만큼 실력이 좋더군요. 예전보다 훨씬 더 좋아졌던데. 나라면 어떻게 기획하고 홍보할까, 벌써 생각해 봤지 뭡니까. 외모도 매력적이고 말이에요."

그는 무대 근처로 시선을 돌렸다. 연주 중인 밴드의 키보디스트를 보고 있는 게 아니었다. 그의 시선 끝에는 아야네가 있었다. 마사후미가 직원 식사용으로 준비해 준 파스타를 먹으며 하루토와 즐겁게 이야기하고 있었다.

"괜찮으시면 불러올까요?"

"아니, 괜찮아요. 남자친구랑 같이 있는 것 같은데."

"저 친구가 작사를 담당하고 있어요. 문예대회에서 시로 상도 받았고요."

"시를 쓰던 학생이? 흥미롭네요. 정말 다재다능한 젊은 이들이 나오고 있어."

그러고는 일 이야기를 가볍게 좀 더 나눈 뒤 그가 주최하는 크리스마스이브 라이브 공연으로 화제가 넘어갔다.

무료 공연이지만 많은 사람이 오가는 도시의 역 앞에 화려한 특설 무대가 마련된다. 이 지역의 특별 행사로 인기를 얻어 5년 이상 계속되고 있었다.

"이번 출연자 중 한 명이, 일정이 맞지 않아서 어떻게 할까 고민해 봤는데……. 아야네 씨는 어떨까요? 크리스마스와 어울리는 곡을 어쿠스틱 기타로 연주하면서 노래를 부르면 좋을 것 같은데. 커버곡도 괜찮으니까."

언젠가 이런 날이 오기를 기다림과 동시에 두려웠던 것 같기도 하다. 누군가가 아야네를 마사후미의 레스토랑에서 데리고 나가는 날을.

아야네에게 말해보겠다고 대답하고 그 뒤로는 줄곧 함께 아는 지인이며 음악업계 이야기를 나눴다.

술을 마신 상태에서 이야기해선 안 된다는 생각에 아야네가 방과 후 집으로 찾아오기만을 기다렸다. 기뻐해야 할 일이지만 아야네가 우리 집에 오는 빈도가 줄었다. 부실에서 하루토와 노래를 만들고 있기 때문이다. 하지만 곡에 대한 자문을 구하려고 종종 들르곤 했으므로 며칠 후에는 얼굴을 내밀었다.

"네? 저를 라이브 공연에요?"

아야네의 용건이 끝나고 나서 나는 미뤄두었던 이야기를 슬쩍 꺼냈다.

대타이긴 하지만 창작곡의 완성도와 아야네의 가창력이 인정받았기에 들어온 제안이라는 말도 덧붙였다. 아야네는 우리가 칭찬을 해도 지나치게 겸손해하기 때문이었다. 어릴 때 낮았던 자기긍정감이 여전히 높아지지 않은 건지 자신의 실력과 재능을 믿지 않는다.

"그렇구나. 크리스마스이브에……."

"일정이 있니?"

"'뜨라또리아 마사' 말이에요?"

"그것도 그렇지만 아야네도 고등학생이잖아. 하루토랑

어디 간다거나 뭐 그런 거."

만약 그렇다면 방해해서는 안 된다. 아야네가 얼버무리거나 부정할 줄 알았는데 의외로 곰곰이 생각에 잠겼다.

"평범한 고등학생들은 그런 걸 하는 걸까?"

"평범이라니?"

"으음…… 친구끼리?"

나는 애매한 웃음을 흘렸다. 청춘이라 불리는 시기에서 멀어질수록 그 말이 지닌 의미를 더 잘 이해하게 된다. 다만 고등학생이 생각하는, 옳다거나 평범하다는 의미를 도저히 알 수 없었다. 미안하지만 아저씨들은 잘 모르는 이야기라고 대답했다. 그러자 아야네는 또다시 아무 말이 없었다.

"이건 스승님이니까 말하는 건데……."

"응? 어."

"미즈시마 군, 부모님이 안 계신대. 그래서 연로하신 할아버지, 할머니랑 셋이 살고 있다는 것 같아. 고등학교를 졸업하고 공무원이 되려는 것도 그래서인가 봐요. 집안일을 도우려고 동아리 활동도 단념한 거고."

하루토에게 들은 이야기도 있고 나 혼자 짐작하기도 했다. "그렇구나" 하며 고개를 끄덕였다.

“응. 나랑 똑같구나, 싶었어. 그래서일까? 우리가 친해질 수 있었던 게.”

“그것만은 아니지. 너도 하루토도 좋은 사람이기 때문이야.”

“좋은 사람?”

“얼마든지 비뚤어질 수도, 자신을 망쳐버릴 수도 있었지만 그러지 않았잖아. 하루토도 분명 그럴 거야. 괴롭고 싫은 일이 있어도 착한 마음을 잃지 않았어.”

“나는…… 삐딱했는걸. 하지만 마사후미 삼촌이랑 모두가, 그리고 스승님이 곁에 있어 줬으니까. 이 세상을 조금이라도 좋아하라고 말해주셨잖아. 게다가 음악을 주셨고 사람들과 어울리는 걸 두려워하지 말라고 하셨지.”

아야네는 순수한 눈빛으로 나를 바라보았다. 나는 멋쩍은 웃음을 지으며 “그런 일이 있었던가?” 하고 짐짓 시치미를 뗐다. 아야네는 훗, 하고 웃으며 입가에 미소를 지었다.

“저기요, 스승님.”

“왜? 아니 그보다 스승님이라고 부르지 말라니까.”

“스승님은 말이야, 오래오래 살아야 해! 록앤롤러라고 해서 요절하면 싫어.”

“무슨 소리야, 나도 곧 40대라고. 지금 간다 해도 요절이라곤 할 수 없지."

"그럼 중년절인가?"

"그런 말은 없어."

우리는 동시에 빵 터졌다. 긴장을 풀고, 평소처럼.

"뭐, 어쨌든 라이브 공연은 생각해 봐. 만약 무대에 선다면 하루토를 부르면 되고. 그 녀석도 틀림없이 한가할 테니까."

그 말에 아야네는 순순히 고개를 끄덕이더니 긍정적으로 생각해 보겠다며 살며시 웃었다.

4

내가 아야네와 비슷한 나이였을 때의 일이다. 그러니까 꽤 옛날인 셈이다.

이런 세상은 지루하고 재미없다고 말한 적이 있었다. 그러자 누군가 나에게 말했다. 이 세상을 지루하게 만들고 있는 사람은 다른 누구도 아닌 바로 당신 자신이라고.

나중에 아내가 된 여자였다.

사람을 사랑할 줄 알고 사람들에게 사랑받는 여자였다.

내가 반발심에 '이해가 안 된다'며 타인을 밀어내도 '이해가 안 되는 건 당신이 이해하려 하지 않기 때문일 뿐'이라고 맞섰다.

시대에 뒤떨어진 표현이지만 예전의 나는 모든 일에 무기력했고, 타인에게도 그 사람에게도 폐만 끼쳤다. 다만 그 사람은 내가 기타 치는 걸 좋아했다. 더 듣고 싶다면서.

지루한 세상을 재미있게 만들자고, 이해할 수 없다며 밀어내던 타인을 조금이라도 이해해 보자고 생각을 바꾼 건 그 사람 덕분이었다. 프로 기타리스트가 되려고 마음먹은 것도.

그러니까 아야네에게 한 말은 남의 말을 그대로 갖다 써먹은 것에 불과하다. 그래도 아야네에게 무언가를 전해 줄 수 있었다니 기쁘다. 분명 아내도 나와 똑같이 기뻐해 주겠지.

결국 아야네는 크리스마스이브의 라이브 공연에 대해 하루토에게 의논한 모양이다. 크리스마스이브가 기말고사의 추가 시험 기간과 겹쳐서 기말고사에서 낙제점을 받아 추가 시험을 치르게 되면 라이브 공연에 참여하지 못할 수도 있었다.

그래서 아야네는 하루토의 도움을 받아 공부에 온 힘을

쏟았다. 하루토가 교과서를 소리 내 읽어주면 스마트폰으로 녹음해 그 자료로 공부했다.

고등학교 입시 때는 마사와 요시가 도와주었는데 지금은 하루토가 애써주고 있다. 이렇게 여러 가지 것들이 아야네 주변에서 계속 달라지면 좋겠다. 그것이 나의 바람이었다.

아야네가 하루토와 공부에 매진하는 동안에도 나는 내가 할 수 있는 일을 했다. 작업 의뢰를 받아 지하 스튜디오에 틀어박혔고 때로는 아야네가 오지 않는 거실에서 기타를 쳤다.

쓸쓸하지도 슬프지도 않았다. 아니, 아주 조금 쓸쓸하긴 하다. 하지만 아야네가 있어야 할 곳은 여기가 아니다. 처음부터 알고 있던 사실이다.

그렇게 착실히 시간이 흘렀고 아야네는 다행히 한 과목도 낙제점을 받지 않고 기말고사를 마쳤다. 한마디로 간단히 표현할 수 있을 만큼 쉬운 일은 아니었겠지만 아야네는 하루토와 둘이 잘 극복해 냈다.

"정말 아찔했다니까. 내가 글자를 쓰는 게 어렵기도 했지만 채점 실수가 있었거든요. 그걸 발견하지 못했으면 낙제점이라 얼굴도 못 들 뻔했어."

기말고사를 무사히 마쳤다는 안도감 때문일 것이다. 오랜만에 집에 온 아야네가 활짝 웃으며 이야기했다. 나는 미소를 머금고 귀를 기울였다.

"그랬겠네."

"진짜 난리도 아니었어. 그 바람에 미즈시마랑 추격전까지 벌였지 뭐예요."

"하루토랑? 뭐가 어떻게 된 건데?"

"나, 채점 실수를 알아차리기 전까지 너무 우울했거든요. 그래서 미즈시마랑 조금 말다툼을 했지 뭐야. 글자를 읽지 못하는 나한테 미래 같은 건 없다고 쏘아붙였다가……."

하루토는 아야네에게 "글자를 못 읽어도 너한테는 노래가 있잖아. 그건 정말로 근사한 거야"라고 말했다고 한다.

전해 들은 이야기일 뿐이지만 그 말이 내 가슴을 울렸다. 하루토도 역시나 아야네가 가진 재능을 느끼고 믿고 있는 것이 틀림없다. 아야네가 전해준 대화에 그런 내용이 담겨 있었다.

―― 노래를 잘 불러봐야 기껏 도망치는 데 사용할 뿐이라고.

―― 그렇지 않아. 도사카의 노래는 현실을 헤쳐나갈 수 있는 수단이야.

── 아는 척 말하지 마.

── 그럼 내가 뭐라고 말해야겠어? 지금까지 함께 노래를 만들어왔잖아! 가장 가까이서 들었다고. 도사카의 노래는 아름다워. 근사해. 도사카, 너는 정말 대단하다고!

아야네는 이야기하다 말고 부끄러워졌는지 "아, 굳이 안 해도 될 말까지 했나 봐" 하며 수줍어했다.

그런 대화를 나눈 뒤 아야네가 부실을 뛰쳐나갔고, 답안지를 다시 들여다보던 하루토가 채점이 잘못되었음을 알아채고는 아야네를 쫓아 달려 나왔다. 하지만 내막을 모르는 아야네는 하루토가 그냥 자신을 쫓아오는 걸로 착각했다고 한다. 그래서 추격전이 벌어졌던 거라고.

"뭔가 청춘 영화 같은걸."

히죽 웃으며 머릿속에 떠오른 대로 말하자 아야네가 웃음을 터뜨렸다.

"도망치고 있을 때 하루토도 똑같은 말 했는데. 청춘 영화 찍을 일 있냐고. 날 쫓아오면서 소리를 지르는데 웃음이 나와서 혼났어."

"그럼 이제 내가 대타로 무대에 서지 않아도 되겠군."

만약 아야네가 추가 시험 때문에 라이브 공연에 나갈 수 없게 된다면 내가 대신 무대에 서겠다고 주최 측에 이미 승낙을 받아둔 터였다. 하지만 이제 그런 걱정도 사라졌다.

5

드디어 라이브 공연일이 되었다. 일기예보에서는 눈 소식을 알렸다.

우리가 사는 마을에서 신칸센이 다니는 역까지는 한 시간쯤 걸린다. 이 커다란 역 앞 광장에서 공연이 열린다. 눈이 내려 행여 전철 시각에 변동이 있지는 않을까 걱정했으나 걱정이 무색하게 평소와 같은 시간표대로 운행하고 있었다.

"그래서 말인데, 공부를 도와준 게 고마워서 미즈시마한테 뭔가 선물하고 싶어."

나도 주최 측의 초대를 받아 공연 무대를 보러 갈 예정이었다. 4시에 시작되는 리허설에 맞춰 일찌감치 전철을 탔다. 아야네는 내 옆자리에 앉아 있었다. 본 무대에 오르기 전까지 연주 연습을 봐주고 있었기 때문이다.

"그거 괜찮네, 하루토도 기뻐할 거야."

"뭐가 좋을까?"

"……전철에서 하고 싶은 얘기가 있다더니 이거였어?"

"그게, 도착할 때까지 한 시간이나 남았잖아. 도시라면 뭐든지 다 있을 테니까, 켄 아저씨한테 조언을 구하고 싶었거든. 남자애들은 뭘 좋아해요?"

좋아하는 사람이 주는 거라면 뭐든지 기쁘겠지.

그렇게 대답하고 싶었으나 가슴속에 담아두었다. 하루토가 아야네를 어떻게 생각하는지 확인해 보진 않았다. 적잖이 호감을 품고 있을 터였다.

"머플러나 장갑은 어때?"

"그런 것도 생각해 봤는데요, 몸에 걸치는 건 좀 부담스럽지 않을까?"

"그럼 과자 같은 거?"

"음. 과자라!"

"아니면…… 그거다, 시집. 너도 하루토한테 영향받아서 공부 겸 최근에 읽고 있다고 했지? 아야네가 지금까지 읽고 좋았던 책을 선물하면 돼."

"그런 선물도 있었네. 근데…… 미즈시마가 이미 같은 시집을 갖고 있으면?"

"그래도 하루토라면 기뻐하면서 소중히 간직할 것 같

은데.”

고민한 끝에 시집과 손수건을 선물하기로 결정했다. 시간은 충분했기에 아야네의 부탁으로 서점에 같이 가기로 약속했다.

전철이 목적지에 가까워질수록 승객이 늘어났다. 크리스마스이브라 그런지 커플이 많았다. 예쁘게 차려입은 10대, 20대가 많아 저절로 미소가 새어 나왔다.

“그러고 보니 아야네, 오늘은 평소와 다르네.”

“아, 응. 그렇지 뭐.”

평소에 아야네의 옷차림을 눈여겨보진 않았으나 스커트를 입는 일은 좀처럼 없었던 것 같다. 아야네 나름대로 라이브 무대에 어울리는 의상을 신경 써 고른 걸까. 아니면 하루토가 있어서…….

“예뻐요?”

“공주님 같은데.”

건성처럼 대답했더니 진심이 담기지 않았다며 아야네가 투덜거렸다. 하지만 진지한 말투로 대답할 순 없는 노릇이다.

이런 대화를 주고받고 있는데 가까이에 서 있던 커플이 살그머니 손을 잡았다. 아야네도 그들의 행동을 알아차린

듯 둘 다 괜스레 말이 없어졌다.

다음 역에서 그 커플이 내리자 내가 불쑥 물었다.

"아야네도, 아까 같은 거 해보고 싶어?"

"아까 같은 거라니…… 저 두 사람? 글쎄. 연애라는 걸
잘 몰라서."

그렇게 대답했지만 아야네의 말투에서는 해보지 않은
일에 대한 동경 같은 게 느껴졌다.

기쁜 것 같기도, 쓸쓸한 것 같기도 했다.

"누가 한 말인지는 잊어버렸지만."

"응?"

"사랑은 눈이 아니라 마음으로 보는 거래."

아마 영국의 유명한 극작가가 한 말일 것이다. 아야네
가 하루토를 어떻게 생각하는지 확실하진 않지만 호감이
있는 건 분명하다. 어쩌면 그런 자신에게 당황하고 있는지
도 모른다.

나답지 않다고 농담으로 받을 줄 알았는데, 예상과 달
리 아야네는 가만히 생각에 잠겨 있다.

"그럼 눈으로 보는 건 사랑이 아니에요?"

"그럴지도 모르지."

"그런 거구나……. 좀 알 것 같아. 겉으로 보이는 건 역

시……."

"응?"

"아냐. 아무것도 아니에요. 그보다 스승님이 그런 말을 하는 건 처음 들었는걸. 혹시 누군가를 꼬실 때 하는 말이에요? 응, 그런 거야?"

"너, 어른 놀리는 거 아니라니까."

그러는 사이 전철이 목적지에 도착했다. 우선 공연 장소를 확인해 두려고 라이브 무대로 향했다. 역 앞에 세워진 커다란 크리스마스트리 옆에 특설 무대가 설치되어 있었다.

아야네 외에도 여자 대학생 한 명이 오프닝 무대에 오를 예정이었다. 공연의 주인공은 인지도는 높지 않지만 노래 실력이 무척 뛰어난 프로 여성 가수였다.

공연 무대를 확인한 뒤 서점에 가서 시집을 구입했다. 아야네와 함께 서점에 올 줄은, 게다가 시집을 사는 날이 올 줄은 생각도 하지 못했다.

그 후 손수건을 사러 잡화점에 들르겠다는 아야네를 두고 나는 먼저 라이브 공연장으로 돌아갔다.

스태프 중에 아는 사람이 있어 인사하는데 오늘 무대의 주인공인 여성 가수가 모습을 드러냈다. 그녀의 곡에 몇 번 참여한 적이 있어 비교적 친한 사이였다.

"오프닝 무대에 두 번째로 올라갈 여고생이 켄 씨와 함께 밴드를 하는 아이라면서요?"

인사를 나눈 뒤 그녀가 왠지 즐거운 듯 물었다.

"네. 맞아요."

"켄 씨의 애제자 같은 존재군요. 어때요? 노래 잘 불러요?"

"연주는 아직 멀었지만…… 노래는 굉장하죠."

내가 진지하게 대답하자 그녀는 "우와!" 하며 놀라워했다.

"겸손한 켄 씨가 그 정도로 칭찬을 하다니."

"그 녀석의 재능만큼은 내 유일한 자랑거리라서요."

"그럼 저도 기대할게요."

리허설 시간이 가까워지면서 준비가 착착 진행되었다. 아야네가 쇼핑을 마칠 시간이 되었다는 생각을 하고 있는데 마침 하루토와 함께 돌아왔다.

"뭐야, 둘이 같이 왔구나?"

"아, 응. 선물 가게에서 우연히 만났지 뭐야. 그렇지, 미즈시마?"

"깜짝 놀랐어. 설마 도사카가 있을 줄은 몰랐거든."

크리스마스이브 날 거리에 선 두 사람의 모습은 내가

봐도 어색하지 않았다. 서로가 서로에게 녹아든 듯 자연스러운 느낌이 감돌았다. 두 사람을 스태프와 가수들에게 소개하고 있는데 리허설 전의 확인 작업이 시작되었다. 하루토와 나는 공연장에서 멀리 떨어져 그 광경을 지켜보았다.

"하루토는, 말이야……."

"네? 아, 네."

무대를 바라보다 말고 느닷없이 묻고 싶어졌다. 아야네의 장래에 대해서 어떻게 생각하고 있지? 너는 아야네를…….

"아, 아무것도 아냐."

하지만 그 무엇도 내가 물어봐선 안 될 것 같았다. 참견이 지나치다. 결국 머쓱해져서 말을 삼키자 하루토가 의아하다는 듯 나를 쳐다보았다.

라이브가 시작되기까지 시간이 순식간에 지나갔다. 주최자가 모습을 드러냈고 나도 불려 가 무대 옆으로 향했다. 인사를 나눈 뒤 부탁받은 대로 음향 설정 상태를 확인하고 리허설을 지켜보았다.

어느새 본 공연 시각인 5시가 가까워졌다. 아야네는 긴장하는 기색을 보이지 않았다. 리허설을 마친 뒤 하루토에게 다가가 사이좋게 이야기하고 있었다.

이윽고 시간이 되어 첫 순서인 여대생이 무대로 올라갔다. 유명한 올드 크리스마스 송을 영어로 부르기 시작했다. 거리에 음악이 더해졌을 뿐인데 단번에 크리스마스 느낌이 물씬 풍겼다.

눈에 띄는 곳에 무대가 있어서인지 걸음을 멈추고 노래를 듣는 사람들이 늘어나기 시작했다. 작년 크리스마스이브 때의 광경이 떠올랐다. 아야네가 마사후미의 레스토랑에서 크리스마스 송 커버를 선보였다. 중학생이 된 뒤로는 크리스마스이브가 되면 늘 가게 무대에 섰다.

하지만 이번엔 다르다. 오프닝이긴 하지만 가게보다 훨씬 큰 무대에 서는 거다.

감회에 젖어 있자니 순식간에 아야네의 차례가 되었다. 공연 시간은 한 사람당 15분이다. 기타를 손에 든 아야네가 당당하게 무대에 섰다. 그 모습이 꽤 멋졌다. 나는 무대 옆에 서서 무심코 중얼거렸다.

"부숴버려, 아야네!"

아야네가 모르는 사람이 거의 없을 정도로 유명한 남성 싱어송라이터의 곡을 불렀다. 크리스마스가 되면 여기저기서 어김없이 들려오는 노래로 '뜨라또리아 마사'에서도 여러 번 부른 적이 있었다. 밤이 이슥해져 사람들이 잠들

무렵 비가 눈으로 바뀐다는 내용이었다.

입가에 저절로 미소가 흘렀다. 연주는 아직 부족했지만 노래는 나무랄 데 없이 훌륭했다. 아야네는 편곡을 뛰어넘어 이 곡을 자신의 것으로 소화하고 있었다.

옆에 선 여성 가수가 숨을 삼키는 걸 알 수 있었다. 현역 프로 가수의 눈에는 불완전한 부분이 보일 것이다. 그럼에도 아야네의 가창력에 놀라워하는 것이 분명히 느껴졌다.

나는 아야네의 노랫소리에 짜릿한 전율을 느끼며 자리를 옮겼다. 지금 이 노래를 얼마나 많은 사람이 어떤 표정으로 듣고 있는지 확인하고 싶었다.

70명? 80명? 아니, 그 이상이다. 수많은 사람이 발걸음을 멈춘 채 아야네의 무대를 보고 있었다. 아야네는 여느 때처럼 눈꺼풀을 내리감고 노래 부르는 데 집중하고 있다.

거봐, 아야네. 알겠어? 이렇게 많은 사람이 네 노랫소리에 발걸음을 멈췄다고. 흥분한 듯이 눈을 반짝이고 있어. 이것이 네가 갖고 있는 힘이야. 오직 너만이 갖고 있는…….

'나……. 이 세상이, 싫어.'

초등학생 때 아야네가 울면서 말하던 모습이 뇌리를 스쳤다.

아야네, 너는 아직 이 세상을 완전히 좋아하지 못할 수도 있어. 누구나 마찬가지란다. 나도 그렇고. 하지만……. 어떠니, 이 세상은? 네가 부르는 노래를 듣고 이렇게나 많은 사람이 감동하고 있어. 네가 웃으면 나는 언제나 기쁘단다.

첫 곡이 끝나고 두 번째 곡을 부르기 전에 아야네가 천천히 눈을 떴다. 눈앞에 펼쳐진 광경에 놀라고 있었다. 그뿐만이 아니었다. 보일 듯 말 듯했으나 아야네는 분명 웃고 있었다. 기쁜 듯이.

그날의 라이브 공연은 틀림없이 성공이었다. 아야네는 자신의 역할을 다 해낸 뒤 주인공에게 자리를 내어주고 내려왔다. 주최자와 스태프들도 만족스러운 표정이었다. 공연이 끝나자 그 여성 가수가 아야네에게 찬사를 보냈다.

하루토도 어딘가 자랑스러운 듯 아야네의 모습을 지켜보고 있었다.

공연이 끝난 뒤에는 뒤풀이가 예정되어 있었으나 아야네와 하루토는 늦으면 안 된다며 사양했다. 두 사람은 아직 고등학생이다. 아무도 억지로 권하지는 않았다.

그래도 나는 하루토와 함께 그 자리를 떠나는 아야네에게 말해주고 싶었다.

"오오, 아야네. 오늘 노래 아주 좋았어. 가끔은 이렇게 많은 사람 앞에서 노래하는 것도 나쁘지 않지?"

그러자 아야네가 나를 보았다. 주저하는 듯했지만 수줍게 미소 지으며 대답했다.

"그러네요."

뒤풀이 장소는 걸어서 5분 정도 걸리는 곳에 있었다. 어른들만 모여 왁자지껄하게 술자리를 벌였다. 많은 사람이 아야네에 대해 이야기했다. 아야네가 노래하는 '뜨라또리아 마사'의 라이브 무대를 보러 가고 싶다는 말도 들렸다.

아야네는 앞으로 어떻게 할 거냐는 이야기가 자연스럽게 나왔다. 아무도 아야네가 발달성 난독증이라는 사실을 모른다. 만약 알게 되더라도 큰일은 아닐 것이다. 이 업계에서라면 아야네는 주눅 든 채 살지 않아도 된다. 악보도 나름대로의 방법을 찾아 아무 문제 없이 읽고 있다.

술을 마시기 시작한 지 얼마 안 됐을 때 마사가 메시지를 보내왔다. 통화를 하려고 밖으로 나왔다. 마사네 레스토랑은 또 그곳대로 크리스마스이브 공연이 시작될 참일 것이다. 주방에 여유가 있었는지 마사가 바로 전화를 받았다.

"그래서, 어땠어? 아야네는. 사람들 많은 데서도 무사히 노래 잘했어?"

간단한 인사를 주고받자마자 마치 걱정 많은 어머니처럼 물었다.

"걱정할 거 전혀 없어. 아주 잘 불렀어. 이번 공연 관계자들도 아야네 노래를 들으러 마사네 레스토랑에 오고 싶다고 난리더라고. 손님이 늘어날 테니 잘됐지."

내 말에 마사가 웃었다.

통화가 길어지면 곤란할 테니, 아야네는 뒤풀이에 참여하지 않고 하루토와 돌아갔다고 얼른 덧붙였다. 고맙다는 마사의 인사를 듣고 전화를 끊었다.

문득 두 사람이 궁금했다. 지금쯤 무엇을 하고 있을까. 어딘가에서 일루미네이션이라도 보고 있을까. 아야네는 선물을 잘 건넸을까.

하늘을 올려다보니 무언가가 시야 안에서 흔들렸다. 하얀 것. 눈이다. 본격적으로 내리기 시작할 모양이다. 아침 일기예보에서는 분명 이 지역에 눈이 내리는 건 7년 만이라고 말했다.

7년이라는 세월을 떠올렸다. 어른에게는 순식간일지 모르지만 아야네에게는 그렇지 않을 것이다.

아야네는 기억하고 있을까, 7년 전 일을. 크리스마스이브에는 특히 더 바빠지는 마사를 대신해서 우리가 아야네와 이브를 축하하는 것이 관례가 되어 있었다.

7년 전 그날, 밤이 되자 눈이 내리기 시작했다. 우리는 모두 밖으로 나가 눈을 바라보았다. 초등학생이었던 아야네는 반짝반짝 눈을 빛내고 있었다. 눈을 보는 건 처음이라고 했다.

진심으로 바란다. 아야네가 앞으로도 아름답고 예쁜 것을 많이 볼 수 있기를.

그리고 자신이 머물 곳을 반드시 찾을 수 있기를.

하루토와 언제나 사이좋게, 순수하게 웃을 수 있기를.

설마 내가 이 두 사람을 떼어놓게 될 거라고는, 이때는 상상도 하지 못했다.

제3장

너의 이름을
부를 때면

1

"If I were a bird, I could fly to you."

어느 날 방과 후 문예부실에서 있었던 일이다. 신곡을 다듬는 데 어려움을 겪던 나는 문득 떠오른 그 시를 중얼거렸다. 그러자 앞에 앉아 가사를 쓰던 시인 군이 고개를 들었다.

"갑자기 뭐야?"

"알아? 이 영시."

학교는 달라도 대부분 배우지 않을까, 그렇게 생각하며 묻자 시인 군은 "알기야 알지만" 하고 질문의 의도를 묻는 듯한 눈빛으로 나를 바라보았다.

"절망의 시잖아. 아무리 애써도 날아갈 수 없으니까."

공감을 원했던 것도, 비웃고 싶었던 것도 아니다. 기분 전환 삼아 무심히 던진 말이었다. 하지만 시인 군은 잠시 생각하더니 이렇게 대답했다.

"그건 절망의 시가 아니라 사랑의 시야."

"사랑의 시?"

"〈로미오와 줄리엣〉에 나오거든."

어째서 지금 그 일이 떠올랐을까. 크리스마스이브에 라이브 무대를 마친 나는 시인 군과 둘이서 일루미네이션을 보며 걷고 있었다.

로미오와 줄리엣. 이름은 들어본 적 있다. 분명 비극적인 사랑 이야기다.

나는 여전히 사랑을 알지 못한다.

다만 처음으로 무대에서 창작곡을 선보인 뒤 3개월 동안 매일같이 시인 군과 얼굴을 마주하고 노래를 만들어왔다. 그런 날들 속에서 시인 군이 집안일로 문예부실에 오지 못하게 될 때면 무척 낙담한 나 자신을 발견하곤 했다.

혼자 지내는 데는 단련이 되어 있었음에도 홀로 곡을 만들고 있자니 부실이 너무 넓게만 느껴지고 쓸쓸한 마음이 들었다.

지금까지 또래 친구가 없었기 때문에 단순히 외롭다고 느끼는 것뿐일까.

아니면…….

"도사카!"

시인 군이 이름을 부를 때마다 내 안의 무언가가 흔들리는 것과 관련이 있는 걸까.

깨닫고 보니 그를 바라보는 시간이 많아져 있었다. 부실에서 만나지 못하고 그다음 날이 되면 별것 아닌 소소한 대화를 나눌 수 있다는 것만으로도 기뻤다. 그를 생각하는 시간도 많아졌다.

'사랑은 눈이 아니라 마음으로 보는 거래.'

그 모든 게 지금, 이해되기 시작했다.

나는 줄곧 동굴에서 살고 싶었다. 그곳에서는 외적인 요소가 중요하지 않다. 글자도 필요 없다. 마음만 있으면 된다.

마음으로 사람을 보고, 끌리고, 서로 연결되고 싶어 하는 것. 어쩌면 그런 감정이…….

"도사카? 왜 그래? 표정이 진지하네."

생각에 잠겨 있는데 옆에서 걷던 시인 군이 걱정스러운 듯 물었다.

"응? 아, 아냐. 불빛 장식이 너무 예뻐서."

"역시 도시는 다르구나. 우리 마을에는 이런 게 없으니까."

"그래도 우리 마을은 우리 마을대로 도시에 없는 게 많잖아."

그 후로도 둘이서 일루미네이션을 보며 걷는데 커다란 관람차가 시야에 들어왔다. 크리스마스라 그런지 형형색색의 조명으로 반짝이고 있었다.

길거리에 관람차가 있다니 신기해서 우리 두 사람은 관람차 쪽으로 걸어갔다.

"아무래도 저걸 타면 집에 못 가겠지?"

내가 말하자 관람차를 바라보던 시인 군이 살며시 웃으며 대답했다.

"그렇지. 오늘은 줄도 장난 아닐걸."

"관람차, 실은 나 타본 적 없어."

"그러고 보니, 나도 그러네."

둘 다 부모 없이 자란 외로운 아이였기 때문일까. 하지만 지금은 혼자가 아니다.

"타버릴까?"

"안 된다니까. 막차 시각에 못 맞출 수도 있어."

"새벽에 들어가면?"

“장난치지 말고.”

“그렇지만 언젠가는 관람차 타자. 크리스마스 때라든지.”

“언젠가라면서 크리스마스라고 콕 찍어 말하네.”

12월의 차가운 공기를 느끼면서 우리는 거대하고 휘황찬란한 그것을 바라보았다.

예전 같았으면 이렇게 모두가 다 좋아하는 뻔한 건 가까이하지 않았을 텐데. 그런 감상에 젖으면서도 예전이란 언제일까 생각한다. 시인 군을 만나기 전일까.

그렇다면 그와 만나기 전과 후로, 내가 달라진 걸까.

나는 웃으며 즐거워하다가 걸음을 멈추고는 몸을 돌려 시인 군과 마주 섰다.

인정해. 나는 너를 만나 달라졌어.

“저기…… 항상 도와줘서 고마워. 미즈시마가 권해준 덕분에 새로운 나 자신을 알게 되었어. 함께 창작곡을 만들어주고 시험공부도 도와줘서 오늘 라이브 공연에도 참가할 수 있었어.”

많은 사람에게 노래를 전하는 게 이렇게나 감동적인 줄 몰랐다.

고마운 마음을 표현하자 시인 군은 쑥스러워하며 머쓱한 웃음을 보였다. 분명 자신은 대단한 일을 하지 않았다고 겸손해하는 거겠지.

그런 그에게 건네주고 싶은 물건이 있었다. 기타 케이스에 달린 커다란 주머니에서 그것을 꺼냈다. 아까 선물 가게에서 손수건을 사면서, 서점에서 먼저 산 시집을 함께 포장해 달라고 부탁했다.

실수라면 매장에서 우연히 시인 군과 마주쳤다는 것이다.

당황한 기색을 들키지 않으려고 할머니 선물을 사러 왔다는 시인 군에게 나도 선물을 사야 하니 도와달라고 부탁했다. 마사후미 삼촌에게 선물을 드리고 싶다는 거짓말을 둘러대고.

"이거, 사실은 미즈시마 주려고 산 거야. 삼촌한테는 이런 거 쑥스러워서 못 드려. 그러니까, 자!"

시인 군은 놀란 얼굴로 내가 내민 선물을 받아 들었다. 그저 받기만 한 게 아니라 뭔가 결심한 표정을 짓더니 가방에서 포장지에 싼 물건을 꺼냈다.

"실은 나도 할머니가 아니라, 도사카에게 주면 어떨까 하고 선물을 고르고 있었어. 아니 뭐, 깊은 의미가 있는 건 아니고."

뜻밖에도 선물을 교환하게 되어 각자 포장을 풀었다. 시인 군은 포장지 안에서 시집이 나오자 눈을 동그랗게 떴다. 미즈시마에게 영향을 받아서 공부도 할 겸 시를 읽기 시작했다고 말했더니 더더욱 놀라는 표정이 되었다.

그를 알고 함께 지내면서 달라진 것들을 생각해 본다. 내 손에는 그가 준 선물이 있다. 같은 가게에서 고른 손수건이다. 너무나 예쁘고 소중해서 나도 모르게 가슴에 꼭 안았다.

그때 하얀 무언가가 떨어졌다. 초저녁부터 간간이 흩날리던 눈이 제법 탐스럽게 내리기 시작했다. 크리스마스이브에 눈이 내리다니, 얼마 만일까. 초등학생 시절, 밴드 멤버들과 함께 있을 때도 눈이 내렸었다.

그 무렵에 소중했던 사람들이 지금도 변함없이 가까이 있고, 또 다른 누군가도 곁에 있다. 어쩌면 나는 세상에서 가장 행운아인지도 모른다.

오늘만큼은 그런 착각을 품고 싶었다. 눈 내리는 크리스마스이브만큼은.

겨울방학이 시작된 뒤로도 시인 군과 나는 부실에서 함께 노래를 만들었다.

"이번엔 어떤 노래로 할까? 곡 후보가 몇 개 있는데."

"도사카가 부르고 싶은 걸로 해. 가사는 내가 맞출 테니까."

"그럼 가끔은 사랑의 노래 같은 걸 만들어볼까?"

"미안. 아무래도 그건, 감수성이 예민한 고등학생이 만들면 유치한 곡이 될 것 같아서……."

"아, 뭐야. 미즈시마가 쓴 사랑의 가사도 보고 싶은데."

새해에 들어서도 노래를 계속 만들었다. 내가 작곡하고 시인 군이 작사를 하면 밴드 멤버들이 편곡해 마사후미 삼촌네 레스토랑에서 선보였다.

그 시절 우리는 항상 웃었던 것 같다. 우리 사이에는 충만하고 마음 든든한 무언가가 있었다. 나도 매일이 만족스러웠다. 그늘도 근심도 없이 웃고 있었다.

이런 날들이 계속되었으면 했다. 과거도 미래도 필요 없으니까. 지금으로도 충분하니까. 아무것도 변하지 않고 줄곧, 이대로.

하지만…… 그렇게는 되지 않는다는 걸, 나도 사실은 알고 있었는지 모른다.

2

3학기(일본은 4월부터 학사 일정이 시작되며 1월부터 3월까지를 3학기라 한다) 진로 희망 조사를 계기로 시인 군과 나는 가야 할 길이 달라지기 시작했다.

"아야네는 고등학교를 졸업하면 어떻게 할 생각이야? 진로 희망 조사서, 이번 주까지 내야 하잖아?"

3학기에 들어선 지 얼마 지나지 않아 우리는 서로를 성 대신 이름으로 부르기 시작했다. 내 제안에 처음엔 어색해하던 시인 군도 점차 익숙해져서 나를 아야네라고 자연스럽게 부르게 되었다.

"나는 일할 생각이야. 빨리 삼촌한테 은혜를 갚고 싶어."

시인 군과 알게 된 초창기 무렵에도 비슷한 대화를 나눈 적이 있다. 내 소망은 그때와 변하지 않았다.

레스토랑 경영이 궤도에 올라 안정되었다고는 해도 내 존재는 삼촌에게 금전적인 부담이 된다. 그래서 조금이라도 그 은혜에 보답하고 싶었다.

진로 희망 조사서에는 구체적인 직종을 세 개나 기재해야 한다. 청소나 제조업처럼 읽고 쓰기가 중요한 요건이 되지 않는 직종도 생각해 봤지만 합격할 수 있을지는 솔직히 모른다. 내년에 고등학교로 그 직종의 구인 공고가 들어올지도 알 수 없다.

조사서 항목을 비롯해 전반적으로 고민 중이라고 털어놓자 시인 군은 잠시 생각한 뒤 말했다.

"그럼 희망 직종에 예능 계통이라고 적으면 어때?"

"예능? 그건……."

"예능이라는 말이 애매하면 가수라고 써도 좋을 것 같아. 노래 부르는 걸 직업으로 하는."

그 가능성을 한 번도 생각해 본 적 없다고 하면 거짓말이다.

하지만 현실적이진 않다. 내 노래를 칭찬하는 사람도 있고, 크리스마스이브엔 많은 사람이 들어줘서 그건 그것대로 기뻤지만 마음은 여전히 어린 시절 그 연립주택 방 안에 있었다.

보통의 아이들과 다른 나를 보며 어른들이 난감한 표정을 짓고, 엄마마저 내 인생에서 사라져 버렸던, 그…….

나는 보통 사람과 다르기에 더욱더 평범하게 살고 싶었다.

다만 지금 당장 해결해야 할 문제는 진로 희망 조사서 항목을 채우는 것이다.

이걸로 뭔가가 크게 달라지는 건 아니니까, 생각하며

제3 희망란에 '가수'라는, 보통은 선생님들이 곤란해할 직종을 적어 제출했다. 이 일은, 그렇게 끝인 줄 알았다.

"오픈 캠퍼스(대학교에서 캠퍼스를 개방하고 견학과 입시 설명회 등을 통해 학교를 소개하는 행사)라고요?"

진로 희망 조사서를 제출하고 일주일 뒤, 방과 후에 담임선생님이 교무실로 불렀을 땐 당황했다.

"내가 좀 알아봤는데 가수를 양성하는 전문학교에서 봄 방학 중에 오픈 캠퍼스를 연다고 하더구나. 현県 내에 있으니 만약 진학을 검토한다면 거기가 좋을 것 같아서."

"그게, 일단 진로 희망 조사서에 썼지만 그렇게까지 본격적으로 생각하고 있는 건 아니에요. 취업해서 일하는 게 제일 좋을 것 같아요. 그래서……."

"하지만 도사카는 노래를 잘하잖아. 선생님들 사이에서도 화제인걸. 삼촌이 경영하는 레스토랑에서 가끔 라이브 공연도 한다면서?"

"네……. 아, 뭐, 그렇긴 하지만. 근데 특별히 잘하는 건 아니에요."

"아직 시간은 있어. 스스로 가능성을 좁히지 않아도 돼. 특히 도사카는 여름이 지나면서 공부도 열심히 하고 있잖아. 어쨌든 오픈 캠퍼스에 한번 가봐."

원한다면 선생님이 함께 가서 난독증에 대한 부분도 상담해 주겠다고 하셨지만 당연히 거절했다. 대신이라고 하긴 좀 그래도 시인 군에게 같이 가달라고 부탁하기로 마음먹었다.

평소보다 늦게 부실에 도착하자 시인 군이 무슨 일 있느냐고 물었다.

"아니, 장난으로 쓴 건데 일이 귀찮게 돼버렸어. 이게 다 하루토 책임이야."

"장난이라니…… 혹시, 가수 그거?"

"그래. 선생님이 너무 진지하게 생각하시지 뭐야. 하고 싶은 일을 찾은 건 좋은 일이라느니 기뻐하시면서 말이야."

교무실에서 있었던 일을 다 설명하자 시인 군은 상당히 관심을 보였다.

"그보다, 가수가 되려면 전문학교에 가는 방법도 있구나."

"그런가 봐. 그렇지만 레코드 회사 오디션에 붙지 못하면 아무 소용 없는 거 같던데."

시인 군은 건성으로 던진 내 말을 듣더니 "그렇군, 오디션이란 게 있었어" 하고 깊이 생각하는 표정으로 중얼거렸다.

가수나 오디션 같은 말이 내 인생과는 어울리지 않는, 먼 나라 이야기처럼 들렸다.

하지만 내 안에는 분명 노래가 있었다. 록앤롤러가 선사해 준 음악이 있고, 작곡도 가창도 내게서 떼려야 뗄 수 없는 삶의 일부로 자리 잡은 느낌이었다.

하지만 생계를 생각하면 도저히 노래로 살아갈 수 없을 것 같았다.

봄방학 중에 열린 오픈 캠퍼스에는 시인 군과 둘이 전철을 타고 갔다. 이 외출을 조금이라도 더 즐기려고 미리 여러 가지 계획을 세웠다.

"아, 맞다 하루토, 오늘 시간 있어? 3시쯤 끝나는 거 같던데 같이 쇼핑 가줘. 하루토 때문에 참가하게 된 거니까, 알았지?"

마치 지금 막 생각났다는 듯 말하자 옆자리에 앉은 시인 군이 피식 웃었다.

"네네, 알겠습니다. 원한다면 디저트라도 사드릴까요?"

"앗, 정말? 그러잖아도 가고 싶은 가게가 있어! 빨리 오픈 캠퍼스 마치고 둘이서 돌아다니자. 케이크도 먹고 크레이프도 먹어야지. 그리고 아이스크림도!"

"쿨하게 보이지만 역시 평범한 여학생 맞네."

오픈 캠퍼스가 열리는 전문학교는 예전에 거리 공연을 펼친 역 근처에 있었다. 접수를 마치고 강의실로 들어서자 많은 사람이 자리에 앉아서 잡담을 나누고 있었다.

가수를 지망하는 사람이 이렇게나 많다는 사실이 놀라웠다. 겉으로만 봐서는 알 수 없겠지만 분명 나와는 다른 보통 사람들이다. 다들 가수의 길을 선택하지 않아도 아무런 어려움 없이 다른 직종에서 일할 수 있겠지. 그렇게 생각하니 약간 쓸쓸해졌다.

"아야네, 왜 그래?"

내가 생각에 잠겨 있자 시인 군이 걱정스러운 듯 말을 걸었다. "아, 아냐. 아무것도" 하고 웃어 보였다.

이윽고 강사가 들어와 학교와 수업에 관해 소개했다. 나는 그저 무심히 들어 넘겼다. 어느덧 특별 강연회가 시작되었다. 레코드 회사 등 여러 음악 관계자를 강연자로 초빙해 현재 업계의 상황이라든지 어떻게 하면 가수가 될 수 있는지 등을 알려준다고 했다. 담임선생님의 권유로 마지못해 참가한 터라 특별 강연회에도 별 관심은 없었다.

그런데 놀랍게도 초빙된 특별 강연자 가운데 낯익은 얼굴이 보였다. 크리스마스이브 라이브 공연을 주최한 사사키 씨였다. 록앤롤러와도 친분이 있는 지방 음악업계 인사다. 시인 군과 나는 뒤쪽에 앉아 있었는데 우연히 눈이 마주쳤다. 그도 놀란 표정이었다.

강연자들의 이야기가 끝나고 그 자리에서 간단한 오디션이 열렸다. 손을 든 지원자가 지목받으면 아카펠라로 노래한 뒤 전문가들의 시각으로 심사 소감을 말해준다는 취지였다.

나는 지원할 생각이 없었다. 음악 전문가라는 레코드 회사 사람들도 무난한 평만 늘어놓고 있었다. 가수가 될 만한 재목이 이곳에 있을 거라고는 기대하지 않는 듯했다.

그대로 아무 일 없이 끝났다면 좋았을 텐데, 도중에 사사키 씨가 레코드 회사 관계자에게 귀엣말하는 게 보였다. 레코드 회사 관계자는 눈썹을 살짝 치켜올리고는 내게로 시선을 돌렸다.

"자, 어디 이번에는 저희가 지명해 볼까요? 맨 뒤쪽에 머리 긴 여학생, 나오세요."

솔직히 당황했다. 시인 군에게 도움을 청하고 싶었으나 지명되었으니 어쩔 수 없었다. 거절할 수 있는 분위기가 아니라서 마음을 굳히고 자리에서 일어났다.

"그럼 한 곡, 뭐든 불러볼래요? 어떤 장르의 곡이든 괜찮으니까."

"알겠습니다. 그럼……."

잠시 고민한 끝에 익숙하게 부를 수 있고 누구나 알 만한 곡을 노래하기 시작했다. 나에게는 어울리지 않는 사랑의 노래다. 그래도 노래했다. 옆에 앉은 시인 군의 가슴속 종을 울리듯, 마음을 담아서.

노래를 끝내고 눈을 떴을 때 강연장이 조용해져 있었다. 뭔가 큰 실수를 했나 싶었지만 다행히 그렇지는 않은 모양이었다.

"학생은…… 지금 당장이라도 우리 쪽에서 데뷔하는 게 좋겠는데."

칭찬할 부분이 없어서 그냥 웃자고 던진 말인지 아니면 다른 뭔가가 있는 건지 모르지만 레코드 회사 사람은 얼버무리려는 듯 웃으며 그런 감상평을 내놓았다.

오픈 캠퍼스에 참가하는 것도, 사람들 앞에서 노래를 부르는 것도 특별히 싫진 않았다. 바라지도 않은 그 일이 일어난 건 점심시간 때였다.

모처럼의 외출이었기에 나는 세련되게 꾸며놓은 카페에서 시인 군과 점심을 먹을 계획이었다. 들떠 있는 나를 보며 그가 웃었다. 익숙한 광경이다. 안심이 되고 마음이 편안하다.

하지만 시인 군은 특별 강연회가 끝난 뒤로 줄곧 뭔가를 생각하고 있는 듯했다.

"있잖아, 아야네."

시인 군이 말을 꺼내려 할 때였다. 그야말로 불쾌한 일을 맞닥뜨린 건.

"역시 아야네였어. 이야, 사복 입은 모습도 귀엽네."

소리 나는 곳으로 고개를 돌려 보니, 낯익은 남학생들이 전문학교 근처의 길가에 서 있었다. 같은 고등학교 동급생들로 마음에 들지 않는 타입의 학생들이었다. 초등학생 시절에 날 괴롭히던 애들과 비슷하다. 항상 히죽히죽 웃으며 타인을 깔보는 데에만 온통 신경이 가 있는 무리였다.

마사후미 삼촌이나 밴드 멤버들에게는 걱정을 끼칠까 봐 말하지 않았지만 거리 공연 때 노래 부르던 모습을 촬영한 관객이 SNS에 업로드하는 바람에 동영상이 확산된 적이 있었다.

덧붙인 코멘트를 보면 게시한 사람에게 악의는 없었던 것 같다. 다만 그때 동영상을 본 이 남학생들이 학교 문화 축제 때 자신들의 밴드 공연에 참여해 달라며 끈질기게 따라다녔다.

내 노래에 감동받았다는 그럴듯한 이유를 내세웠지만 단순히 문화 축제에서 눈에 띄고 싶었을 뿐이겠지.

시인 군이 그들을 쫓아준 뒤에도 종종 시선이 느껴지곤 했다.

그들로서는 제안을 거절당해 기분이 무척 상했던 모양이다. 시골 고등학교에서 뭐든지 자기들 마음대로 할 수 있을 거라고 여기는 애들이니까.

그런 애들과 여기서 우연히 마주치다니 운이 참 나빴다 고밖에 표현할 수가 없다.

"이런 데서 만날 줄이야. 우린 요 근처 학교 오픈 캠퍼스에 왔거든. 어쩐지 아침에 역에서 아야네 같아 보이는 사람이 있더니만. 아야네, 이 전문학교에 다닐 거야? 음악계던데."

나는 조금 전까지 짓고 있었던 미소를 싹 거두고 쌀쌀맞게 내뱉었다.

"내 일에 관심 갖지 마……. 하루토, 가자."

싫은 사람과는 엮이지 않는 게 가장 좋다. 그렇게 생각하며 자리를 떠났다. 어떻게든 이 상황을 여러 가지 일이 있었던 하루의, 아주 작은 불쾌함으로만 남기고 싶었다.

"여전히 쌀쌀맞네. 그건 그렇고 꿈이 아주 야무진데? 가수 되려고? 멋지군."

그들이 뭐라고 떠들든 아랑곳하지 않고 발걸음을 내디뎠다. 어떤 악의도 괴롭힘도 떨쳐버리면 없던 일로 만들 수 있다. 나는 그렇게 믿고 있었다.

"근데 말이야, 그 소문 진짜야?"

하지만 그 한마디에 어쩔 수 없이 움찔하고 말았다. 걸음을 멈추고 뒤돌아보자 그들 중 한 명이 히죽거리며 말했다.

"아아, 뭐 별로 중요한 건 아냐. 다만 아야네랑 같은 초등학교에 다녔다는 여자애한테 들었는데 말이지……. 아야네, 글자를 제대로 못 읽었다며?"

순간 목구멍이 얼어붙었다. 무슨 의도인지 파악하려고 다시 시선을 돌렸다. 악의와 눈이 마주쳤다. 아아아, 마치 백지처럼 바랜 체념의 심경이었다.

누구에게 들었는지는 모르지만 내가 난독증이라는 사실을 이 애들이 알아버린 거다.

……그래서? 글자를 못 읽어서 그게 뭐 어쨌다는 거지? 날 좀 내버려두라고.

반박하고 싶었지만 어쩐 일인지 목소리가 나오지 않았

다. 내가 떨고 있다는 걸 깨달았다. 들키지 않으려고 손을 꽉 쥐었다. 빈정거리듯 질문을 던진 남학생이 히죽 웃었다.

"……이 반응은, 뭐지? 아, 진짜였어? 예쁜 아야네를 질투해서 지어낸 말인가 했는데. 우와, 그랬군. 그랬어. 그거 이상한 거잖아. 지금도 그래? 혹시 병이야? 나중에 어떻게 되는 거 아냐?"

어째서일까. 내 인생치고는 지금까지 너무 잘 풀려왔기 때문일까. 고등학생이 된 이후로 싫은 일이 줄어들어서인가. 그 싫은 일이 지금, 덮쳐오고 있었다.

더 이상 어떤 반응도 하고 싶지 않은데 그만 몸이 굳어버리고 말았다.

미래 같은 건, 너희가 말하지 않아도 이미 불안하고 그래서 늘 두려워하고 있어.

제대로 취업할 수 있을까, 보통 사람들 속에 녹아들 수 있을까, 질릴 정도로 생각한다고.

그런 말들을 필사적으로 삼키고, 나는 재빨리 그 자리를 떠났다. 하지만 불쾌한 목소리가 끝까지 조롱하며 등 뒤에서 울려 퍼졌다.

"한 방에 인생 역전해서 가수가 되면 좋겠네. 응원할게!"

어딘가에 정말로 아름다운 것은 없는 걸까. 'If I were a

bird, I could fly to you.' 아무 생각도 하고 싶지 않았다. 나는 주문을 외우며 나를 지켰다.

그때 말다툼 소리가 들려왔다. 시인 군이 다부진 말투로 상대방에게 따지고 있었다. 잠시 뒤 나를 따라온 시인 군이 말했다.

"아야네, 저런 녀석들이 하는 말은 귀담아들을 필요 없어."

상처받았더라도, 말을 걸어주는 누군가가 있다는 것. 그게 고마웠다.

그리고 가능하다면 듣고 싶었다. 평범하지 않다는 말을 들었지만, 그건 자각하고 있지만 그런 내게도 평범하게 세상에 녹아드는 미래가 반드시 있을 거라고.

특별해지고 싶지 않으니까. 그래서…….

"근데 잠깐 내 말 좀 들어봐."

그렇게 바라고 있는데, 시인 군이 약간 주저하며 말했다.

내가 바라던 것과는 전혀 다른 말을.

"전부터 생각한 건데 말이야, 오디션에 참가해 봐도 좋을 것 같아. 전문학교에 가지 않아도 참가는 할 수 있잖아? 그렇게 가수가 되는 길도―"

아아…… 시인 군도, 마찬가지구나.

의도도 의미도 아까 그 남학생들과는 다르지만 그도 나

를 특별하게 보고 있었다. 어쩌면 나를 위로하려는 건지 모른다. 하지만 나는 미숙해서 그의 말에 발걸음을 멈추고 말았다.

"그 얘긴 이제 됐어."

내가 원하는 건 평범함이었어. 바라는 것도 평범한 삶이고.

고개를 숙이고 있는데 그가 무심결인 듯 "아야네……" 하고 내 이름을 불렀다.

어쩌다 이렇게 되어버린 걸까. 오늘을 무척 기대했는데. 오픈 캠퍼스가 끝나면 하루토와 함께 즐거운 하루를 보내려고 잔뜩 부풀어 있었는데.

바보 같지만 며칠 전부터 이날 입을 옷을 고르고 조금이라도 예쁘게 보이려고 한껏 멋도 부렸는데……. 그런데 지금 현실은 기대와 달리 완전히 틀어졌다.

"가수니 오디션이니 그런 거, 아까 걔가 말했듯이 내겐 터무니없는 꿈이야. 하루토가 고향을 떠날 수 없는 이유도 잘 알고, 할아버지 할머니를 위해서라는 거 알기에 존경스러워. 그렇지만 나한테 너무 큰 기대를 하니까…… 솔직히 부담스러워. 나 정도 실력인 사람은 이 세상에 넘쳐나니까."

164

그렇게 말할 생각은 아니었다. 시인 군은 내게 마음을 써주고 그저 나를 조금 특별하게 봐주고 있을 뿐인데. 하지만 슬프게도 내가 원하는 건 특별함이 아니었다. 그 엇갈린 차이가 괴롭고 힘들었다.

나는 시인 군에게 잇달아 차가운 말을 퍼붓고는 더는 견딜 수 없어져 그 자리를 떠났다.

어딘가로 가고 싶었지만 혼자 다닐 자신은 없었다. 거리는 온통 꼬불꼬불한 기호로 가득 차 있다. 나는 결국 역으로 돌아가 플랫폼 벤치에 앉았다.

나도 모르게 두 손으로 얼굴을 가렸다. 지금 울 수 있다면 얼마나 좋을까. 온갖 기적이 일어나 내가 평범한 사람들 속으로 들어갈 수 있다면 얼마나 좋을까.

난독증이 나아서 술술 읽고 쓸 수 있게 된다면…….

"아야네?"

얼마 동안 그러고 있었을까. 혼자 고개를 숙이고 있는데 익숙한 목소리가 들려왔다. 천천히 고개를 들자 다리가 긴 누군가가 걱정스러운 눈빛으로 나를 바라보고 있었다.

눈물로 일그러지기 시작한 시야 속에서도 그 사람이 누군지는 분명히 알 수 있었다.

"역시 아야네였구나. 무슨 일이야?"

몇 년 동안은 그 다리에 매달려 울어본 적이 없었다. 하지만 내가 기대어 울 수 있는 곳은 여기뿐이었다.

"아야네. 너……."

나는 록앤롤러의 다리에 매달려서 어릴 때처럼 소리 없이 계속 눈물을 흘렸다.

3

한바탕 울고 난 뒤 록앤롤러를 따라 역 안 커피숍에 들어갔다. 록앤롤러는 저녁에 일과 관련된 회식이 있어 이곳에 온 거라고 말했다. 들어보니 약속 상대는 사사키 씨로 근처 오픈 캠퍼스에 특별 강연자로 초빙받았다고 한다. 나도 그 강연회에 참가했다고 말하자 록앤롤러가 놀라워했다.

그는 내가 왜 울고 있었는지, 무슨 일이 있었는지는 캐묻지 않았다. 나는 음료를 마시며 마음을 가라앉힌 뒤 오늘 있었던 일을 이야기했다.

생각해 보면 록앤롤러가 나에게 기타를 준 날도 그랬다. 갑자기 나타나서는 울고 있던 나의 이야기를 묵묵히 들어주었다. 큼지막한 손으로 내 머리를 쓰다듬어 주었다.

하지만 지금은 더 이상 머리를 쓰다듬어 주지 않는다. 난 이제 초등학생이 아니니까.

"나는…… 평범한 게 좋아요. 평범하게 살고 싶을 뿐이야."

속내를 다 털어놓은 뒤 고개를 숙인 채 약한 소리를 내뱉고 말았다.

보통 사람들처럼 글자를 읽고, 평범하게 동급생과 어울리고, 평범하게 취직할 수 있다면 얼마나 좋을까. 왜 나에게는 그런 인생이 주어지지 않은 걸까.

그런 생각을 하고 있는데 록앤롤러의 시선이 느껴졌다.

'그래도 이 세상만은, 가능한 한 좋아하는 게 좋지.'

그가 그렇게 말했을 때가 다시 떠올랐다. 록앤롤러는 무언가 망설이는 듯했지만 "평소에 하던 말장난이 아니고 말이지"라고 전제를 깐 뒤 내 눈을 바라보며 말을 이었다.

"다른 애들과 같지 않으니까 다른 애들과는 다른 걸 할 수 있는 거야."

너의 노래는 그 정도로 대단해. 록앤롤러는 말을 마치더니 눈부신 무언가를 보듯 눈을 가늘게 떴다. 긴장하고 있지 않았음에도 나는 나도 모르게 침을 꿀꺽 삼켰다.

"켄 아저씨도 나를 특별하게 대하시는 거예요?"

"그야 당연하지. 왜냐하면 넌……."

말을 고르는 듯한 그의 표정이 다음 순간 편안하게 풀어졌다.

언젠가처럼 어설프게 미소 짓더니 그 표정 그대로 말했다.

"사랑스러운 내 제자니까."

목소리는 너무나도 다정하고, 그 말은 너무나도 비겁했다. 지금까지 단 한 번도 나를 제자라고 인정해 준 적 없으면서…….

나는 웃으며 얼버무리려 했다. 그런데 갑자기 또 눈물이 흘러내렸다.

"비겁해요. 평소엔 스승님이라고 부르지 말라더니."

"어른은 비겁하단다. 소중한 말을 항상 감추고 있거든."

"뭐야 그게……. 그럼 나도 어른이 되면 그렇게 할까 봐."

어른이라는 말이 아주 멀게 느껴졌다. 나는 벌써 열일곱 살인데, 내가 걸어갈 길을 스스로 선택해야 하는데.

"저기, 스승님. 나, 어떻게 하면 좋을까요?"

마음이 약해졌기 때문일까, 나는 눈물을 닦으며 그렇게 물었다. 잠시 후 록앤롤러가 대답했다.

"나는……. 과감히 오디션에 참가하는 것도 좋은 방법이 아닐까 생각해."

“하지만 나 같은 실력으론 무리야. 하루토도 그렇고 다들 친하니까 좋게 평가해 주는 것뿐이라고.”

“정말 그렇게 생각해?”

“그건…….”

조금은, 아주 조금은, 그렇지 않을지도 모른다는 생각이 고개를 들었다.

나는 단지, 내 노래를 완전히 믿지 못하는 것뿐일지도 모른다고…….

시인 군을 만나지 않는 봄방학은 너무나 길게만 느껴졌다.

사실은 둘이서 하고 싶은 일이 정말 많았다. 바람이 상쾌한 계절이니 어디든 나가서 자연을 느끼고도 싶었고, 도시로 놀러 가고도 싶었다.

지금까지의 인생에서 긴 방학을 함께 보내고 싶다고 생각한 사람은 시인 군 말고는 없었다. 그런데도 나는 고집을 부렸다. 시인 군이 이야기하고 싶다는 메시지를 보내왔지만 답장하지 않았다.

그날 카페에서 헤어진 이후 록앤롤러와도 진지한 이야기는 나누지 않았다.

집에서 혼자 미래를 생각했다. 신곡은 만들지 않았지만 레스토랑 일은 빠지지 않고 도왔고, 밴드 멤버들과 하는 연습에도 꼭 참여해 라이브 무대를 준비했다.

시인 군에게 답장을 보내야 한다고 수없이 생각했으나 시간이 지나면 지날수록 어려워졌다.

그런데 봄방학이 끝나갈 무렵의 어느 날, 그가 먼저 다가와 주었다. 라이브 공연에 시인 군이 와 있었던 것이다. 하지만 나는 그의 존재를 모른 척하며 노래에 집중했다. 공연이 끝난 뒤에도 대기실에 틀어박혔다. 그러자 요시 아저씨가 물었다.

"하루토 군 와 있는 것 같던데 이대로 괜찮겠어?"

아마도 뭔가 눈치챈 것 같았다.

나는 옷을 갈아입고 시인 군에게 갔다. 맞은편 자리에 앉아 어떻게 말을 꺼내야 할지 고민하다가 메시지에 답장하듯 입을 열었다.

"이야기라니, 뭔데?"

"미안. 여기까지 찾아와서."

"괜찮아, 가게니까 누가 오든 상관없어."

좀 더 상냥하게 말하면 좋을 텐데, 나는 예전의 나를 잊은 듯 그를 대했다.

지난번 일도 딱히 시인 군이 잘못한 건 아니었다.

그런데도 그는 깍듯하게 사과했다. 그러고는 내 눈을 바라보며 말을 이었다.

"하지만 이 말은 꼭 하고 싶었어. 아야네는 자신을 너무 낮춰 생각하고 있어. 네 실력은 진짜야. 누구나 다 너처럼 노래 부를 수 있는 게 아니라고. 그 사실을 네가 꼭 알았으면 좋겠어."

나 같은 건 내버려두면 될 텐데, 그는 항상 나에게 진심을 다한다. 자신의 일처럼, 아니 그 이상으로. 무엇이 그를 그렇게 만드는 걸까. 연민일까. 동정일까. 아니면 다른 무언가…….

"하루토는 글자를 제대로 읽지도 쓰지도 못하는 사람의 인생이 어떤 건지, 상상할 수 있어?"

나는 정말이지 아무것도 몰랐다. 그에 대해서도, 나 자신의 장래에 대해서도.

"모두가 평범하고 당연하게 할 수 있는 일을 나는 못 하는 거야. 비참하지. 그건 너무 괴로운 일이고. 그래서 최소한 취직 정도는 평범하게 하고 싶어. 가수라든가 그런 불확실한 거 말고. 평범한 사람들 속에서 평범한 일을 하고 싶다고. 남들과 똑같이."

그게 나의 바람이었다. 비참한 일, 괴로운 일을 수없이 겪을지도 모른다.

하지만 노래에 대한 꿈을 꾸고 싶지는 않았다.

어쩌면 나는 두려운 건지도 모른다. 내가 할 수 있는 단 한 가지가 시험당하고 부정당할까 봐.

"그리고…… 나는 내 노래 실력을 그다지 믿지 않아. 그저 남들보다 약간 잘할 뿐이야. 동경하는 마음도 있지만 가수라니 나한테는 무리야. 이 레스토랑 정도가 딱 좋아."

그 뒤로도 계속 대화를 이어갔다. 그러나 우리 사이에 놓인 건 서로 만나지 못하는 두 개의 평행선이었다. 내가 특별하다고 믿는 그와 특별함을 믿고 싶지 않고 상처받고 싶지 않은 나의…….

"어이, 아야네, 잠깐 좀 볼까?"

그때 록앤롤러의 목소리가 들려왔다. 웬일인지 난처한 표정을 짓고 있었다.

무슨 일이냐고 묻듯이 바라보자 록앤롤러가 말했다.

"너, 사사키 씨라고 기억나? 크리스마스이브에 역 앞 라이브 공연을 주최했던 분 말이야."

다시 설명해 주지 않아도 당연히 기억하고 있다. 그런 무대에 설 수 있게 해주신 데 대해 고마운 마음을 갖고 있었다. 오픈 캠퍼스에서도 분명 그분은 내게 힘을 실어주려 했다.

"오디션이라는 말이 들려서 얘기하는 건데, 너를 대형 오디션에 추천하고 싶다더라고."

너무 갑작스러운 일이라 순간 무슨 뜻인지 이해가 되지 않았다. 나는 놀란 나머지 "네 노래가 상당히 마음에 든 모양이야"라고 말하며 씩 웃는 록앤롤러 앞에서 우왕좌왕 어찌할 바를 몰랐다.

오디션에 나를 추천한다고? 그건…….

오픈 캠퍼스에서의 일과 관련이 있는 걸까. 하지만 그것뿐이라고는 생각되지 않았다.

기억을 더듬다 보니 카페에서 록앤롤러와 나눴던 대화가 의식 속에서 되살아났다.

'나 같은 실력으론 무리야. 하루토도 그렇고 다들 친하니까 좋게 평가해 주는 것뿐이라고.'

내가 중얼거렸을 때, 록앤롤러가 뭐라고 했더라.

'정말 그렇게 생각해?'

그날 록앤롤러는 사사키 씨와 회식이 있다고 말했다. 어쩌면 그때 뭔가를 제안해서…….

"너도 작년에 사사키 씨에게 신세를 졌고 나쁘지 않은

제안이기도 해. 하루토가 말한 것처럼 한번 참가해 보는 게 좋지 않을까?"

그 말을 듣고 깊이 생각에 잠겼다. "좀 고민해 볼게요"라고 대답할 수밖에 없었다.

나는 시인 군을 배웅한 뒤 카운터석에서 술을 마시고 있는 록앤롤러에게 다가갔다.

"아까 그 얘기 말인데요……. 그거 설마, 스승님이 뭔가."

록앤롤러가 나를 쳐다보더니 고개를 저었다.

"무슨, 그런 거 아냐. 순전히 아야네의 실력이야. 알잖아. 우리 말고도 네 실력을 높이 사는 사람들이 있어. 그러니까……."

그렇게 말한 록앤롤러는 다시 앞쪽으로 고개를 돌리더니 또 한 번 난감한 듯 웃었다.

나는 내 노래를 어떻게 하고 싶은 걸까. 무엇을 믿어야 하는 걸까.

4

아무런 답도 얻지 못한 채 봄방학이 끝나고 고등학교

생활의 마지막 1년이 시작되었다.

3학년으로 진급하자 나를 둘러싼 환경은 크게 달라졌다. 한동안 잊고 지냈던 집단 괴롭힘이 다시 시작된 것이다.

"도사카, 너 글자 못 읽는다는 거 진짜야? 게다가 가수를 지망한다며?"

반이 배정되고 얼마 지나지 않았을 무렵, 한눈에도 못돼 보이는 여학생이 입가에 웃음을 띠고 물었다. 같은 반으로, 그 주변에 비슷한 애들이 몇 명 더 있었다.

아무래도 오픈 캠퍼스에서 마주쳤던 남학생 무리가 소문을 퍼뜨린 모양이었다. 학교 문화 축제 때 자신들의 밴드와 함께 공연하자는 요청을 내가 거절하자 망신을 당했다고 생각한 듯했다.

하지만 사실, 이유 따위 아무래도 상관없다. 괴롭힘은 언제나 의미 없이 시작되는 법이니까.

"너하고는 관계없으니까, 관심 꺼줘."

"뭐야, 말투가 왜 그래? 물어본 거뿐이잖아. 아니, 그럼 글자를 못 읽는데 학교는 어떻게 들어왔지? 특기생? 예술고도 아닌데?"

이미 나는 상처를 받을 대로 받았다. 이제는 어떻게든 반 친구들과 잘 지내보려고 발버둥 치는 초등학교 시절의 내가 아니다. 학교가 전부가 아니라는 것도 잘 알고 있다.

어떤 취급을 받든 상관없었다. 그저 1년, 묵묵히 견디기만 하면 된다.

1년. 그렇게 생각하면서도 문득 두려웠다. 졸업한 뒤 취직을 한다 해도 그곳 또한 조직이 있고 집단이 있다. 사람들이 있다. 그 안에서 무언가가 탄로 나 무시당하는 일이 절대 일어나지 않을 거라고 단정할 수 있을까. 괴롭힘이란 단순히 학생들 사이에서만 벌어지는 일일까.

"미안해, 아야네. 나 때문이야. 오픈 캠퍼스에 참가하지만 않았어도……."

졸업 후 취업을 희망하는 시인 군도 같은 취업반으로 배정받았다. 하지만 학교에서 이야기를 나누는 일은 거의 없었고, 예전처럼 문예부실에서 만나는 일도 없었다.

방과 후 복도에서 시인 군이 나를 불러 말하기에 돌아보며 나지막하게 대답했다.

"신경 안 써."

말한 그대로였다. 괴롭힘 같은 건 신경 써봐야 아무 소용없다.

"그리고 이건 내가 지금까지 아이들한테 무뚝뚝하게 대해서이기도 하니까. 너도 이제 나랑 엮이지 않는 게 좋아. 하루토까지 터무니없는 꿈에 맞장구친다고 놀림당할 거야."

생각해 보면 지금까지 너무 잘 풀려왔던 거다. 내 인생이 그렇게 계속 잘될 리가 없다. 알고 있던 일이다.

다만 한 가지, 여전히 모르는 게 있다면…….

"내게 소중한 건 아야네니까. 남들이 나에 관해 뭐라 하든 상관없어."

일부러 거리를 두려고 한 말이거늘, 시인 군은 내 눈을 보며 그렇게 답했다.

"뭐?" 하고 내 입에서 물음표가 떨어져 나왔다.

내가, 소중하다고? 그건 무슨 뜻일까. 친구로서? 아니면…….

물어보고 싶었으나 그는 즉시 사과하고는 자신의 말을 정정했다.

"아, 아냐. 미안. 또 부담스러운 소릴 했네."

가끔 나는 시인 군의 마음을 모르겠다. 하지만 알 수 없기에 위로가 되기도 한다.

"하루토는 말이야, 좀 더 자신을 생각하라고. 미래가 분명히 있으니까."

"나만 그런 게 아니라 아야네에게도 미래가 있다니까!"

"나한테…… 그런 대단한 일은 없어. 어쨌거나 어디든

상관없으니 이 동네에서 취직해야지.”

시인 군과 대화하면서 어느 순간을 기점으로 내 목소리가 다시 밝은 톤을 되찾았다. 그건 분명 깨달았기 때문이다. 모든 것이 바뀌기 마련이지만 바뀌지 않는 것이 있을지도 모른다고.

바로 시인 군이다. 그는 고향에서 취직해 할아버지와 할머니를 부양하며 살아갈 것이다. 그렇다면 고향에 있는 한 그와 함께 지낼 수 있다. 같이 음악을 계속할 수 있을지도 모른다.

“그리고 지금까지처럼 하루토랑 계속 노래를 만들 수 있다면, 그게 가장 좋아. 만에 하나라도 가수가 된다면 하루토와 함께 노래를 만들지 못하게 되니까.”

나는 그때, 다투기 전의 나로 돌아가 웃음 지었다. 다시 그와 함께 웃고 싶었으니까.

노래는 취미로 해도 충분하다. 그 이상은 바라지 않는다. 시인 군의 마음을 알 수 없다 해도 다정한 그와 함께 할 수 있다면. 가능성 같은 것도, 날아오르는 일도 다 필요 없다.

설령 앞으로 또다시 사람들에게 멸시당하고 상처받는 일이 있다 해도……

── 하지만 나는 항상, 내가 믿고 싶은 것에 배신당한다.

이유는 모르겠지만 내 말을 들은 시인 군이 마치 얼어붙은 듯 가만히 있었다. 그뿐만이 아니었다. 무언가 후회하는 듯한 눈빛이었다. 그러더니 잠시 후 입을 열었다.

"아니, **겨우 그런 이유로**……."

이번에는 내가 움직일 수 없었다.

겨우 그런 이유? 지금, 그렇게 말한 건가? 어설플지도 모르지만 나의 소원을. 지금까지 둘이서 쌓아온 일들을. 겨우 그런, 이라니.

언어를 소중히 여기는 시인 군이 그렇게 심한 말을 했다는 사실이 믿어지지 않았다.

"**겨우 그런**이라니…… 무슨 말이야? 하루토에게는 **겨우 그런** 일인 거야?"

설령 지금은 엇갈려 지나치더라도 그와 함께 보낸 나날은 내게 보물이다. 거리 공연도, 동아리 활동 같았던 노래 만들기도. 레스토랑에서 했던 라이브 공연도, 크리스마스 이브의 선물 교환도.

미안. 지금 한 말은 진심이 아니었어.

그렇게 정정해 주었으면 했지만 그는 아무 말 없이 고개를 숙이고만 있었다.

“뭐라고 대답 좀 해봐, 하루토.”

애원하듯 재촉하자 그가 겨우 고개를 들었다. 그러고는 분명하게 말했다.

“겨우 그런 일이야. 나한테는.”

순간 머릿속이 하얘지면서 몸에서 힘이 쭉 빠져나갔다. 몸을 지탱하는 데 인간의 정신이 이렇게까지 영향을 미치고 있다는 걸 이제야 실감했다.

“……그렇구나. 그랬……어. 나 혼자만의 생각이었네. 즐거웠거든.”

눈물이 나오기 전에, 분했다. 소중한 무언가를 짓밟히는 게 이렇게도 괴로울 줄이야.

“이제 가줘. 얼굴 보고 싶지 않아.”

시인 군과 내 이야기의 결말에 이런 쓸쓸한 말이 기다리고 있을 줄은 상상도 하지 못했다.

하지만 그는 가지 않았다. “오디션, 볼 거지?”라고 확인하듯이 물었다. 이젠 모든 게 이해되지 않는다. 왜 지금 그런 말을 하는 걸까.

“또, 그 얘기야? 좋아, 알았어. 알았다고, 볼 테니까. 그러니까…….”

나는 시인 군을 노려보며 확실하게 거절의 말을 내뱉었

다. 소중했던, 사람을 향해서.

"이젠 내 일에 상관하지 마."

5

꿈속에서 잠을 깬다는 게 이상하지만 잠에서 깨어났을 때 나는 이것이 꿈이라는 걸 확실히 알았다. 익숙한 내 방 한쪽 구석에는 기타가, 책상 위에는 시집이 놓여 있었다.

시집을 펼치자 아무것도 쓰여 있지 않은 백지가 나타났다. 예전에는 분명 온갖 말들이 쓰여 있었는데. 아름다운 것들이 있었을 텐데. 흔적도 없이 사라졌다.

눈물이 북받치더니 이내 뚝뚝 떨어져 내렸다. 꿈인데도 온도가 느껴졌다.

왜 이렇게 가슴이 아픈 건지, 괴로운 건지 알 수 없었다. 그와 보낸 소중한 순간을 잃어버린 탓일까. 다시는 돌아오지 않기 때문일까. 아니면…….

눈을 뜨니 아침이었다. 무심코 눈가를 문질렀다. 말라버린 건지 아니면 실제로 울지 않았던 건지, 눈물의 흔적은 없었다. 백지로 된 시집만이 머릿속에 남아 떨어지지 않았다.

'오디션 건은 사사키 씨에게 연락해 뒀어.'

스마트폰을 손에 들고 록앤롤러의 메시지를 앱으로 변환해 들었다. 어제 그런 일이 있고 난 뒤 나는 록앤롤러의 집으로 향했다. 그리고 그에게 오디션에 참가하겠다고 말했다.

"왜 갑자기 마음이 바뀌었어?"

"그냥……. 스승님 말씀대로 사사키 씨한테 신세도 많이 졌고, 모처럼 추천해 주신다니 참가하려는 것뿐이에요. 그러니 이상할 거 없잖아. 나도 진로를 생각해야 할 시기니까."

오디션을 보기로 결정했더니 나머지 절차는 순식간이었다. 마사후미 삼촌에게 얘기하자 놀라워하면서도 "그래? 그렇다면 무리하지 말고 열심히 해봐" 하고 응원해 주었다.

대형 레코드 회사가 주최하는 그 오디션은 젊은 뮤지션 발굴을 목적으로 응모 기한을 두지 않고 상시 개최되고 있었다. 록앤롤러의 말로는 많은 사람을 한꺼번에 모집해도 재능 있는 사람을 꼭 찾을 수 있는 건 아니므로 최근에는 그런 오디션이 늘어나는 추세라고 했다.

문은 항상 열려 있지만 그만큼 심사 기준이 상당히 엄격하다는 의미다.

총 네 차례의 심사를 받아야 하는 그 오디션에 참가하려면 창작곡을 반드시 제출해야 했다. 나는 고민 끝에 시인 군과 가장 처음에 만든 노래를 내기로 결정했다.

리코딩에는 밴드 멤버들의 도움이 필요했는데, 이미 록앤롤러가 이야기를 해놓아서 모두 기꺼이 협력해 주기로 했다.

어느덧 주말이 되어 록앤롤러가 친구에게 빌린 스튜디오에서 녹음을 진행했다.

조금은 맥이 풀렸다. 오디션에 참가하기로 마음을 정하자 모든 일이 순식간에 진행되었다. 의외로 세상에는 그런 경우가 많을지도 모른다. 문은 항상 그곳에 있었을 뿐.

다만 시인 군을 만나 창작곡을 만들지 않았다면 오디션에 참가조차 하지 못했을 것이다.

그 시인 군과는 그날 이후로 연락을 끊고 지냈다. 학교 생활은 여전히 달라지지 않았다. 바꿔 표현하자면 비참하다고 해야 할지 모른다.

예전까지 나는 공기였다. 공기는 편하다. 아무도 날 의식하지 않으니까. 하지만 지금은 존재라는, 어찌할 수 없는 무게를 받아들이고 있다.

"이봐, 듣고 있는 거야, 싱어송라이터 씨? 너 말이야. 시험은 진짜 어떻게 하는 건데? 아니 그보다 사인받고 싶으니까 여기에 뭔가 써봐. 너 설마 시험 때도 사인 같은 꼬불꼬불한 글자로 쓰는 거야?"

같은 반의 못돼먹은 여학생들에게 조롱받는 건 일상다반사였다. 심지어 그 애들은 음악을 듣고 있는 내게 다가와 이어폰을 잡아 빼버리기까지 했다.

나도 모르게 쩨려보았더니 "아우, 무서!" 하며 깔깔댔다.

"어이, 그만들 하지."

눈앞에 선 여학생과 서로 노려보고 있는데 익숙한 목소리가 들려왔다.

"도사카가 너희들한테 뭘 어쨌다고 그러는 건데? 이제 고3이야. 이런 유치한 짓은 그만둬."

그냥 내버려두면 좋을 텐데, 시인 군이 또 끼어들었다. 여학생들이 코웃음을 치며 웃었다.

"우와, 흑기사님이 등장하셨네. 빈약한 기사지만."

그런 언쟁이 이어졌다. 나를 감싸준 탓에 그 이후 일시적으로 괴롭힘의 표적이 시인 군에게로 옮겨갔다.

그는 능숙하게 대처하면서 선생님을 끌어들여 그 애들

의 괴롭힘을 잠재웠다. 하지만 그건 보이는 모습일 뿐 그와 나는 그 여학생 무리의 적이 되고 말았다.

그와 나는 만나지 않는 게 좋았던 걸까. 나와 가까워지지 않았다면 그가 반 친구들과 불화하는 일은 없었을 것이다. 아무 문제 없는 학생으로 학교생활을 하고, 졸업 후에는 고향에서 공무원으로 지낼 것이다.

한편 나는 어떨까? 창작곡을 만들지 못해 밴드 활동을 포기했을지 모른다. 낙제점을 받으면서도 어떻게든 졸업하고 열심히 일자리를 찾아서 담담하고 조용하게 살아가겠지.

서로의 인생이 교차하는 일 없이, 마을 어딘가에서 눈이 마주쳐도 '같은 반이었지' 정도로 기억하며 그대로 지나쳐 버릴 것이다.

시인 군에 대한 특별한 감정이 내 안에서 자라나지 못한 채로……

학교생활이 순탄하다고는 할 수 없었지만 추천을 받아서인지 오디션은 순조롭게 진행되었다.

1차 심사를 통과했다는 연락을 받고 2차 심사로 올라갔다.

2차 심사 장소는 지역마다 마련되어 있었다. 내가 사는 지역은 크리스마스이브에 라이브 공연을 펼쳤던 역 근처였다. 마사후미 삼촌이 걱정했으나 나 혼자 찾아갔다.

시골에 살다 보니 커다란 기업의 빌딩 로비에 감도는 묘한 정적과 규모감을 처음 경험했다. 그 웅장한 분위기에 압도당해 멍하니 있다가 직원의 안내를 받아 회의실 같은 곳에서 면접 심사를 받았다.

언제 음악을 시작했는지, 밴드에서의 역할은 무엇인지, 멤버들과의 관계는 어떤지 등에 관해 세 명의 심사위원에게 질문을 받았다. 조금 이르긴 하지만 취업 면접이라는 마음가짐으로 응했다.

마지막에는 심사용으로 미리 제출했던 창작곡을 아카펠라로 선보였다.

왜인지 세 심사위원이 모두 당혹스러운 표정으로 서로 얼굴을 마주 보았다.

2차 심사 결과를 기다리는 동안 어느새 6월이 되었다.

이 시기가 되면 본격적으로 체육대회 준비가 시작된다. 평소에는 아무것도 담당하지 않았는데 이번에는 어쩌다 보니 잡무를 떠맡게 되었다. 게다가 잡무 담당은 나 혼자였다.

해야 할 일이 무척이나 잡다해서 딱히 어떤 일이라고

정의하기조차 애매했다. 의상 담당과 응원단의 뒷정리는 물론, 체육대회와 관계없는 과자 봉지며 페트병 같은 쓰레기도 혼자서 처리해야 했다.

그런 내 모습을 보고만 있을 수 없었던지 시인 군이 다가와 잡무를 도와주었다.

"내가 맡은 일이니까 미즈시마하고는 관계없어."

하루토라고 이름을 말하지 않고 예전처럼 성으로 부르며 선을 그었다. 하지만 그는 쓰레기봉투를 잡고 벌려주더니 의상을 정리하기 시작했다.

"내 일에 상관하지 말라고 했을 텐데."

"내가 좋아서 하는 일이니까 신경 쓰지 마."

시인 군이 내 말에 개의치 않고 부지런히 움직이자 견딜 수가 없었다.

"……미즈시마, 대체 뭘 원해? 어떻게 하고 싶어? 이제 상관하지 말라고."

자상함이란 때로 잔혹하다. 자상하지 않은 사람에게 자신이 잘못한 거라는 생각이 들도록 만드니까.

아니, 하지만 나는 잘못하지 않았어. 네가 잘못한 거야. 그런데도 자책감이 들기 시작했다.

바로 그때, 천 조각을 정리하던 시인 군이 "앗!" 하고 외마디 소리를 냈다.

"도사카, 바늘 조심해. 기타 못 치게 되면 큰일이니까 목
장갑을 끼는 게 좋겠어."

아마 의상에 작업용 바늘이 꽂혀 있었던 모양이다. 염
려해 주는 그의 말에 나는 표정을 숨겼다.

"기타 심사는 아직 멀었으니까 괜찮아."

"그래도 상처 나면 지장 있을지 모르잖아. 근데 그……
오디션은 어때? 잘돼 가?"

"이제 미즈시마랑은 동아리 친구도 뭣도 아니니까 말할
이유 없어."

"그렇네. 미안."

"사과하지 마. 전부 하루토가, 아니 미즈시마가 스스로
한 일이잖아."

그 뒤로는 둘 다 아무 말 없이 작업을 진행해 나갔다. 밖
은 이미 석양으로 물들어 있었다. 응원단 뒷정리를 하기
위해 교실을 나서려는데 나를 괴롭히던 다른 반 남학생들
이 또 깐죽거리며 다가왔다. 모른 척 그대로 지나쳐 신발
을 갈아 신고 운동장으로 향했다.

나와 함께한 날들을, 내 희망을 '겨우 그런 일'이라고 딱
잘라버릴 땐 언제고, 왜 그는 아직도 내게 다정하게 구는

걸까. 어째서 도와주는 걸까. 친구니까? 아니면…….

내 마음은 예민하고 물러서 때때로 몹시도 아름다움을 갈구한다.

"미즈시마는…… 나랑 함께 노래 만들던 거, 조금은 즐거웠니?"

아직 물품을 정리하는 중이었지만 다른 반 응원단이 움직이는 모습을 눈으로 좇으며 물었다.

대답을 주저할 줄 알았는데 뜻밖에도 시인 군은 분명하게 대답했다.

"응. 부실에 가는 시간을 매일 마음속으로 기다렸어."

거짓말쟁이. 그 거짓말은 뭘 가리키는 걸까. 지금 그 말일까. 아니면 나의 희망을 '겨우 그런 일'이라고 잘라내듯 말했던…….

6

나는 체력을 단련하기 위해 이른 아침부터 익숙한 길을 달리고 있었다.

오디션 때문이 아니다. 중학생 때부터 계속해 온 습관

이다. 처음에는 밴드 멤버들에게 인정받고 싶어서 시작한 일이었다. 그들의 발목을 잡고 싶지 않아서, 노래를 더 잘 부르고 싶어서. 하지만 지금은 나를 위해 달리고 있다.

이 정도밖에 안 되는, 그런 나를 자유롭게 해주는 노래가 좋아서.

결과에 신경 쓰지 않으려 했지만, 며칠 전 도쿄행 신칸센 티켓과 함께 3차 심사에 필요한 서류를 받았다. 놀랍게도 2차 심사에 합격한 것이다.

달리면서 생각을 정리해 보았다. 나는 내 인생에서 노래를 어떤 의미로 받아들이고 싶은 걸까. 취미로 충분한 걸까, 아니면…….

'도사카의 노래는 현실을 헤쳐나갈 수 있는 수단이야.'

예전에 시인 군이 말했던 것처럼, 인생을 헤쳐나가기 위한 수단으로서…….

학교 밖에서 그를 오랜만에 본 건 체육대회가 시작되기 며칠 전이었다.

장래의 일이라든가 괴로운 학교생활로 인해 정신적으로 지쳤었는지 약간 몸이 좋지 않았다. 레스토랑 일을 도우러 평소보다 조금 늦게 '뜨라또리아 마사'에 갔는데 카운터석에 잘 아는 두 사람이 앉아 있었다. 록앤롤러와 시인 군이었다.

평소에도 친하다는 건 알고 있었다. 하지만 둘만 있는 모습은 처음 보았다. 놀라우면서도 희한하게 안도감을 느꼈다. 잠깐 망설였으나 그래도 록앤롤러에게는 인사를 해야겠기에 두 사람 쪽으로 발걸음을 옮겼다.

"……전부 제 잘못이에요. 아야네의 신뢰를 짓밟는 짓을 해서."

내딛던 발걸음이 시인 군의 한마디에 멈췄다. 두 사람은 내 존재를 눈치채지 못했다. 시인 군의 말뜻을 헤아리려는 듯 록앤롤러가 물었다.

"그게 무슨 말이지?"

"제 존재가, 아야네가 가수가 되는 데 방해만 될 뿐이라는 걸 깨달았어요. 그래서 저 같은 건 신경 쓰지 않도록 해야겠다는 마음에…… 결과적으로는 심한 말을 했어요."

순간적으로 마음이 고요해지는 게 느껴졌다. 지금 시인 군은 중요한 이야기를 하고 있다.

그 말은 지금까지 그가 보인 행동의 이유이기도 하다.

아마도 록앤롤러가 시인 군을 불러내 이야기를 듣고 있는 모양이다. 시인 군은 이 자리에 내가 없다고 생각해 안심하고 속내를 털어놓고 있었다.

나는 심장이 강하게 요동치는 걸 느꼈다. 그러는 동안에도 그는 이야기를 이어나갔다. 그리고 마침내 이렇게 말했다.

"그래도 아야네를 정말 소중하게 생각하고 있어요. 하지만 저의 존재가 아야네의 가능성을 제한하는 건 원치 않아요. 아야네는 더 멋진 미래를 손에 넣을 수 있는걸요."

의도치 않았지만 나는 그때야 알게 되었다. 다정한 사람이 던진, 내 희망을 잘라버린 냉정했던 그 말의 의미를.

현실에 안주하지 않도록 그는 일부러 나를 밀어냈던 것이다. 그래서 그렇게도 고집스럽게 오디션에 참가하라고 권했던 것이다.

"대충 상황은 알았다. 하지만 말이다, 그렇다면 네가 아야네를 얼마나 소중하게 여기는지 전하면 좋을 텐데. 그러면 아야네도 더 표정이 밝아질 테고."

나는 비로소 시인 군의 마음을 이해할 수 있었다. 두 사람의 대화는 계속됐다.

"어렵네요. 사람과의 커뮤니케이션은. 이럴 땐 편지가 제 마음을 조금 더 솔직히 전하는 데 도움이 될 것 같지만……."

"그런가? 뭐, 확실히 그럴지도 모르고."

"게다가 아야네와 화해하는 게 제 목적은 아니거든요.

설령 예전 같은 관계로 돌아갈 수 없다고 해도요. 아야네가 가수가 되어서 노래로 많은 사람을 기쁘게 하고 아야네도 기쁘다면……. 고민 같은 거 할 필요 없이 자신의 인생에 만족하며 웃을 수 있으면 좋겠어요.”

이미 몰래 엿듣는 비열한 짓을 저지르고 말았지만 아무리 그래도 더 이상은 양심에 찔렸다.

로커룸으로 돌아가 마음을 가다듬고 일을 시작했다. 아직 바쁠 시간대는 아니라 선배 아르바이트생이 혼자 홀을 돌고 있었다.

내가 맡은 일은 주로 서빙이다. 두 사람이 추가로 주문한 술과 주스를 들고 홀로 나갔다.

“아니, 너!”

음료를 내려놓은 순간 나를 알아본 록앤롤러가 놀라며 낮게 소리쳤다. 옆에 있던 시인 군의 눈도 동그래졌다.

“너…… 오늘은 쉬는 거 아니었어?”

“조금 피곤해서 늦게 온 것뿐이에요. 근데 왜 하루토가 여기 있어?”

엿들었다는 사실을 들키지 않으려고 이제 본 것처럼 묻자 록앤롤러가 당황해서 대답했다.

“내가 할 말이 있어서 불렀어. 그런데 아야네, 너…… 언제부터 거기 있었니?"

"……조금 아까부터요. 근데 왜요? 들으면 안 되는 얘기라도 했어요?"

"아니, 그런 건 아니지만."

내가 있다는 걸 알았기 때문인지 두 사람은 대화를 끝내고 잠시 후 가게를 떠났다.

다만 나에겐 생각해야 할 일이 있었다. 가게 일을 마친 뒤 록앤롤러의 집으로 향했다. 지하 스튜디오에 있을 줄 알았는데 거실에서 기타를 치고 있었다.

"스승님?"

"여어, 아야네. 무슨 일이야? 오늘은 달이 참 예쁘네."

"달 같은 건 안 떴는데."

그는 내가 오리라 예상했던 것 같다. 술을 마셨다고는 해도 너무 대놓고 얼버무리려 드는 록앤롤러를 어이없는 표정으로 바라보았다.

그러자 그는 슬며시 웃더니 항복했다는 듯 진지한 말투로 물었다.

"그래서, 아야네. 진짜 언제부터 듣고 있었어?"

"……꽤 처음부터."

"그랬구나."

록앤롤러가 입을 다물었다. 그에 이끌리듯 나도 입을 다물었다.

봄방학 때부터 나와 시인 군 사이가 틀어졌다는 걸 그는 알고 있었다. 내가 오늘 가게에 늦게 나간 건 우연이지만 마사후미 삼촌에게는 미리 연락을 해둔 터였다. 어쩌면, 그걸 알고서…….

물어보고 싶은 말이 많은데도 뭔가가 방해하는 건지 도통 입이 떨어지지 않았다. 아무 말 없이 가만히 있자 록앤롤러가 또다시 물었다.

"잘 알잖아?"

"뭘요?"

"하루토가 나쁜 사람이 아니라는 거."

그 말에 나는 시선을 아래로 떨어뜨렸다. 결국 내 입에선 짧은 말밖에 나오지 않았다.

"……그거야, 알죠."

스스로 내 자신의 미숙함을 깨닫게 되는, 그런.

사실은 시인 군을 만나 직접 이야기하고 싶었다.

하지만 아무 말도 꺼내지 못한 채 체육대회 당일을 맞이했다. 겨우 잡무에서는 놓여났으나 괴롭힘의 연장인지

나는 여러 종목의 경기에 출전하게 되었다.

몸을 움직이는 건 싫지 않다. 다만 잡무를 처리하느라 연습을 하지 못한 탓인지 장애물 경기를 하다 발목을 삐었다. 처음엔 가볍게 여겼는데 시간이 흐르자 점점 더 부어오르더니 걷기가 힘들어졌다.

"도사카, 괜찮아?"

아무도 없는 곳으로 가서 발목이 얼마나 부어올랐는지 확인하려다 그 모습을 하루토에게 들키고 말았다. 그런데 왠지 안심이 되었다. 역시 어색하기는 했지만.

"괜찮으니까 그냥 내버려둬."

"그럴 수 없다니까."

보건실에 가려 했으나 통증이 심해져 걷기가 힘들었다. 시인 군이 등을 돌려 허리를 굽히더니 "자" 하며 업히라고 말했다. 어부바잖아.

주위에 다른 사람들이 없는 게 다행이었다. 채근하는 대로 못 이기는 척 등에 업히자 근육이라곤 없어 보이던 그가 가뿐하게 나를 업고는 걷기 시작했다.

아주 조금, 기분이 좋았다. 어릴 적 어부바를 동경하는 마음은 있었다. 하지만 삼촌에게 조르지 않았고 록앤롤러가 업어준 적도 없었다.

196

부끄럽기도 하고 침묵이 어색하기도 해서 "뭔가…… 익숙해 보여"라고 불쑥 중얼거렸다.

시인 군은 생각에 잠긴 듯 잠깐 뜸을 들이다 "아, 응" 하고 쑥스러운 듯이 대답했다.

"할아버지도 할머니도 연세가 많으셔서, 공부는 하고 있어. 책으로."

무슨 뜻인지 바로 이해할 수 없었다. 그러나 곧 간병이나 요양을 말하는 것이라는 데 생각이 미쳤다.

그는 항상 다른 사람 생각만 했다. 조부모님을 위해 고졸 공무원이 되는 길을 택했고, 간병이나 요양을 위해 공부를 하고 있다.

그리고 분명 나를 위해서, 미움받고 거절당하면서도 내게 가수의 길을 권하고 있다.

자신은 혼자 아무 데도 가지 못하고 현실에 머무는 길을 선택하고선.

보건실에서 처치를 받으며 살짝 삔 정도라는 진단을 받았다. 안정을 취하면 며칠 내에 나아질 거라고 했다. 불행 중 다행이긴 했지만 우울해지는 건 어쩔 수 없었다.

"왜 그래? 얼굴색이 안 좋은데."

시인 군이 내 표정을 알아차리고는 물었다. 솔직히 대

답하는 것이 좋을지 잠시 망설였다. 하지만 이렇게까지 자상하게 챙겨주는 시인 군에게 이제 와 또 삐딱하게 굴 수는 없었다.

"실은 내일 도쿄에서 3차 심사가 있어. 과제곡을 기타로 연주하면서 부르는 건데…… 발을 삐어서 좀 걱정이네."

심사 자체에 지장은 없지만 내일은 혼자 도쿄에 가야 했다. 도쿄도 처음인데 이런 다리로 심사 장소까지 갈 수 있을지 불안해졌다.

그 이후 경기에는 나 대신 시인 군이 나가주었고 체육 대회가 끝나면 보건 선생님이 차로 집까지 데려다주기로 했다.

반 애들이 굳이 찾아와서는 비아냥거리기도 했지만 그런 건 대수롭지 않았다. 내가 마음이 쓰인 건 내일 있을 오디션이었다. 여기까지 왔는데 최선을 다하지 못하게 된다면 너무나 아쉬울 것 같았다.

아쉽다고? 그래, 나는……. 지금 나는 온 힘을 다해 오디션에 도전해 보고 싶다.

2차 심사 때 면접에서 나는 난독증이라는 사실을 밝혔다. 심사위원들이 다소 놀라긴 했지만 연예계에서는 그리 드물지 않은 일인 듯했다. 자기 나름대로 연구하고 방법을 찾아 악보를 읽을 수 있다면 큰 문제는 되지 않는다고 말했다. 오히려 그런 핸디캡을 가졌음에도 노력하는 모습이 대중에게 공감을 불러일으키기 쉽고, 완벽하기보단 어딘가 빈틈이 있는 사람이 더 친근하게 여겨진다는 말도 덧붙였다.

내가 살던 세상과는 완전히 다른 곳이었다. 오디션을 보고 자신을 시험해 보지 않았더라면 그런 세계는 엿볼 수 없었을 것이다.

이런 계기를 만들어준 건 틀림없이 하루토다.

보건실 침대에서 창밖을 바라보고 있자니 어느새 하늘이 주홍빛으로 물들었다. 스피커에서 체육대회가 끝났음을 알리는 방송이 흘러나왔다. 잠시 후 시인 군이 보건실로 돌아왔다. 보건 선생님과 함께 셋이 주차장으로 향했다. 그는 발을 삔 나를 부축해서 조수석에 앉도록 도와주었다.

그런 그에게 나는 해야 할 말이 있었다. 아직 사이가 틀어진 상태이긴 하지만 그래도…….

"저기…… 음."

차가 출발하기 직전 보건 선생님께 양해를 구하고 조수석 창문을 내렸다. 지금 이 순간을 놓치면 분명 말하지 못할 테니까. 그래 전하는 거야, 아야네.

"오늘 고마웠어."

내가 고마움을 표현하자 시인 군은 놀란 표정을 지었다. 그러나 다음 순간 낯익은 미소를 보였다.

"내일 오디션, 잘될 거야."

"……응."

집 앞에는 미리 연락을 받은 마사후미 삼촌이 마중을 나와 있었다. 삼촌은 나와 함께 선생님께 머리 숙여 인사했다. 걱정하는 삼촌에게 어서 가게로 돌아가라고 말한 뒤 나는 혼자 내일 오디션장에 갈 준비를 했다.

이렇게 큰 기회는 내 인생에서 단 한 번뿐일지 모른다. 내일 심사에 전력을 다해 임하겠다고 단단히 마음먹었다. 발목을 삐끗하긴 했어도 목발을 짚어야 할 정도는 아니다. 신경 써서 걸어야 하니 이동 시간을 여유 있게 두고 움직여야 하지만 그래도 내 발로 목적지까지 갈 수 있다.

마사후미 삼촌이 준비해 둔 저녁을 먹고 조심해서 목욕을 했다. 기타를 꼼꼼히 손질하고 튜닝을 마친 뒤 과제곡 악보를 다시 한번 훑어보았다.

이 악보에는 지금까지의 인생이 담겨 있다. 어릴 때부터 록앤롤러와 함께 내 방식으로 악보 읽는 법을 모색한 덕에 이제는 어떤 곡이든 연습할 수 있게 되었다.

다시 악보를 확인하다 보니 생각보다 시간이 많이 지났다. 서둘러 잠자리에 들기로 하고 그 무엇으로도 대체할 수 없는 소중한 악보를 가방에 넣었다. 그렇게 했다……고 생각했다.

7

다음 날 일요일 아침, 마사후미 삼촌이 가까운 역까지 차로 데려다주었다.

그때만 해도 기타를 메고 도쿄로 가는 나 자신이 록앤롤러 같다며 웃을 여유가 있었다. 신칸센을 타기 전까지 스마트폰으로 도쿄 내에서의 경로를 몇 번이고 확인했다.

그리고 마침내 신칸센으로 갈아탄 뒤 좌석에 앉아 악보를 확인하려던 순간…….

소중한 그것이, 가방 어디에도 없다는 걸 깨달았다.

핏기가 싹 가시는 듯한 느낌이 들었다. 나는 어젯밤부터 오늘 아침까지의 일을 되짚어 보았다. 잠들기 전에 악보 내용을 확인하고, 오늘 아침에 일찌감치 집을 나서려고 조금 허둥대며 방을 나와서…….

다시 한번 찾아봐도 악보는 보이지 않았다. 두 번, 세 번, 몇 번이고 찾아봤다. 하지만 어디서도 나오지 않았다. 너무나 놀라고 당황스러웠으나 신기하게도 머리는 제대로 돌아갔다. 깨끗이 단념하고 악보 없이 부를까? 스마트폰으로 찍은 악보를 메시지 앱으로 보내달라고 할까? 그걸 편의점에서 컬러로 인쇄하면 얼마나 세세하게 보일까?

인쇄한 악보가 내게는 어떻게 보일까? 문제없이 심사에 임할 수 있을까?

나약하고 두려운 마음에 짓눌려 버릴 것만 같았다. 나는 자리에서 일어났다. 아픈 발을 이끌고 연결 통로 쪽으로 나와 앱으로 전화를 걸었다.

불안하고 두려워서, 지금 당장 도움을 청하고 싶어서. 목소리를 듣고 싶어서.

그 사람은 바로 전화를 받았다. “아야네?” 내 이름을 부르며 놀라워했다.

“어쩌면 좋아…… 하루토. 오디션 못 볼지도 몰라.”

예전이었다면 록앤롤러에게 전화를 걸었을 것이다. 하지만 지금 내가 가장 먼저 의지한 사람은 시인 군이었다. 그의 목소리에 긴장감이 어려 있었다.

"응? 못 보다니, 무슨 일이야?"

"악보를, 아무래도 책상에 놓고 왔나 봐. 그래서, 음, 그 러니까."

전화가 연결되었다는 안도감 때문인지, 머리가 혼란스 러워지기 시작했다. 그래도 어떻게든 현재 상황을 설명 했다.

내가 3차 심사까지 올라간 건 당연히 나 혼자만의 힘이 아니었다. 오디션에 응모할 곡을 녹음해 준 밴드 멤버들이 있었고, 록앤롤러가 항상 옆에서 도와주었다. 그리고 무엇 보다 시인 군이 함께 노래를 만들어주었고 내게 가수가 되 라고 권해주었다.

"애써 응원해 줬는데, 미안해."

무심코 사과하자 전화기 너머의 시인 군이 침묵했다. 그는 포기하지 않았다.

심사 시각을 물어본 뒤 그때까지 대체 악보를 만들 수 없을지 고민했다. 하지만 대부분 내가 이미 생각해 보고 어려울 것 같다고 판단한 방법들이었다.

다시 생각에 잠긴 시인 군이 잠시 후 결심한 듯 말했다.

"아야네, 삼촌에게 연락해서 악보를 '뜨라또리아 마사' 근처 역까지 가져다 달라고 해. 그럼 내가 받아서 도쿄까지 갖다줄게.”

“여기까지 어떻게 와! 시간 내에 올 수 있을지도 모르는 일이고.”

“해보지 않고는 모르지. 무엇보다 아야네는 그렇게 쉽게 포기할 수 있어? 내가 권하는 바람에 억지로 참가한 건지도 모르지만 지금까지 노력해 왔잖아.”

강한 어조로 주장하는 시인 군의 말을 듣자 그동안의 일이 한꺼번에 떠올랐다. 동시에, 과거에 그가 했던 말들이 가슴속 깊은 곳에서 울렸다. 포기하지 말라고, 나에게 호소하듯이.

‘네 노래는 아름다워. 근사해. 도사카, 너는 정말 대단하다고!’

어느새 나는 고개를 끄덕이고 있었다.

“……알았어. 그럼 지금 삼촌한테 연락해 볼게.”

전화를 끊고 마사후미 삼촌에게 연락해, 집에 두고 온 악보를 시인 군에게 전해달라고 부탁했다. 지금의 상황을 설명하고 하루토와 상의했다는 말도 전했다.

갑작스러운 부탁인데도 삼촌은 “괜찮으니까 우리한테 맡겨” 하고 흔쾌히 대답했다.

이제부터는 시간 싸움이다. 그 밖에 내가 할 수 있는 일이 없을까 생각했으나 마음을 안정시키는 게 무엇보다 중요했다. 악보가 없을 경우를 상정하고 시뮬레이션도 했다. 그때 스마트폰으로 메시지가 들어왔다. 록앤롤러였다.

'마사한테 얘기 들었다. 신칸센 역까지라면, 열차 시간을 고려할 때 내 차가 더 빠를지도 몰라. 내가 하루토를 역까지 태워다 줄 테니 도쿄역에서 기다려.'

읽어주기 기능으로 변환해 확인하자 그런 내용이었다.

록앤롤러뿐 아니라 요시 아저씨도 도와주고 있는 모양이었다. 메시지가 여럿 들어왔고 모두 나를 격려하며 괜찮을 거라고 힘을 북돋워 주었다.

그 모든 것에 감사하면서 나는 시인 군에게 메시지를 보냈다.

'정말 미안해, 하루토.'

'계속 못되게 굴고, 그러고도 절박해지니까 부탁이나 하고.'

'오디션 안 본다고 버틴 주제에 말이지.'

'지금 나, 즐거워. 도전한다는 게. 노력하고 도전하면서, 그래서 노래밖에 잘하는 게 없는 나 자신을 점점 인정받는 것 같아서.'

'하지만 무리는 하지 마. 정말, 고마워.'

시간은 걸렸지만 음성 입력 보조 기능을 사용해 시인 군에게 메시지를 잔뜩 보냈다. 악보를 시간 안에 받지 못할 수도 있다. 각오한 상태로 모두를 믿고 연락이 오기를 기다렸다. 10분이 지나고 20분이 지나고 30분이 지났다. 40분이 지나도 연락이 오지 않았다.

그러는 사이 어느덧 신칸센은 도쿄역에 가까워지고 있었다. 환승 방법을 다시 확인하는데 시인 군의 메시지가 도착했다.

'제시간에 딱 맞춰 탔어. 도쿄역에서 만나자. 만날 장소도 미리 찾아둘게.'

내용을 확인하자 안도의 숨이 새어 나왔다. 동시에 마치 아무 일도 아닌 듯 보내온 그의 메시지에 마음이 아렸다. 분명 상상 이상으로 고생했을 텐데.

그는 약 두 시간 뒤 도쿄역에서 만나 악보를 건네주면서도 무덤덤했다.

"하루토, 정말 미안해. 신칸센 요금도 꼭 갚을게."

"아냐, 다들 도와주신 덕분에 시간에 맞출 수 있었던 거야. 난 관광 좀 하고서 돌아갈까 해. 그러니까 신경 쓰지 마."

시인 군은 그렇게 말하더니 악보를 꼭 껴안은 내 모습을 보며 미소 지었다.

"난 괜찮으니까 어서 가봐."

"응……. 정말로, 정말로 고마워."

나중에 록앤롤러에게 들은 진실은 다음과 같았다.

시인 군은 록앤롤러가 운전하는 차를 타고 신칸센이 정차하는 역으로 향했다. 거의 다 왔을 즈음 도로가 정체로 막혀버리자 이번 신칸센을 놓치면 심사에 늦을 거라면서…… 차에서 내려 역까지 뛰었다고 한다.

그렇게 필사적인 하루토의 모습은 본 적이 없다고 록앤롤러가 덧붙였다.

게다가 하루토가 가진 돈으로는 신칸센 티켓을 편도밖에 살 수 없어서 집으로 돌아올 때는 일반 열차를 여러 번 갈아타며 꽤 오랜 시간 고생한 모양이었다.

나는 무사히 3차 심사를 마치고 밤이 되어 고향으로 돌아왔다. 그리고 체육대회 대체 휴일 다음 날, 방과 후 시인 군을 부실로 불러내 그가 한 거짓말을 따졌다.

"도쿄 관광하고 간다더니 거짓말이었잖아. 그리고 일반 열차로 돌아왔다며?"

"그건……. 도쿄 관광이라고는 안 했으니까. 관광하고 돌아간다는 얘기였고, 일반 열차 여행도 엄연히 멋진 관광이겠다 싶었거든."

“아무리 그래도, 그건 억지 아냐?”

“내가 말하면서도 그런 생각이 들긴 했어.”

그 말에 둘 다 웃음을 터뜨렸다. 분위기가 자연스럽게 풀어져서 나는 마음먹고 진심으로 사과했다.

“하루토…… 저기, 여러 가지로 미안해. 너만 괜찮다면 화해하고 싶어.”

시인 군은 눈썹을 찡긋 올리더니 진지한 표정으로 대답했다.

“나야말로 심한 말 해서 미안해. 화해하자.”

“자, 그럼…… 악수라도 할까?”

“아야네, 화해하는 방법이 서투네.”

그러면서도 그는 내 손을 마주 잡았다. 분명 그는 기억하지 못하겠지. 예전에 손목을 잡혔던 일을 포함하면 이번이 두 번째 스킨십이었다.

한 달도 채 지나지 않아서 도쿄에서 진행된 3차 심사 결과가 나왔다.

역시나 놀랐지만 3차도 통과했다. 이제 남은 건 최종 심사뿐이다. 최종 심사에 합격하면 가수로 활동할 수 있게 된다. 실감하지 못한 상태로 일상을 보냈다.

삐끗한 발목은 시간이 지나며 완전히 나았다. 학교생활은 발목 부상처럼 회복되지 않았지만 그런 건 신경 쓰지 않았다. 방과 후에 문예부실에서 다시 시인 군과 만나기 시작했다.

변덕스러운지 몰라도 내가 그와 함께 보내는 시간을 얼마나 간절히 원하는지 깨달았다. 부실로 향하는 발걸음이 날아갈 듯 가벼웠고 빨리 이야기하고 싶어서 그와 만나는 시간을 안절부절못하며 기다렸다.

그저 기다리기만 한 게 아니라 그도 같은 마음이었으면 하고 바랐다.

"아야네, 무슨 일 있어? 심각해 보이는데."

부실에서 생각에 잠겨 있는데, 언제 왔는지 그가 말을 걸었다.

"어? 아, 아니. 아무 일 없어."

"생각할 일이 있나 보네? 뭔가 고민이 있으면 얘기 들어줄게."

맞은편 자리에 앉은 그의 얼굴을 가만히 바라보았다.

세상에는 수많은 사람이 있다. 별만큼, 셀 수 없을 정도로 많은 사람이.

그 속에서 단 한 사람을 찾는다는 건 얼마나 어려운 일일까.

모래사장에서 진주를 찾는 정도일까. 지금의 나로서는 상상조차 할 수 없을 정도로 큰 규모의 라이브 무대 위에서 한 사람을 찾아내는 정도일까.

어떤 때든 어떤 장소에서든 너를 찾아내고 싶다는 생각이 들었다. 앞으로 설령 무슨 일이 있다 해도.

"아야네? 음…… 왜 그러는데?"

내가 너무 오래 바라보고 있었는지, 그가 부끄러운 듯 시선을 돌렸다.

나는 씨익 웃어 보였다.

"자. 눈을 피했으니 하루토가 진 거야."

"뭐야, 장난이었어?"

"벌칙으로, 내 공부 좀 봐줘."

"안 그래도 그럴 생각이었어."

신곡을 만드는 대신 1학기 기말고사에 대비해 시인 군과 공부를 했다. 어느덧 1학기가 끝나가고 있었다. 고등학교 생활의 마지막 여름이 코앞으로 다가왔다.

우리 두 사람에게 중요한 의미를 지닌 여름이었다.

나는 오디션의 최종 심사를 앞두고 있었고 시인 군은 여름방학 후에 시행되는 공무원 시험을 치르기 위해 온 힘을 쏟아야 했다.

취업과 진로라는 현실이 우리 앞에 다가와 있었다.

여름방학 중 맞이한 최종 심사에서는 본격적인 테스트를 진행하지 않았다. 레코드 회사의 본사 사무실에서 사장님이 "그 노래 아나?" 하고 물으면 그 자리에서 몇몇 곡을 아카펠라로 불렀다.

이걸로 괜찮은지 어리둥절해 있는데 이후로는 마치 잡담을 하듯이 대화를 나누었다.

내가 어떻게 활동할지 그리고 어떻게 홍보할지는 이미 계획 중이라고 했다. 고향 밴드 멤버들에 대해서도 묻더니 기타와 베이스를 칭찬했다. 어릴 때부터 함께한 사람들이다, 그중에서 울고 있던 나를 위로해 준 사람이 기타를 맡고 있다고 말하자 사장님이 유쾌하게 웃었다.

내가 겪고 있는 난독증도 화제로 올랐는데 사장님은 그마저도 개성이라고 말했다. 이런 말을 듣기는 처음이었다. 단지 결점으로만 생각했는데……. 눈물이 날 것 같았다.

그 후에도 둘이서 여러 이야기를 나눴다. 좋아하는 사람이 있느냐고도 물었다. 그것이 최종 심사에서 가장 어렵고도 쉬운 질문이었다.

"있습니다."

"그렇군. 어떤 사람이지?"

"귀찮은 사람이에요."

"귀찮다고?"

"네. 자상하고…… 지나칠 정도로 자상해서 오히려 귀찮을 정도예요. 하지만 누구보다도 저를 생각해 주는 사람입니다. 분명 저는 그 사람을 굉장히 좋아하는 것 같아요."

말로 해야 비로소 알게 되는 게 있다. 그렇구나. 역시 그런 거였어.

나는 시인 군을 좋아했던 거야. 언제부터였을까. 지금도 눈물이 날 정도로 좋다. 그를 떠올리면 가슴이 조여오고 당장이라도 만나고 싶다.

"표정이 참 좋군."

솔직하게 대답한 나에게 눈앞에 앉은 사장님이 흐뭇하게 웃어 보였다. 나도 다시 한번 미소로 대답해 주었다.

하지만 그때, 사장님이 약간 주저하다 중요한 말을 꺼냈다.

이제 가수가 되면 그 사람과는 한동안 인연을 끊어야 할지도 모른다고.

8

아무리 좋아하는 사람이라도 항상 함께 있을 수는 없다. 각자 일이 있고 인생이 있다. 함께 있는 시간보다 사실은 떨어져 있는 시간이 더 많을지도 모른다.

그렇기에 이 세상의 연인들은 함께 있는 시간을 소중히 여기는 거겠지.

설령 그 사람과 헤어지는 미래가 기다리고 있다 해도…….

최종 심사가 끝난 다음 주에 여름을 느끼고 싶어진 나는 시인 군에게 바다에 가자고 말했다.

공무원 시험공부를 해야 하는 그를 배려해 저녁에 만나기로 했다. 우리가 사는 곳에서 가까운 바다 근처 역에서 시인 군을 만나 불꽃놀이를 하러 바닷가로 향했다.

내가 최종 심사를 마쳤다는 건 그도 알고 있었다. 하지만 서로 그 이야기는 꺼내지 않은 채 바다 내음이 나는 해질 녘 노을 속을 느긋하게 거닐었다.

"여름에 둘이서 바닷가에 가는 거, 왠지 커플 같아."

내가 농담을 섞어 말하자 우등생답게 불꽃놀이용 양동이를 가져온 그가 멋쩍어하며 웃었다.

"옛날 시에 그런 문구가 있었던 것 같아."

"가요에도 있어. 우리 색깔이랑 좀 달라서 커버한 적은 없지만. 들어봐, 이런 노래야."

내가 노래를 흥얼거리자 곁에서 걷던 그가 "아하!" 하며 웃음을 지었다.

여름방학이지만 평일이라 그런지 해변에는 사람이 없었다. 불꽃놀이를 하기에는 아직 일러 맨발로 모래사장을 걸었다. 저만치서 불꽃놀이를 준비하던 시인 군을 불러서 둘이 파도의 감촉을 느끼며 뛰어놀았다. 신이 난 내 모습을 보며 그가 함께 웃어주는, 여느 때처럼 행복한 시간이었다.

평온한 시간이 우리 두 사람 사이에 흐르고 있다는 게 기뻤다. 3학년이 된 이후 서로 엇갈리기도 했지만 원래 우리 사이에는 이런 분위기와 시간이 흐르고 있었다.

주변이 어둑어둑해질 무렵, 불꽃놀이를 시작했다. 마사후미 삼촌과도 밴드 멤버들과도 불꽃놀이를 한 적은 없다. 화약 냄새라는 걸 처음 맡아보곤 깜짝 놀랐으나 이 또한 소중한 추억이 될 거라는 생각이 들자 그 냄새마저도 향기롭게 느껴졌다.

나는 지금, 틀림없이 현재에 속해 있다. 하지만 미래의 시점으로 이 순간을 잃을 것이라 전제하고 있다는 걸 깨달았다.

모든 것이 슬플 정도로 과거가 되어간다. 소리 내며 타오르면서 어둠 속에서 눈부신 색채를 뿜어내는 불꽃도. 파도 소리도. 바다 내음도. 소중한 사람과의 더없이 행복한 이 순간조차도. 불꽃이 빛나는 순간 서로 눈이 마주치자 사라질 듯 허무하게 시인 군이 미소를 지었다. 가슴이 꽉 조여왔다.

꼼짝없이 사랑에 빠진 나 자신을 깨달았다.

준비해 온 불꽃놀이를 모두 마치고 해변에 나란히 앉았다. 여전히 아무도 없다. 먼 옛날부터 계속 울려온 듯 끊임없는 파도 소리를 둘이서 들었다.

"최종 심사…… 말인데."

오늘 처음으로 그 화제를 꺼내자 그가 긴장한 듯 살짝 몸을 굳혔다.

"다음 주에는 결과가 나온대."

시인 군은 "그래?" 하고 나지막하게 대답했다.

"사실은 지금도 망설이고 있어……. 이렇게 말하면 하루토 화내려나."

"망설이다니 뭘?"

"가수가 되어서 도쿄로 가는 거."

옆으로 시선을 돌려 보니 시인 군은 묵묵히 밤바다를 바라보고 있었다.

"최종 심사 때 다시 한번 이런 말을 들었어. 만약 이 심사에 합격하면 고향을 떠나 혼자 살게 될 거라고. 친구나 가족도 한동안 만나지 못할 거고, 연애도 자유롭게 할 수 없다고……."

사장님과의 면담 후에 음악 부문 책임자라는 사람이 다시 한번 더 그 이야기를 꺼냈다.

무언가를 얻으려면 다른 무언가를 포기해야 하는 걸까. 그게 바로 어른이 되는 걸까.

"하루토. 내가 만약 합격해서 도쿄로 간다면…… 하루토는 어떡할 거야?"

만약 그가 "가지 마"라고 말해준다면. 이 마을에서 함께 노래를 만들며 살아가자.

그렇게 말해준다면…….

"어떡하긴 뭘?"

사실은 나도 알고 있었다. 그가 절대로 그렇게 말할 리 없다는 걸. 하루토만이 메워줄 수 있는 내 마음속의 텅 빈 공간이 바닷바람에 부딪히듯 쏴아 쏴아 슬프게 울렸다.

"……하루토는 내가 도쿄로 가도 아무렇지 않구나."

"그런 거 아냐. 하지만 내가 할 수 있는 건 너를 배웅해
주는 거, 그런 정도니까."

당신은 나를 좋아하나요?

할 수 있다면, 묻고 싶었다. 나는 당신을 정말 좋아해요.
자상하고 쓸쓸하고 참견이 심한, 고독을 남에게 보이지 않
는, 전부 혼자 떠맡는, 융통성이 없는 그리고 웃는 얼굴이
너무나도 사랑스러운, 시인인 당신을 사랑합니다.

"가수 되는 거, 그만둘까 봐."

그런 마음을 억누르며 말하자 그가 당황해서 어쩔 줄
모르는 눈빛으로 나를 바라봤다.

"무슨 소리야? 그렇게 노력하고선."

"그렇잖아, 그게…… 도쿄에는 하루토가 없으니까."

대답하고 나서, 문득 깨달았다. 그는 봄이었을지도 모른
다. 차갑게 얼어붙은 계절의 다음에 오는, 나의 봄이었을
지도 모른다. 싹을 틔우는 숨결을 지닌, 벚꽃 같은 미소를
머금은 봄. 그는 웃음이 사라진 얼굴로 침묵하다 말했다.

"도쿄에는 내가 없어도 예능계라는 보통 사람이 체험할
수 없는 세계가 있어. 향수병이라고 하나? 아야네는 그런
걸 상상하고 쓸쓸해진 것뿐이야. 막상 가보면 의외로 아무
것도 아닐 거야. 너 자신을 감출 필요도 없고 분명히 친구

도 생길 거야.”

무언가를 억누르려 할 때면 그는 말이 빨라진다. 자신이 그런 습관을 가지고 있는지 아마 그는 모를 거다.

“향수병이나 친구, 그런 거 아니야.”

내가 대답하자 잠시 후 그가 다시 빠르게 말을 이었다. 마치 미리 준비해 두기라도 한 것처럼.

“불안한 마음도 잘 알지만 괜찮을 거야. 아야네의 노래는 많은 사람의 마음에 다다를 테니까. 심사에 붙으면 꼭 가수가 돼야 해. 응원할게. 나는 이 마을에서.”

시인 군은 자리에서 일어나 혼자 뒷정리를 하기 시작했다.

차라리 모든 걸 털어놓을까. 그날 록앤롤러와 나누는 대화를 다 들었다고. 하지만 소용없겠지. 그래도 분명, 그는 자신의 진심을 숨길 테니까.

언제나 그는 다른 사람만 생각하니까. 언제까지나 아이 같은…… 나와 달리.

불현듯 다시, 엄마가 떠난 뒤 연립주택의 방 안에 홀로 남아 있던 내 모습이 떠올랐다.

정말, 한심하다. 나는 지금도 그때 그대로다.

그저 기다리기만 하는, 세상에 기대하기만 하는, 타인의 행복 같은 건 생각할 줄 모르고 오로지 나만 생각하는.

해줘, 외로워, 도와줘, 그렇게 간절히 바라기만 하는, 아이처럼.

대체 나는 언제까지 같은 자리에 있을까.

바뀌고 싶다는 바람이 지금처럼 강한 적은 없었다. 어른이 되고 싶다. 힘을 기르고 싶다. 많은 사람을 행복하게 만들고 그리고…… 나도 행복해지고 싶다.

두 사람이 어른이 되었을 때 다시, 제대로 된 모습으로 서로를 생각할 수 있는…….

꽤 오랫동안 혼자 생각에 잠겨 있었던 모양이다. 퍼뜩 얼굴을 들어보니, 뒷정리를 마친 시인 군이 옆에 앉아 있었다. 내 미래에 대한 그의 마음은 확고했다. 단 한 발짝도 물러설 생각이 없어 보였다.

그래서 나도 결심했다. 만약 이번 오디션에서 떨어지더라도 가수로 살아보겠다고. 어떤 어려움도 극복해 보겠다고. 하지만 그러기 위해 그에게…….

"알았어. 미안해…… 난처하게 해서. 그럼 대신 추억을 만들어줘."

오랜 생각 끝에 내가 말하자 시인 군이 "추억?" 하고 되물었다.

"응. 도쿄에서 열심히 할 테니까. 그러니까……."

이런 나를 어떻게 생각하든 상관없다. 이것이 맹세가 될 테니까. 오늘 일을 수없이 떠올리며 열심히 할 테니까. 굳게 마음먹고 말을 꺼내려 하자 콧속이 찡하고 간지러운 듯 아팠다.

그건 울고 싶을 만큼 상대가 애틋하게 느껴질 때 생기는 사랑의 아픔인지도 모른다.

"키스해 줘."

시인 군이 말을 잃었다. 그러고는 잠시 후 내게 물었다.

"왜?"

"왜라니……."

부끄러운 한편 그가 내 마음을 전혀 눈치채지 못한 걸지도 모른다는 생각이 들었다. 그렇다면 지금, 분명히 말로 전해야 한다고도.

"나, 하루토 좋아해."

그 말 한마디에 그가 멍해졌다. 믿을 수 없다는 표정이었다.

"거짓말!"

"거짓말 아냐."

"또 놀리는 거지?"

"이런 상황에서 그럴 리가 없잖아."

시인 군이 더 일찍 내 마음을 알아챘더라면 어땠을까. 잠시 그런 생각을 했지만 그렇다 해도 분명 달라지는 건 아무것도 없었을 것이다. 그가 내 미래를 최우선으로 생각한다는 걸 잘 알고 있으니까.

“하루토가 혹시, 나를 좋아하지 않는다 해도 괜찮아. 나는 좋아하니까. 가수가 되면 여러 가지 참고 애써야 할 일이 많겠지. 그래도 오늘 일을 추억으로 간직하면서 노력할게. 그러니까, 제발!”

간절히 말하고 나는 가만히 눈을 감았다.

시인 군은 다정하니까, 단순히 다정함으로 응해주면 좋겠다고 생각하면서. 조금 눈물이 날 것 같았다.

살짝 떨고 있는데 지금까지 느껴본 적 없는 감촉이 입술에 와닿았다.

나도 모르게 눈을 떴다.

그는 자신이 어떤 모습인지 알고 있을까. 그의 눈동자에서 눈물이 흐르고 있었다.

그래서 확신했다. 역시 그도 내 마음과 같았던 거다. 서로 좋아한다는 걸 알았지만 그래도 오디션에 붙으면 헤어져야 하니까……

최종 심사에 합격했다는 연락이 온 건, 그로부터 일주
일 뒤였다.

9

내가 시인 군을 만나기 전, 고등학교 1학년 때의 일이
다. 쉬는 시간에 바쁜 반 친구들의 모습을 보면서 골똘히
생각한 적이 있다. 연애, 친구, 동아리 활동에 아르바이트
까지 그들에게는 여러 가지 일이 있었고, 그런 일들 속에
서 감정의 소용돌이와 기복이 빠르게 움직였다. 쉽게 말해
서 그들은 무척이나 바빠 보였다.

그런 모습을 바라보면서 내 인생이 그들처럼 바빠지는
일은 없을 거라고 생각했다. 외로움일까, 체념일까, 부러
움일까.

그랬던 내 인생이 여름방학 중반부터 바빠졌다. 레코드
회사의 오디션에 합격해 내년 봄, 가수로 데뷔하게 되었기
때문이다.

스케줄, 미팅, 여러 사람과의 면담. 지금까지 나와 상관없
다고 생각했던 일들과 엄청난 기세로 관계를 맺어야 했다.

회사에서는 내게 매니저도 붙여주었다. 심지어 여성과 남성 두 명이다.

두 사람 모두 내가 처음 만나는 유형의 사람들이었다. 무척이나 정중하고 친절하면서도 일정 부분은 절대로 양보하지 않는 강인한 면모를 지니고 있었다.

데뷔에 관한 이야기는 절대 외부에 누설하지 말 것. 무단으로 SNS를 시작하지 말 것.

연인을 만들지 말 것. 만약 현재 연인이 있다면 좋은 모양새로 관계를 정리하되 혹시라도 상대와 협의가 잘되지 않을 경우에는 반드시 상담할 것. 매니저들은 이런 사항들을 내게 전했다.

보호자인 마사후미 삼촌이 함께 참석해 내용을 확인한 뒤 각종 서류에 서명했다.

삼촌은 감격스러워하면서 나를 축하해 주었다.

'최종 심사 붙었어. 내년 4월에 데뷔해.'

바다에 다녀온 이후로 시인 군과는 만나지 못했다. 하지만 최종 심사에 합격했다는 소식은 회사의 허가를 받아 바로 전했다.

'정말 축하해. 아야네의 활약을 진심으로 기원할게.'

일부러 그런 건지, 그의 답장은 매우 간결했다. 가지 말라는 말도, 쓸쓸할 거라는 말도 하지 않았다.

여름방학이 끝난 뒤 학교 측에, 레코드 회사 오디션에 합격했다는 사실을 알렸다. 내 진로를 같이 고민해 주던 선생님들은 무척 기뻐하며 앞으로의 활약을 기대한다고 말했다.

회사에서는 고등학교를 그만둬도 괜찮다고 했지만 지금까지 애써온 만큼, 가능하면 졸업하고 싶었다. 무엇보다 학교에는 시인 군이 있으니까.

"하루토, 오늘도 공부해?"

"응. 선생님이 여러 가지 시험 대책을 정리해 주셨거든. 학교 실적도 좋아지는 거라서 열심히 해야 해."

다만 시인 군도 바빠졌다. 9월에는 공무원 필기시험이 실시될 예정이라 학교에서 마주쳐도 서로 다른 일정이 있어 거의 이야기를 나누지 못했다.

그리고 그는 필기시험을 무사히 통과했다. 다음 달에는 2차 시험을 본다고 들었다.

우리 취업반은 2학기가 되면 면접 활동 중심으로 돌아가기 때문에 학교에 가도 학생이 많지 않았다. 그래서 못된 동급생들에게 괴롭힘당하는 일도 없어졌다.

삼촌의 레스토랑에서 라이브 공연은 계속했다. 그렇지

만 시인 군과 부실에서 함께 신곡을 만드는 건 계약상 할 수 없게 되었다. 그래도 하굣길에 시간이 맞으면 시인 군과 함께 역까지 걸어갔다.

나는 그의 옆에서 많이 웃었다. 행복하고 자유로운 사람처럼.

고등학교를 졸업하면 그와 한동안 만나지 못한다는 걸 알면서도.

"그럼 하루토한테는 언제쯤 말할 거야?"

2학기에 들어서자 일 때문에 도쿄를 오가는 일이 늘었다. 처음 도쿄에 갈 때와 달리 신칸센 옆자리에는 록앤롤러가 앉아 있었다.

"말하다니……. 켄 아저씨와 요시 아저씨도 도쿄로 간다는 거요?"

"그래."

회사에서 허가는 받았지만 시인 군에게 하지 못한 말이 있었다. 그중 하나가 록앤롤러와 요시 아저씨가 서포트 멤버로 함께 가게 되었다는 사실이다.

가수로서는 혼자 활동하지만 모든 노래를 홀로 다 해낼 수는 없다. 신뢰할 수 있는 밴드 멤버가 필요하다. 녹음할 때도, 라이브 무대에 설 때도.

그래서 함께 스카우트된 사람이, 오디션에 보낸 곡에 기타와 베이스로 참여한 두 사람이었다. 실력은 말할 것도 없고, 무엇보다 내가 그들과의 연주에 익숙하다.

회사에서 제의가 들어오자 요시 아저씨는 다니던 설계 사무소를 그만두고 나와 함께하기로 했다. 록앤롤러도 나를 지원하기 위해 회사와 계약을 체결했다.

하지만 그 사실을 아직 시인 군에게는 전하지 못하고 있었다. 그를 혼자만 고향에 남겨두는 것 같아서.

"겨울방학이 시작되면 그때쯤 말하려고요. 데뷔한다는 소식은 알렸으니까 사실 지금 당장 말해도 문제는 없지만. 그래도 좀처럼 타이밍 찾기가 어렵네."

나와 시인 군 사이에 있었던 일은 당연히 아무에게도 말하지 않았다. 다만 록앤롤러는 뭔가 눈치챈 것 같았다. 예전부터 나를 잘 꿰뚫어 보곤 했으니까.

결국 시인 군과 자주 이야기할 수 있게 된 건 2학기가 끝나갈 무렵이었다.

고등학교를 졸업하려면 출석 일수 외에도 시험에서 일정 성적 이상을 거둬야 했다.

출석 일수는 겨울방학 때 보충 수업으로 어떻게든 해결할 수 있지만 시험은 별개의 문제다. 그래서 방과 후 부실에서 시인 군이 내 공부를 도와주었다.

그는 공무원 최종 시험을 마치고 결과만을 기다리고 있었다.

"있잖아, 하루토, 기말고사 끝나면 우리 어디든 놀러 가지 않을래?"

공부를 하다가 내가 말하자 그는 잠시 생각한 뒤 고개를 끄덕였다.

"알았어. 그럼 낙제하지 않게 열심히 해야 해."

"아싸! 어디가 좋을까. 하루토는 어디 가고 싶어?"

"난 어디든 괜찮아."

"그럼, 아쿠아리움이나 놀이공원 갈까?"

"초등학생 같은 데만 고르네."

"뭐 어때, 두 군데 다 가본 적이 없는걸."

지난여름 바닷가에서의 일은 나와 시인 군 사이에서 없었던 일처럼 여겨졌다. 그가 이야기를 꺼내는 일도 없었고, 나도 새삼 말할 생각은 없었다.

기분이 묘했다. 서로 좋아한다는 걸 알면서도 그 사실을 마음속에만 간직하고 있다. 설마하니 내가 이런 사랑을 하게 될 줄은 꿈에도 생각하지 못했다.

우리는 약속대로 시험이 끝나자마자 놀이공원에 놀러

갔다. 그 무렵 공무원 시험의 최종 결과가 나와서 시인 군의 합격 축하도 겸했다.

가수가 되면 그와 이렇게 놀러 갈 기회도 없어진다.

롤러코스터를 타고 소리를 지르는 일도, 회전컵에서 핸들을 돌리며 신나 하는 일도, 회전목마에 올라타 같이 장난치는 일도, 다신 없을 것이다.

귀신의 집에서 무서우니까 손을 잡아달라고도 할 수 없게 된다.

"뭔가 생각보다 무서운 것 같아. 귀신의 집이 이런 거였어?"

손을 잡아달라고 하자 그는 잠시 망설이다가 곧 내 말을 들어주었다. 귀신의 집을 나와서도 나는 그 손을 놓을 수 없었다.

"조금만 더…… 괜찮아? 이런 계절에는 춥다니까."

내 말에 그의 눈동자가 한순간 흔들렸다. 그 흔들림 속에 담겨 있는 것을 확인하고 싶었다. 그렇지만 나는 꾹 참고 변명을 했다.

"하루토가 나랑 사귀지 못한다는 건 알아. 소속사에서도 연애는 금지하고 있고. 하지만 말이야, 매번 이거 사용하기도 비겁하지만, 추억으로."

그건 두 사람에게 면죄부 같은 말이었다.

시인 군은 뭔가를 망설이는 듯하다가 잠시 후 손에 힘을 꼭 주었다.

그는 더 이상 망설이지 않았다.

"알았어. 자, 그럼 추억 만들기!"

그때부터 우리는 다시 놀이공원을 즐기며 돌아다녔다. 가끔 가슴을 찌르는 듯한 애절한 감정이 덮쳐왔으나 지금이라는 시간에서 기쁨을 찾아낼 수 있다면 울지 않아도 된다.

밤이 되자 공원 안의 조명이 하나씩 켜지고 관람차가 황홀한 빛을 내기 시작했다. 작년 크리스마스이브가 아득히 먼 옛날처럼 느껴졌다. 그날도 그와 함께 관람차를 보았다. 언젠가 함께 타자고 약속했었다.

오늘 그 약속을 지키자고 말하는 순간, 공교롭게도 내 스마트폰이 울렸다. 매니저가 사과하며 다음 주 일정에 급한 변경이 생겼다고 알려주었다.

날 배려해서인지 전화를 받는 동안 시인 군은 멀리서 관람차를 바라보고 있었다. 통화를 마치고 다가가 손을 잡자 그가 내게로 시선을 돌렸다. 그리고 사랑스러운 눈빛으로 나를 바라보았다.

"관람차는 다음에 타자."

다음이란 쉽게 오지 않는다는 걸 서로 알고 있었다. 그런데도 그는 그렇게 말했고, 그 말에 나도 "응" 하며 고개를 끄덕였다.

인생은 수없이 많은 선택과 만남으로 이루어져 있다. 그의 시를 만나지 못했다면. 록앤롤러에게 음악을 배우지 않았다면, 마사후미 삼촌이 거둬주지 않았다면…….

다른 세계의 나는 지금쯤 뭘 하고 있을까? 그 세계의 나는 어떤 모습일까.

올해 크리스마스이브에는 시인 군과 만나지 않고 각자 보냈다. 대신 새해 첫날에는 함께 첫 참배를 갔다. 밴드 멤버들과 마사후미 삼촌까지 모두 다 함께 다녀온 뒤 '뜨라또리아 마사'에서 시끌벅적하게 식사를 했다. 그때 서포트 멤버로 록앤롤러와 요시 아저씨가 함께 간다는 사실을 시인 군에게 말했다. 그는 놀라긴 했지만 두 사람을 축하해주었다.

겨울방학이 끝난 뒤 나는 4월 데뷔를 앞두고 그 어느 때보다 바쁜 시간을 보냈다.

사전 회의와 신곡 연습을 위해 회사에서 빌려준 도쿄의 아파트에서 묵는 일이 많아졌다.

4월이 되기도 전에 나는 혼자 살기 시작했다.

독립해서 혼자 살아가는 일. 이 고독을, 혼자 사는 사람들은 누구나 한 번쯤 맛보고 있는 걸까. 뿌듯한 듯하면서도 역시 쓸쓸하고 미묘한 기분이었다.

신곡 준비는 순조로웠다. 입이 쩍 벌어질 정도로 시설이 훌륭한 스튜디오를 드나들면서 유명한 음악 프로듀서와도 자주 만났다.

최신 설비에 최신 음악, 최신 가사. 작곡은 스스로 했지만 거기에 최고 전문가의 편곡이 더해졌다. 드라마와 타이업(새로 출시된 곡의 홍보를 위해 광고, 영화, 드라마 등의 주제가로 사용하는 제휴 방법)이 결정되어서 데뷔곡이 그 드라마의 주제가가 된다고 했다. 벌써 다음 활동도 결정되어 있는 모양이었다. 전혀 실감이 나지 않았다.

정말로 이 세계에서 잘해 나갈 수 있을까. 울면서 돌아오게 되진 않을까. 불안은 있었지만 이 기회를 최대한 살리고 싶다. 할 수 있다면 힘을 기르고 싶다.

내가 이처럼 결의를 다질 때 시인 군에게도 좋은 소식이 있었다. 올해 여름에 참가한 문예대회 결과가 발표됐는데 시 부문에서 최우수상에 선정되었다고 한다.

그 시는 나도 읽었다. 자연 속에서 다양한 이별을 노래한 그다운 시였다. 아름다우면서도 쓸쓸하고, 쓸쓸하면서도 따뜻한.

지금까지는 시상식 참석을 사양해 왔지만 이번에는 조부모님의 강력한 권유로 도쿄에서 열리는 시상식에 당일치기로 다녀온다고 했다. 마침 나도 그날 도쿄에서 미팅이 있었다. 시인 군과 시간을 맞춰 신칸센을 타고 함께 돌아오기로 약속했다.

시상식이 있던 그날, 도쿄 땅에서 처음으로 교복 입은 시인 군을 보았다. 플랫폼에서 신칸센을 기다리고 있는 그는 왠지 매우 쓸쓸해 보였다.

"어머나, 거기 계신 분은 혹시 미즈시마 하루토 선생님이 아니신가요?"

내가 일부러 장난스럽게 말을 걸자 그는 놀라면서도 기쁜 듯이 웃었다.

"도쿄에서 만나는 건 그때 이후로 처음이네."

"그날은 정말 신세 많이 졌습니다. 날 위해 달려줘서 고마웠어."

"응? 아니, 별로…… 안 뛰었는데."

"정말일까요? 신칸센 출발 시각에 맞추려고 전력을 다해 뛰었다고 들었는데."

분위기가 무거워지지 않도록 평소와 다름없이 가벼운 대화를 나누려고 노력했다. 나란히 옆자리를 예약했기에 신칸센을 타고 가면서 다시 한번 수상을 축하했다.

"정말 대단해. 이제 하루토의 시가 계속 남아 있는 거네."

"출간되는 것도 아닌데 거창하게 그러지 마. 금세 사라질 거야."

"그렇지 않아. 확실히 남을 거야, 하루토의 시는. 적어도 내가 기억할 거니까."

멀리 떨어진 곳에서 나는 앞으로 수없이 그의 시를 흥얼거리겠지. 새가 될 수 없는 누군가의 시처럼. 어쩌면 그 이상으로.

무심코 시인 군을 바라보고 있는데 문득 생각났다는 듯이 그가 도쿄에서의 미팅에 관해 물었다. 순조롭다고 대답하자 미소를 짓더니 더 이상 아무 말도 하지 않았다.

나와 마찬가지로, 우리의 이별을 생각하고 있는 건지도 모른다.

"하루토" 하고 부르고는 놀이공원에서 그랬던 것처럼 손을 잡아달라고 말했다. 그는 어쩔 수 없다는 듯한 표정을 지으며 내 말을 들어줬다.

나는 이렇게나 그를 좋아하는데, 그도 같은 마음인 게

틀림없는데……. 좋아하는 마음만으로는 계속 함께 있을 수 없는 거구나.

따뜻한 열차 안에서 사랑하는 사람의 기척을 느끼며 나는 눈을 감았다.

누구더라, 시인의 말이었나. 아니면 노래 가사였나. 영원이란 시간의 연장이 아니라 결핍을 가리킨다. 그런 어려운 말이 기억에 남아 있었다.

지금까지는 그 말의 의미를 잘 알지 못했다. 영원은 끊임없이 지속되는 것이며 무한히 이어지는 것이라고 생각했다. 하지만 아니었다.

아무것도 필요 없으니 지금 이 순간만을 계속 원한다. 시간의 흐름이 결핍되어 여기서 머무르기를 바란다. 지금을 앞으로 나아가게 하지 않고, 여기서, 계속…….

모든 것을 순식간에 과거로 만들어버리는 빠른 속도에 흔들리며 나는 영원을 바라고 있었다.

시간은 결핍 따위, 되지 않는다는 걸, 사실은 잘 알고 있었으면서.

사실, 그 후로도 시간은 결핍되지 않았다. 머물지 않는다. 아무리 뜨거운 음료도 시간이 지나면 식기 마련이다. 거기서도 시간의 흐름이 보인다. 시간은 결코 멈추지 않는다.

나는 아무리 바빠도 시간이 날 때마다 시인 군과 함께 지냈다. 이별이 코앞으로 다가왔기 때문인지, 그는 내가 뭘 하자고 하든 거절하지 않았다.

아침 해를 보러 간 적도 있었다. 동트기 전에 만나서 우리가 사는 마을이 한눈에 내려다보이는 언덕 위 공원에 갔다. 자전거를 타고 높은 지대로 올라가 울타리 가까이서 하늘을 바라보았다. 캄캄했던 하늘이 자줏빛을 머금은 파란색으로 서서히 바뀌더니 마침내 아침 해와 함께 세상이 하얗게 드러났다.

아침 해는 강한 빛을 뿌린다. 석양처럼 언제까지나 쓸쓸한 빛을 남기지 않는다.

맑은 공기를 폐로 한껏 들이마시고는 가슴이 뭉클하게 벅차올라 무심코 중얼거렸다.

"도쿄에도 봄이 있으려나."

그러자 옆에 있던 시인 군이 시선을 돌려 나를 보았다.

"당연히 있지."

그는 대답한 뒤에 다시 앞을 바라보았다.

"여기 있는 봄과는 모든 게 달라. 화려하고 즐겁고, 미래가 느껴지는 색을 띠고 있을 거야. 분명히."

시인 군의 옆얼굴은 너무나도 정갈했고, 맑은 눈동자는

먼 곳을 바라보고 있었다. 새로 밝아온 하늘은 아직 그 어떤 색으로도 물들지 않았다.

그렇게 지내는 동안에도 겨울이 가고, 봄이 온다.

그와 나를 갈라놓을 날이, 다가오고 있었다.

10

나는 졸업식을 무사히 마친 다음 날, 고향을 떠나 도쿄로 향했다.

그날은 마사후미 삼촌이 특별한 아침 식사를 차려주었다. 우리는 거의 10년을 함께 살아왔다. 그렇기에 더더욱 평소처럼 대화하려고 애썼다.

"오늘도 맛있어."

웃으며 감상을 말하자 삼촌은 기쁜 듯이 "그래?" 하고 웃었다.

사실은 여러 가지로 감사하다는 말을 하고 싶었다. 그렇지만 입 밖으로 꺼내면 눈물이 날 것만 같았다.

"삼촌이 해준 밥이 세상에서 제일 맛있어요."

"혹시 도쿄 음식이 입에 안 맞으면 언제든지 말해. 냉동

할 수 있는 음식을 보내줄 테니까. 레시피를 가르쳐 줄 수도 있고.”

“됐어……. 맨날 엄마 같은 소리만 한다니까.”

식사를 마친 뒤 뒷정리를 하고 내 방으로 돌아갔다. 필요한 물건들은 이미 도쿄의 아파트로 보냈다. 이제 나만 그곳으로 가면 된다.

썰렁한 방 안을 한 바퀴 둘러보고 책상 위에 놓인 편지를 바라보았다. 배웅하러 나오기로 한 시인 군에게 건네줄 생각이다.

발달성 난독증을 겪고 있는 내가, 태어나 처음으로 편지를 썼다.

고향 역에는 밴드 멤버들도 나와주었다. 요시 아저씨는 이미 도쿄로 이사한 뒤라 없었지만 어릴 때부터 보컬 트레이닝을 해준 키보디스트와 과묵하지만 자상한 드러머가 인사를 건넸다. 그들과도 10년 가까이 함께 지내온 사이다.

“우리들의 가희歌姬(여자 가수를 아름답게 이르는 말)가 이제 진짜 가희가 되는구나.”

평소엔 말수가 적은 드러머가 웬일인지 감상에 젖은 눈빛으로 내게 말했다. 그 말에 웃고 말았다.

"난 공주姬 같은 이미지가 아닌데."

"무슨 소리야. 넌 공주님이었어. 처음 만난 꼬맹이 때부터. 툭하면 켄의 다리에 매달렸지. 그러면서 또 승부욕은 어찌나 강하던지……. 근데 정말 예뻐졌구나, 아야네."

마치 시집가는 딸을 배웅하는 아버지 같았다.

마사후미 삼촌을 포함해 네 명이 옛날이야기를 하며 웃고 있을 때 검은색 스포츠카가 다가와 역 앞에 멈춰 섰다. 시인 군을 데리러 갔던 록앤롤러의 차였다.

조수석 문이 열리고 시인 군이 모습을 나타냈다. 록앤롤러도 차에서 내렸다. 그때 시야 한쪽 끝에서 밴드 멤버들과 마사후미 삼촌이 서로 눈짓을 주고받는 게 보였다.

"아야네, 건강하게 잘 지내."

"힘들면 언제든 집으로 돌아와, 알겠지?"

그들은 이제 도착한 두 사람과 교대라도 하듯 한마디씩 덧붙이고는 자리를 떠났다. 나는 마지막으로 그들에게 고개를 숙였다. 고마운 마음과 잘 다녀오겠다는 의미를 담아서.

그러고 나서, 내게로 걸어온 시인 군과 마주 섰다.

영화를 빨리 돌리는 것처럼 그와 함께했던 온갖 일들이 머릿속을 스쳐 지나갔다. 함께 노래를 만들자고 조르고,

거리 공연을 하고, 관람차를 올려다보았던 일들. 웃고 다투고, 키스하고…….

정갈하고 눈부신, 맑은 물 같은 당신. 내게 사랑을 가르쳐 준 당신.

당신이 내게 준 봄이 너무도 선명해서, 시야에 비치는 봄조차 어딘가 바랜 듯 보이네요.

둘이 말없이 바라보고만 있자 록앤롤러가 "차에서 기다리마"라고 말하더니 시인 군의 어깨를 툭툭 두드리곤 돌아섰다. 우리 둘만 남았다.

"왠지 이런 분위기, 어색하네."

내 말에 시인 군이 애매한 표정으로 웃었다. 역 입장권을 구입한 그와 함께 개찰구로 들어가 플랫폼 의자에 나란히 앉았다.

시선 끝에는 벚나무가 서 있었다. 꽃잎이 빙글빙글 돌다가 눈물처럼 떨어져 내렸다.

다음 열차가 올 때까지 20분 정도 남아 있었다. 시인 군은 이별의 말은 꺼내지 않은 채 별것 아닌 이야기를 하기 시작했다. 새로 살게 될 집이며 자취 생활 그리고 도쿄의 거리에 대해 물었다. 대화가 끊긴 건, 이야기를 시작한 지 10분도 채 지나지 않았을 때였다. 둘 다 아무 말 없이 앉아 있었다.

전하고 싶은 말이 있으면서도 결코 입 밖으로 내지 못하는 그런 순간처럼…….

나도 모르게 "하루토" 하고 부르자 그가 약간 긴장한 듯한 표정으로 나를 보았다.

"지금까지 정말로, 고마웠어."

나는 웃으며 그렇게 말했다. 말할 수, 있었다.

지금까지 있었던 모든 일을 과거로 담아두고, 감사하는 마음으로 고향을 떠날 수 있는, 그런 말을 의식적으로 입에 올렸다.

순간 시인 군의 표정이 굳었지만 내색하지 않으려는 듯 웃음을 보였다.

"나야말로 고마워. 아야네 덕분에 매일 즐거웠어."

그도 이별이 힘들 거야. 그럼에도 내게 무얼 바라는지를, 나는 아플 정도로 잘 알고 있다. 내가 자신을 향한 감정을 끊어내고 과거로 담아두기를 바라고 있었다. 나의 미래를 위해서.

나도 어떻게든 웃어 보이려고 애써 말을 이어나갔다.

"하루토를 알고 1년 반 동안 너무 즐거워서 눈 깜짝할 사이에 시간이 지나갔어. 그냥 지나간 게 아니라 하루토가 내게 길을 열어줬어. 고맙다는 말로는 부족해.”

나는 오늘을, 평소와 다름없는 날로 넘길 수 있어.

그렇게 생각했는데 시야가 일그러졌다. 눈물이 차올라 벚꽃과 빛과 낯익은 마을의 윤곽이 허물어지더니 한데 섞여 번졌다. 내 상태를 눈치챘는지 시인 군이 숨을 삼키는 소리가 들렸다.

“아야네…….”

“응? 아, 나 왜 이러지…… 울려고 한 게 아닌데. 미안.”

밝은 목소리로 대답하고는 손수건을 꺼냈다. 눈물을 닦고 있는데 그가 말했다.

“그거…… 갖고 있었구나.”

그의 말투에서 과거를 소중히 여기고 있다는 게 느껴졌다. 내가 쓰고 있는 손수건은 그가 크리스마스이브에 선물로 준 것이었다. 그날이 그리웠다. 나도 그에게 손수건과 시집을 선물했지…….

“응. 보물이라서 장식해 놓을까도 생각했어. 하지만 가까이에 두고 싶어서 소중히 쓰고 있어. 하루토는 그 손수건, 쓰고 있어?”

“아…… 으, 응. 가끔 써.”

시인 군은 어쩐지 허둥대듯 대답했다. 그 모습에서, 사

용하지 않고 소중히 보관하고 있다는 것이 그대로 느껴졌
다. 하루토답다고 생각하면서도 그의 말에 장단을 맞춰주
었다.

"그렇구나……. 다행이다. 실은, 지금이니까 말하는 건
데. 그 선물을 줬을 때는 하루토를, 좋아하고 있었어."

그가 만약 "나도 널 좋아했어"라고 대답해 준다면…….

나는 과연 어떻게 할까. 그래도 고향을 떠나갈 수 있을까.

"하루토와 지낸 날들은 전부 좋은 추억이야. 그 여름 바
다에서의 일도 나, 잊지 않을 거야. 그때의 추억을 떠올리
면서 열심히 할게. 멋진 추억을 만들어줘서 정말 고마워."

하지만 역시 그는 그렇게 말하지 않으리란 걸 잘 알고
있었다.

시인 군은 떨구고 있던 얼굴을 들더니 울 것 같은 표정
으로 미소를 지었다.

"도쿄에서도 열심히 해."

이윽고 역에서 벨이 울리며 이 시간에 선을 그었다. 가
슴이 너무 아팠다. 이건 틀림없이 사랑에서 오는 아픔이
다. 설령 그 아픔으로 사람이 성장한다고 해도…….

사랑 같은 건 하지 않고 아이인 채로 머물러 있었다면
좋았을 것이다.

사랑을 몰랐다면 상처받을 일도, 가슴 아플 일도 없었을 텐데.

반대로 이런 생각도 한다. 이 아픔을 겪고 어른이 된 뒤 그와 다시 한번 만날 수 있다면.

나는 어른이든 뭐든, 되어 볼 셈이다.

설사 지금 여러 가지 일이 잘 풀리지 않더라도, 지금이 절대적인 건 아니다. 각자 해야 할 일을 다 해내면, 우리는 분명 새롭게 시작할 수 있다.

그렇게 믿고 편지를 의자에 살그머니 놓아둔 채 몸을 일으켰다. 그도 나를 따라 일어났다.

열차가 플랫폼에 도착했다. 나는 문 안쪽으로 발을 내디뎠다. 열차 안에서 뒤를 돌아, 날 보내주고 있는 그와 눈을 맞췄다.

안녕, 내가 사랑하는 사람. 다시 언젠가, 만날 그날까지.

"다녀올게."

"잘 다녀와."

그는 어떤 마음으로 나를 떠나보내고 있을까. 우리의 이야기가 여기서 끝난다고 생각할지도 모른다. 하지만 나는, 끝내고 싶지 않았다.

시인 군도 마음속 깊은 곳에서는 나처럼 바라고 있을

테니까.

나는 뭔가가 떠올랐다는 듯이 "아!" 하고 소리를 냈다.

"미안. 의자에 뭘 놓고 온 것 같아. 확인해 줄래?"

내가 재촉하자 시인 군은 황급히 "알았어"라고 대답했다.

우리가 앉아 있던 의자로 달려간 그가 편지를 발견했다. 당황한 눈빛으로 날 돌아보았을 땐 이미 열차 문이 닫혀 있었다. 편지를 손에 쥔 그가, 아무 말 없이 나를 바라보았다.

"사랑해, 하루토."

목소리가 닿지 않아도 상관없다. 분명 마음은 전해질 테니까.

열차가 움직이기 시작하자 나는 그에게 손을 흔들었다. 그도 무언가를 말하려는 것 같았다. 그러다 천천히 멀어져 갔다. 그 광경을 바라보며 나는 편지 내용을 되새겨 보았다.

하루토가 나를 좋아한다는 걸 눈치채고 있었습니다.

말할 수는 없었지만, 그날 하루토와 켄 아저씨가 하는 말을 들었거든요.

좋아하는 마음만으로는 계속 함께 있을 수 없구나.

하지만 언젠가 하루토와 계속 함께 있을 수 있는 사랑을 하고 싶습니다.

다시 하루토와 만날 날을 나는 꿈꾸고 있어요. 그래도 되겠지?

4월이 되어 누구나 다 아는 유명한 음악 프로그램에서 처음으로 데뷔곡을 선보였다.

생방송으로 진행되는 그 프로그램에서 나는 내 한계까지 끌어내 노래를 불렀다.

이 목소리가 고향에 있는 모두에게 닿기를. 듣는 이의 가슴속에 존재하는 종을 울릴 수 있기를.

순수하게 노래의 힘인지, 겉모습 때문인지는 확실치 않지만 우리의 무대가 그날 바로 SNS에서 좋은 반향을 불러일으켰다. 기타를 치는 큰 키의 록앤롤러와 노래하는 내 모습이 주목을 끌면서 수많은 댓글이 달렸다.

레코드 회사가 어디까지 계획한 건지는 모르겠다. 그러나 그 영향으로 드라마와 타이업으로 발표한 곡이 상상 이상으로 화제를 불러모았다. 그 뒤로 가요 프로그램에 초대되어 노래를 선보였고 도쿄 내에서도 활발히 라이브 콘서트를 열었다.

드럼과 키보드는 다르지만, 좌우에는 지금까지 함께해 온 두 사람이 있다. 나는 아무런 걱정 없이 노래에만 집중했다.

노래를 끝내고 눈을 뜨면 열렬히 성원을 보내주는 수많은 사람의 빛나는 얼굴이 보였다. 나는 운이 좋게도 내가 있을 곳을 찾은 건지도 모른다.

두 번째 곡도 세 번째 곡도, 대규모의 타이업을 통해 많은 사람들에게 들려줄 수 있었다.

끊임없이 활동을 이어가자 대표곡들도 늘어났다. 나와 함께 일하는 관계자들은 모두 그 결과에 만족해하는 것 같았다.

나는 다양한 장소에서 다양한 사람들을 만나면서 점차 도쿄라는 도시에 녹아들었다.

현대적인 빌딩에 둘러싸여 세련된 차림새를 하고 능력을 한껏 발휘하는 사람들과 어울리다 보면 내가 시골 마을에서 온 사람이라는 사실을 이따금 잊을 뻔하기도 했다.

"If I were a bird, I could fly to you."

그렇게 중얼거리는 것밖에 할 수 없었던, 어디에도 갈 수 없고 그 무엇도 될 수 없었던 나. 겁쟁이였던 나. 그런 나를 바꿔준 사람이 그였다. 나의 봄, 바로 시인 군이었다.

도쿄에서 다른 누구를 만나도 나는 그를 잊지 않았다. 멀리 떨어져 만나지 못할수록 그의 존재는 내 마음속에서 커져만 갔다.

금지되어 있었지만, 데뷔 전까지 사용하던 개인용 스마트폰에 몇 번이고 손을 뻗으려 했다. 메시지 앱을 열면, 통화 버튼을 누르면, 그와 연결된다.

하지만 스스로 한 맹세를 지키기 위해 참아냈다. 참아내지 않으면 분명 아무것도 이루지 못할 테니까.

난독증을 겪고 있다는 사실은 공개했다. 그런데도 응원해 주는 사람이 많았기에 나는 내 자리에서 내가 할 수 있는 일을 열정을 다해 계속해 나갔다.

그러던 어느 날, 회의와 회의 사이에 빌딩의 한 사무실에서 밖을 내다보았다.

고향과 달리 도쿄의 거리에는 새가 없다. 그렇게 생각했는데 어떤 큰 새가 날개를 펼쳐 날아오르고 있었다.

"If I were a bird, I could fly to you."

나는 감회에 젖어 오랜만에 그 시를 응얼거렸다. 그러자 시인 군이 했던 말이 머릿속을 스쳤다.

'그건 절망의 시가 아니라 사랑의 시야. 〈로미오와 줄리

엣〉에 나오거든.'

일에 지쳤던 걸까. 아니면 다른 무언가가 작용한 걸까.

깨닫고 보니 눈시울이 뜨거워져 있었다. 나는 그제야 이 시의 의미를 알게 되었다. 정말이었다. 그가 말한 대로 그건 절망의 시가 아니었다.

보고 싶다, 보고 싶다. 지금 당장이라도 날아서 하루토를 만나러 가고 싶다.

그것은 틀림없이 순수하고 격렬한, 사랑의 시였다.

눈물을 흘리고 있는데 여성 매니저가 사무실로 들어왔다. 그녀는 나를 보더니 놀란 듯했다. 그러나 곧 침착하게 "괜찮으세요?"라고 물었고 나는 "괜찮아요" 하고 대답했다.

"아야네 씨도 울 때가 있군요."

"그럼요. 초등학생 때는 매일 울었는걸요."

그 이유가 난독증 때문이었다는 데 생각이 미쳤는지 매니저가 미안한 표정으로 입을 다물었다. 나는 눈물을 닦고는 그녀에게 말했다.

"저, 힘을 기르고 싶어요."

"힘, 이요?"

"네. 아무에게도 간섭받지 않고 자유롭게 날 수 있는 힘이요."

내 의도가 전해졌는지는 모른다. 하지만 그녀는 아마 시인 군의 존재를 알고 있을 것이다. 나에게 좋아하는 사람이 있고, 그 사람이 고향에서 함께 노래를 만들던 그라는 사실을.

그녀가 잠시 후 고개를 끄덕였다.

"힘내세요."

"네."

그녀는 내 말에 미소를 지어 보이더니 "그리고 다음 회의 말인데요" 하며 다시 업무로 화제를 돌렸다. 나 또한 내가 해야 할 일에 정신을 집중했다.

그 길이 언젠가 그에게로 이어지기를 간절히 바라면서.

제4장

새와 봄

1

도망쳐 버리면 돼.

아야네가 도쿄로 떠나던 날, 나는 역 앞에 세워둔 차 안에서 하루토를 기다리며 그런 생각을 했다. 아야네를 데리고, 어딘가로. 과거도 굴레도 닿지 않는 곳으로, 둘이서.

아야네가 재능을 발휘할 수 있는 곳에서 웃으며 살았으면 좋겠다고 바라면서도 두 사람이 맺어져 어디선가 함께 살아갈 수 있다면 그것도 또 하나의 바람직한 인생이라고 생각했다.

하지만 아니나 다를까, 하루토는 내 차로 돌아왔다.

두 사람이 무슨 얘기를 나눴는지는 알 수 없다. 그러나 하루토의 얼굴을 보면 알 수 있는 것도 있다. 하루토는 자신의 감정을 억누르고 아야네를 떠나보냈겠지.

사랑하니까 아야네의 가능성을 소중히 지켜주는 삶을 선택한 거겠지.

"그걸로 괜찮겠어?"

"뭐, 가요?"

둘이서 도망가지 그랬어. 뒷수습이라면 내가 해줄 텐데.

아니면 지금이라도 아야네를 쫓아가는 방법도 있어. 악보를 갖다주던 그날처럼, 필사적으로 차를 달리는 거야. 너도, 신칸센 역을 향해 죽어라 뛰는 거지.

그렇게 아야네를 붙잡아. 네 마음을 전해.

"아니, 아무것도 아니야."

어른이 되면 말을 삼키는 일이 많아진다. 그건 하루토도 마찬가지겠지. 내가 착잡한 마음을 누르며 말하자 하루토는 "아, 네" 하고 살짝 고개를 숙였다.

"빨리 나이 먹어라, 하루토. 그래서 같이 술 마시자."

내 말에 고개를 든 하루토는 울음이 터질 것 같은 표정으로 웃으며 머리를 주억거렸다.

나는 이틀 뒤 도쿄로 출발했다. 지금까지 함께 일해온 사람들이 신칸센 플랫폼까지 나와 배웅해 주었다. 나는 도쿄에 도착하자마자 아야네를 만나러 갔다. 아야네는 데뷔 직전이라 정신없이 바빴다. 본사 빌딩의 한 사무실에서 단둘이 남게 되었을 때 나는 하루토에게 했던 것과 똑같은 질문을 던졌다.

"아야네는, 그걸로 괜찮은 거지?"

뭐가요? 라는 대답이 돌아오지는 않았다. 잠시 후 아야네는 나를 바라보며 말했다.

"좋아하는 마음만으로는 계속 함께 있을 수 없다는 걸, 알았으니까요."

그러더니 시선을 창밖으로 돌렸다.

"어른이 될 거예요. 힘을 기를 거야. 아무도 뭐라 할 수 없을 만큼 최선을 다해서 내 일을 할 거야. 그래서…… 하루토와 다시 만날 수 있는 내가 될 거야."

아야네가 더 이상 어린아이가 아니라는 사실을 깨달은 건, 바로 그 순간이었다. 조그맣던 아야네가 어느새 어른스러운 표정을 하고 있었다.

"그래……. 알겠다. 그럼 나도 내가 할 수 있는 최선을 다하마."

"응. 든든해요."

아야네는 자신이 말한 대로 열심히 일하면서 음악업계

를 이끌어 갈 젊은 여성 가수가 되어갔다. 회사 입장에서 보면 그들의 계획대로 된 것인지 모른다.

과거에도 우리가 소속된 레코드 회사에 이런 방식으로 성공한 여성 가수가 있었다. 그 시대를 살았던 사람이라면 누구나 한 번쯤 이름을 들어봤을 뮤지션이다.

아야네는 그런 뮤지션으로 성장해 나갔다.

요시와 나도 곁에서, 아니 대개는 뒤에서 아야네의 노래를 받쳐주었다.

지금까지 결코 아야네에게 보여주지 않았던 내 자신이, 거기에 있었다. 아야네를 위해서 누구보다 기타를 잘 치고 싶었다. 아야네가 안심하고 노래 부를 수 있게, 그런 기량을 갖고 싶었다.

처음 기타를 만졌던 고등학생 때 이후로 손가락이 닳을 정도로 친 건 이번이 처음이었다. 어쩌면 인생의 그 어느 때보다 진지하게 음악을 마주했다.

그 무렵 베이시스트 요시와 자주 했던 이야기가 있다.

연장자로서 아야네를 이끌어 주어야 할 우리가 끌려가지 않도록 조심하자고. 그것이 우리를 신뢰하는 아야네에 대한 최소한의 예의라고.

기타리스트로서 성공하고 싶은 마음은 없었다. 그저 순

수하게 아야네와 음악을 계속하고 싶을 뿐이었다. 그래서 악착같이 노력했다.

스튜디오에서, 라이브 콘서트에서, TV 프로그램에서 그리고 돔 공연장에서. 그 밖에도 다양한 장소에서 우리는 끊임없이 음악을 선보였다. 아야네는 단 한 번도 멈추지 않았다.

그렇게 어느덧 3년이라는 세월이 흘렀다.

2

"그래서 또 전국 투어를 하게 됐습니다. 이번에도 잘 부탁드려요."

아야네의 네 번째 전국 투어 콘서트가 결정되었다는 소식을 들은 건 유명한 가요 프로그램 출연을 마치고 우리끼리 뒤풀이를 할 때였다.

아야네는 누구나 선망하는 그 가요 프로그램에 단골 게스트로 출연하고 있었다. 사회자의 말에 자연스럽게 대답하고, 방청 온 팬들에게는 친근하게 손을 흔든다. 노래는, 놀라울 정도로 잘한다.

그런 아야네가 레스토랑의 룸에서 태연하게 웃으며 말했다.

방송 녹화 후 뒤풀이는 늘 서포트 멤버를 포함한 다섯 명이 함께하고 있다. 베이스, 기타, 드럼, 키보드 그리고 아야네까지 다섯이다.

무심코 나는 오랜 친구 요시와 얼굴을 마주 보았다.

"역시 올해도 하는군."

"뭐, 하지 않을 이유가 없다고는 생각했지만…… 이거 또 바빠지겠네."

전국의 이름난 공연장에서 자신들의 음악을 선보인다. 예전에는 상상도 못 했던 무대에, 우리는 올라가고 있었다.

갑작스러운 공지에 놀라고 있자니 아야네가 방긋 웃으며 다가왔다.

"나도 쓰러지지 않게 체력 단련 열심히 할 테니까, 모두 잘 따라와 주실 거죠?"

"당연하지, 중간에 죽는소리하지 않도록 우리도 열심히 할게."

"그런데 아야네도 이제 이런 말을 다 할 줄 아네. 옛날엔 더 귀염성이 있었는데."

"잠깐만요, 요시 아저씨. 그럼 지금 난 귀염성이 없다는 거예요?”

그런 시답잖은 이야기를 들으며 드러머와 키보디스트가 웃었다.

다시 건배를 하고 나서 우리는 평소처럼 뒤풀이를 즐겼다.

아야네가 중심이 되어 대화를 이끌었고 우리는 거기에 맞춰 농담을 하며 분위기를 한껏 끌어올렸다.

뒤풀이 중에 전화가 걸려 와서 나는 룸에서 나왔다.

고맙게도 함께 일하자고 제안하는 사람이 늘어났다. 기타리스트 전문 잡지에서 인터뷰 요청이 들어오기도 했는데 이번 전화도 그 일과 관련된 것이었다.

통화를 마치고 룸으로 돌아가려다 문 앞에 서 있는 아야네를 발견했다. 아야네도 무슨 연락을 받았는지 이어폰을 귀에 꽂고 스마트폰을 조작하고 있었다.

도시의 풍경 속에서 아야네를 볼 때마다 나는 발걸음을 멈칫하게 된다.

최신 패션을 세련되게 차려입은 아야네의 모습은 누가 봐도 도쿄 사람이었다. 날씬하고 멋있고 아우라를 한껏 드러내고 있다.

나를 본 아야네가 얼굴을 들고는 이어폰을 뺐다. 나는 아야네에게 말했다.

"너 정말 멋진 사람이 됐구나."

추억 속에서는 어떤 일이든 순간이다. 정신없이 함께 달려온 3년을 새삼 떠올렸다. 그러자 아야네는 놀라워하면서도 어이없다는 표정으로 옅게 웃었다.

"켄 아저씨, 혹시 취한 거예요?"

"조금. 그보다 무슨 일 있어? 내일은 오랜만에 쉬는 날이잖아?"

"아, 네. 딱히…… 특별한 연락 같은 건 없는데."

아야네도 이제 술을 마실 수 있는 나이가 됐지만 살짝 입만 갖다 댈 뿐 많이 마시진 않는다.

아야네가 웬일인지 주저주저하고 있었다. 도쿄에 온 이후로는 거의 보이지 않았던, 그 옛날의 모습이 비쳤다. 아야네가 고개를 들더니…….

"저기. 하루토는, 어떻게 지내요?" 하고, 물었다.

내 의식이 아주 잠깐 공백으로 둘러싸였다. 어쩌면 아야네는 이것 때문에 나를 기다리고 있었는지 모른다. 우리 둘만 할 수 있는 이야기를 하려고.

"그 마을에서 지금도 할아버지, 할머니를 보살피며 살고 있어. 나쁜 얘기도 안 들리고. 모범적이고 친절한 공무원이라고, 아는 사람이 그러던걸."

망설이긴 했지만 진지하게 대답했다. 아야네는 "그렇구나" 하며 허공으로 시선을 돌렸다.

하루토는 예전처럼 활짝 웃지 않게 되었다. 그게 원래 모습이었을지도 모르지만 매사에 조심스럽고 신중하게 행동하고 있다.

네 이야기를 피하고, 네 노래를 듣지 않으려 해.

그런 말은 아야네에게 하나도 전하지 않았다.

"무슨 일, 있었니?"

"아니. 그게, 켄 아저씨는 지금도 고향에 오가면서 '뜨라또리아 마사'에서 노래도 하고 연주도 하시잖아요? 하루토하고도 자주 만난다면서."

"뭐 그렇지."

"그래서요. 하루토가 어떻게 지내는지 궁금해서. 내 생각에는…… 콘서트에 한 번도 와주지 않은 것 같아. 첫 전국 투어 때도, 두 번째도, 그다음에도. 물론 내가 알아차리지 못한 것뿐일지도 모르지만."

데뷔한 지 3년이 지났지만 여전히 연애 관련 이야기는 금기시되었다. 아야네에게는 연예인과 사귀고 있다는 의혹이 없을뿐더러 실제로 사귀지도 않는다.

음악 관계자들과 회식을 한 뒤 사진을 찍힌 적은 있으

나 전부 가짜 기사였다.

아야네는 지금도 분명, 아무에게도 마음이 움직이지 않는 거겠지. 단 한 사람을 제외하고는.

"하루토와는 여전히 연락 안 하나?"

"응. 그런 거, 금지되어 있으니까."

아야네가 쓸쓸한 표정으로 웃었다. 스승으로서 그 쓸쓸함을 그냥 내버려둘 수 없었다.

"넌 이제 충분히 힘을 길렀다고 생각해."

"네?"

"해야 할 일은 다 했어. 회사에 공헌도 했고. 이렇게 잘 나가는데 뭐 하나 하고 싶다고 요구한 적도 없잖아. 그렇게 번 돈도 난독증 지원 단체에 기부하거나 마사 삼촌한테 조금씩 보내는 정도로 쓰고 있는 거 아냐? 자세한 건 묻지 말아야 한다는 걸 잘 알지만 말이다."

아야네가 회사에 의리를 지키고 있다는 건 잘 알았다. 하지만 이제는 괜찮을 것이다.

엄청난 스캔들이 생기는 것도 아니다. 그저 고등학생 때부터 서로 좋아하던 상대와 연락을 취하는 것뿐이다. 사람과 사람이 순수하게 만나는 것뿐이다.

상대도 그야말로 보증할 수 있을 만큼 선하고, 아야네

의 입장을 누구보다 잘 알고 있다.

아야네는 내 말에 바로 대답하지 않았다. 아무 말 없이 어딘가를 바라보고 있었다.

그러더니 마침내 입을 열었다.

"이번 투어에서 만약 하루토를 찾을 수 있다면. 그때는……."

그다음 말을 묻듯이 바라보고 있는데 문이 열리더니 요시와 드러머가 얼굴을 내밀었다.

"어, 뭐야. 둘 다 여기 있었어? 빨리 들어와. 2차는 이 건물 노래방으로 가자고 다들 신나 있다고."

술에 취한 요시가 즐거운 듯이 말하자 아야네는 심각한 분위기를 떨쳐내고 미소를 지었다.

"어머, 요시 아저씨 취하셨나 봐요. 노래방 가는 건 좋은데, 뭐 부르시게요?"

"난 됐으니까 오랜만에 그거 좀 불러봐. 뭐였더라, 고향에 있을 때 밴드로 커버했던 그 곡 말이야. 밤하늘의, 그러니까……."

"네네, 그거 말이죠? 알았으니까 방으로 가시죠."

아야네는 유쾌하게 말하더니 요시의 어깨를 밀며 룸으로 들어갔다.

조금 전 무슨 말을 하려다 만 건지는 알 수 없었다.

"아야네. 방금……."

가냘픈 등에 대고 묻자 아야네가 나를 돌아보았다. 잠시 뜸을 들이더니 "아니, 아무것도 아니에요" 하고는 방송에서 짓던 표정으로 웃어 보였다.

아야네가 데뷔한 지 정확히 1년 뒤, 첫 전국 투어 콘서트를 무사히 마쳤을 때의 일이다. 나는 그 무렵부터 고향에 자주 오갔다.

이유는 몇 가지가 있었다. 하나는 첫 전국 투어에서 서포트 멤버로서의 역할을 다했기 때문이다. 이제 해낼 수 있다는 자신감이 붙었기에 한숨 돌리고 싶었다.

그것 말고도 레스토랑 '뜨라또리아 마사'와 하루토가 걱정되었다. 밴드는 멤버를 바꿔 라이브 공연을 지속하고 있었고, 하루토도 계속 레스토랑에 오고 있었다.

"오랜만이야, 하루토."

관공서 공무원이 된 하루토는 내가 카운터석 옆자리에 앉자 놀란 표정을 지었다.

"아, 켄 아저씨? 설마 같이 술 마시려고 돌아오신 거예요?"

"아니, 한참 남은 일인 줄 알았는데……. 하루토, 생일이 언제야?”

“4월이에요. 그러니까 벌써 스무 살이 된 거죠. 술도 마실 수 있어요.”

언젠가의 약속대로 하루토와 술을 마셨다. 기분이 이상했다. 바로 얼마 전까지만 해도 고등학생이었던 하루토가 술을 즐길 수 있는 나이가 되었다.

왜 이곳에 있는 거냐, 도쿄 생활은 어떠냐, 하루토는 여러 가지를 물었지만 아야네에 대해서는 한마디도 꺼내지 않았다.

그런 하루토 옆에서 아무렇지도 않은 듯 행동하며, 나는 과거의 일을 떠올렸다.

“아야네 씨를 오디션에 추천해 달라고요?”

아야네가 고등학교 3학년으로 올라가기 직전의 봄이었다. 역 플랫폼 벤치에서 고개를 푹 숙인 아야네와 마주친 적이 있다. 아야네는 미래를 걱정하며 내게 의견을 물었다.

“저기, 스승님. 나, 어떻게 하면 좋을까요?”

“나는……. 과감히 오디션에 참가하는 것도 좋은 방법이 아닐까 생각해.”

“하지만 나 같은 실력으론 무리야. 하루토도 그렇고 다들 친하니까 좋게 평가해 주는 것뿐이라고."

"정말 그렇게 생각해?"

내가 물어보자 아야네는 머뭇거렸다. 자신을 믿지 못하면서, 그래도 사실은 믿고 싶어 하는 듯한 얼굴이었다.

그래서 나는 그날, 회식 자리에서 만난 지방 음악업계 인사에게 아야네 이야기를 꺼냈다.

레코드 회사에 인맥이 있고, 내가 아는 사람 중 가장 영향력이 큰 그에게 머리를 숙였다.

그 사람의 추천으로 아야네에게 알려주고 싶었다.

너의 노래 실력이 진짜라는 사실을.

다만, 그로 인해 아야네는 오디션을 보았고 하루토와 헤어지게 되었다.

하루토도 원했다고는 하지만 그 계기를 만든 사람은 나다. 뭐든 나서지 않으려 해왔거늘, 결국은 내가 아야네를 적극적으로 독려해 두 사람을 갈라놓고 말았다.

하루토와 재회한 뒤 나는 적어도 한 달에 한 번은 가게를 찾아갔다.

밴드에 참여해 기타도 쳤다. 보컬이 없는 인스트루멘털 밴드로 돌아갔기에 요청이 있을 때는 옛날 아야네의 곡을 부르기도 했다. 바로 하루토가 작사한 곡이다.

옛날 곡을 부르는 데서 그치지 않고 하루토와 함께 새로운 노래를 만들었다. 이제 하루토는 어른이고 내가 애써 용기를 주겠다고 신경 쓸 필요 없을지 모른다.

그래도 하루토가 자신만의 삶과 즐거움을 찾았으면 했다.

그 정도로, 그 녀석은 예전처럼 웃지 않게 되었으니까.

그렇게 고향으로 돌아오기 시작했고, 깨닫고 보니 어느새 2년이라는 세월이 흘러 있었다. 그동안 두 번의 전국 투어를 더 진행했고, 이번에는 네 번째 전국 투어 콘서트를 앞두고 있다.

하루토와 아야네, 두 사람이 한 번도 만나지 못한 채로.

3

자기 입으로 말하진 않지만 우리가 음악 활동에 매진하는 동안 하루토는 하루토대로 많은 일이 있었을 것이다.

직장 일도, 함께 생활하며 돌봐드리는 할아버지와 할머니에 관한 일도.

하루토의 할머니가 돌아가셨다는 연락을 받은 건 네 번째 전국 투어 결정 소식을 듣고 약 한 달 후였다.

하루토의 할머니는 독서와 요리를 좋아하는 총명한 분이었다고 한다. 하루토의 헌신이 있어서였을지 모르지만 호상이었다고 전해 들었다. 역시 하루토는 세세히 말하지 않았다.

그 주 금요일에는 '뜨라또리아 마사'에서 라이브 공연이 있었다.

공연을 마친 뒤, 카운터석에 앉아 있는 하루토에게 갔다. 오늘은 실컷 마시자고 말했다.

소중한 사람을, 이 녀석도 잃었으니까.

"저기…… 처음 뵙겠습니다! 저, 켄 씨의 왕팬이에요. 오늘 연주도 노래도 너무 좋았어요!"

둘이서 술을 마시고 있는데 하루토와 비슷한 또래로 보이는 여성 두 명이 말을 걸어왔다.

서포트 멤버를 아는 사람은 별로 없을 거라고 생각했으나 아야네의 예전 곡을 내가 부르고 있다는 사실을 누군가 인터넷에 올렸고 그걸 본 사람들이 레스토랑으로 모여들었다.

아야네의 팬일 터라 함부로 거절할 수 없어 하루토에겐 미안했지만 대화에 응했다.

"나 같은 아저씨한테까지, 고마워요. 조금이라도 즐거

웠다면 다행이고."

"아니에요, 켄 씨 완전 젊어요. 저희는 추첨에 당첨되기만 하면 아야네 콘서트에 가서도 켄 씨가 연주하는 모습을 꼭 지켜보는걸요."

어떻게 대응해야 할지 고민하는데 또 다른 여성이 하루토를 쳐다보고 있다는 걸 깨달았다. 혼자 잔을 기울이던 하루토와 눈이 마주친 모양인지 짧게 인사를 나누었다.

"갑자기, 죄송해요."

"아뇨."

왠지 두 사람은 분위기가 비슷했다. 과묵하고 품격이 있으며 사물의 깊은 곳을 지그시 응시하는 듯한.

빨리 대화를 마무리할 수도 있었다. 그러나 나는 두 여성에게 하루토를 소개했다. 이곳에서 선보이는 내 곡에 작사를 해주고 있다는 것, 예전에 문예대회에서 시로 상을 받은 적도 있다는 것을 말해주었다. 아야네와 함께 노래를 만들었다는 사실도.

"에이, 거짓말. 아야네의 곡에 하루토 씨가 가사를 쓰셨다고요?"

"옛날 일이에요. 그녀가 아직 데뷔하기 전이죠."

결국 그날은 넷이서 술을 마셨다. 하루토에게 뭔가 긍

정적인 감정이 싹트지 않을까 기대했으나 하루토는 그들과 어울리면서도 마음은 닫아걸고 있었다.

그건 두 여성이 아야네의 팬이어서일지도 모른다.

여성들이 아야네의 이야기를 하면 할수록 하루토는 상처받는 것처럼 보였다. 요즘 아야네의 노래를 어떻게 생각하는지 감상을 물었을 땐 별로 들어본 적 없다며 대답을 얼버무렸다.

하루토는 아야네의 노래를 듣지 않을뿐더러 아야네에 관한 이야기도 하지 않는다.

나는 그런 모습을 볼 때마다 떠오르는 어떤 생각을 지울 수가 없다. 하루토는 지금도 아야네를 마음에 담고 있는 게 아닐까. 멀리 떠나버렸으니까 억지로라도 포기하려고…….

"그러고 보니 요즘, 아야네 열애 기사가 떴던데 그거 진짜예요?"

생각에 잠겨 있는데 처음 말을 걸어왔던 쇼트커트 여성이 물었다.

순간 하루토의 얼굴을 쳐다봤다. 한동안 화제가 됐으니 하루토도 이미 알고 있을 것이다. 엉터리 기사였지만 계약 관계 때문에 나는 아야네의 사생활에 관해선 아무 말도 할 수 없었다. 흘려보내야만 했기에 애매한 웃음을 지으며 다른 화제로 넘어갔다.

하루토는 딱히 신경 쓰는 기색 없이 손에 든 잔을 담담히 입으로 가져갔다.

하루토와 지금까지 여러 번 술을 마셨지만 과음한 적은 한 번도 없었다. 그런데 오늘은 마시는 속도가 빠르다 싶더니 얼마 안 가 취하기 시작했다. 어딘가 괴로워 보였다.

"괜찮으세요?"

하루토의 모습을 눈치챈 다른 한 여성이 걱정스러운 듯 말을 걸었다.

"미안해요. 평소엔 이러지 않는데."

"술이 약하시네요."

"……오늘, 알았습니다."

여성이 물을 주문해 건네주자 하루토가 받아 마셨다. 점차 컨디션이 나아진 듯 여성에게 고맙다고 인사했다. 그 뒤로 두 사람은 조금씩 이야기를 나누기 시작했다.

쇼트커트 여성의 이야기를 들으면서도 내 의식은 두 사람에게로 향해 있었다. 하루토 옆에서 여성이 즐거워하며 웃었고, 하루토도 쓸쓸함이 섞이긴 했지만 옅게 미소 짓고 있었다.

서로 잘 통한다고 생각했는지 여성은 하루토에게 연락처를 교환하자고 제안했다.

"저는 아야네 씨의 요즘 노래도 좋아하지만 아까 켄 씨가 부른 데뷔 전의 노래도 좋아해요. 가사가 너무 좋아요."

그 말에 하루토가 놀란 듯했다. "그렇대" 하고 내가 끼어들자 그는 멋쩍은 웃음을 지었다. 망설이긴 했으나 역시 거절하면 실례가 될 것 같았는지 연락처를 주고받았다.

"아, 하루토春人 씨의 이름, 한자로 '봄春의 사람人'이라고 쓰는군요."

"네. 동급생 중에는 이름이 같지만 멋진 한자를 쓰는 친구도 있었는데, 제 이름은 그러네요."

봄의 사람. 그 말을 듣고 내가 멈칫했다는 걸 하루토는 모르겠지.

사실, 신경 쓰는 기색은 보이지 않았다. 하루토는 잠시 후 시간을 확인하곤 "이제 전 가볼게요" 하며 자리에서 일어났다.

"하루토, 또 연락할게. 다음 곡, 확실하게 준비해 놓을 테니까."

하루토는 수줍게 웃으며 손을 들어 인사하곤 계산을 마친 뒤 가게를 나갔다.

이제 하루토는 혼자 전철을 타고 할아버지가 잠들어 계신 집으로 돌아갈 것이다. 건강이 안 좋으시다는 얘기는 듣지 못했지만 금요일 밤임에도 더 놀지 않고 할아버지 상태가 어떤지 살펴보기 위해서.

"저기, 아까 얼핏 들렸는데요, '봄의 사람'이라는 건……."

하루토를 배웅하고 셋이 남자, 쇼트커트 여성이 목소리를 낮춰 물었다.

아야네의 콘서트를 보러 간 적이 있다면, 그 말에 뭔가를 떠올렸다 해도 이상하지 않다. 실제로 다른 한 여성도 놀라움에 직접 확인하려고 물어본 것인지 모른다.

"하루토 씨 이름이 '봄의 사람'이라는 한자를 쓰고, 게다가 예전에는 아야네와 함께 노래를 만들었다니……. 그게, 그거 아니에요? 아야네가 라이브 콘서트에서만 부르는 노래."

"미안. 아까도 말했지만, 아야네에 관해서는 아무것도 말해줄 수가 없어요."

이번에도 그냥 듣고 넘겼으나 쇼트커트 여성은 흥분했다. "아야네가 이렇게 유명해졌으니 여러 가지 사정이 있을 수 있겠죠" 하며 뭔가 납득하는 듯했다.

조금 더 이야기를 나눈 뒤 나는 늦기 전에 돌아가겠다

고 말하며 세 사람 몫의 술값을 계산했다.

두 사람이 미안해하자 나는 생각 끝에 하루토와 이야기를 나누었던 여성에게 말했다.

"하루토는 좋은 녀석이에요. 또 기회가 있으면 즐겁게 술 한잔 같이 마셔줘요."

굳이 말할 필요까진 없었을지 모른다. 하지만 나 말고도 누군가 편하게 이야기할 사람이 곁에 있다면 좋겠다고 생각했다.

여성은 조금 놀란 표정이었으나 온화하게 미소 지으며 고개를 끄덕였다.

"네. 저도 하루토 씨와 이야기할 수 있어서 기뻤어요. 또 기회가 생기면 좋겠네요."

4

아야네에게 하루토에 대해 말하기는 쉽다. 분명 하루토는 지금도 너를 좋아하고 있어.

좋아하니까 쉽사리 단념하지 못하고 어딘가 우울해 보이는 거다.

이제, 그만하면 충분하다. 하루토에게 연락하면 된다. 방법은 얼마든지 있다.

아니면 하루토에게 내가 말해줄 수도 있다. 그렇게 하면…….

"켄 아저씨, 듣고 있어요?"

생각에 빠져 있는 내게 아야네가 물었다. 우리는 네 번째 전국 투어를 앞두고 각 공연 때 연주할 곡의 목록이 적힌 세트리스트를 확인하고 있었다. 어떤 곡을 어떤 순서로 진행할 것인지를 결정하는 사전 미팅인데 회사의 의견대로 대부분이 이미 정해져 있었기에 서포트 멤버인 우리가 참견할 사안은 아니었다.

하지만 아야네는 반드시 밴드 멤버들을 모아서 세트리스트 회의를 진행했다. 우리의 의견을 적극적으로 반영하며 동료로서 존중해 주었다.

"난 딱히 어떤 곡을 어떤 순서로 진행하든 상관없어. 네가 하고 싶은 대로 하면 된다고 항상 말하잖아."

"그렇지만 그렇게 하면 밴드 느낌이 안 살잖아요."

"밴드이긴 해도 네 뒤에서 서포트할 뿐이니까. 우리는."

그렇지 않아? 하고 다른 멤버들에게 동의를 구했다. 아야네의 진심을 알기 때문인지 모두 미소 지으며 고개를 끄

덕였다. 그럼에도 아야네가 의견을 구하면 우리는 지금까
지의 경험을 살려 조언했다. 아야네는 우리의 말에 고개를
끄덕이고 자신의 의견을 덧붙이면서 차츰 세트리스트를
확정해 나갔다.

"좋아요. 그럼 라이브 무대에서만 부르는 곡 말인데, 이
번에도 후반부 토크 뒤에 하는 거 어때요? 어느 공연에서
든 기본적으로 그렇게 하려고 생각 중이에요."

그러다 아야네가 라이브 한정 곡을 언급하자 요시가 바
로 반응을 보였다.

"역시 이번에도 하는구나. 그 노래."

"그럴 생각인데……. 싫어요?"

"그럴 리가 있나. 우리 가희가 처음으로 작사한 노래인데.
가사를 조금씩 바꿔서인지 앨범에는 수록되지 않았지만."

요시의 말을 시작으로 다른 멤버들도 라이브 한정 곡이
있다는 건 좋은 일이지, 어떻게 편곡할까, 기대된다 등 다
양하게 의견을 내놓았다.

그 곡을 라이브 무대에서만 부르는 데는 몇 가지 이유
가 있었다. 하나는 아야네가 직접 가사를 썼는데 그 퀄리
티가 그다지 높지 않아서다.

또 다른 하나는 회사가 공식적인 곡으로 인정하지 않았

기 때문이다. 아야네가 작사했다는 점에서 사람들이 특정 개인을 생각하며 쓴 곡이라고 추측하지 않도록 하려는 조치였다.

그런데 문득 이런 생각이 들었다. 하루토가 그 노래를 들으면 뭔가가 바뀔까 하고.

그 곡이 계기가 되어 하루토가 아야네의 마음을 알아차린다면? 아야네와 하루토 중 어느 한 사람이 연락을 취한 것도 아니다. 단지 우연히 그 곡이 계기가 되어 두 사람이 만날 수 있다면? 회사도, 어른들의 입장도, 누가 먼저 연락했는지도, 계약서도 관계없다. 우연이 일으킨 일이라면 아무도 책임지지 않아도 된다. 그러기 위해서라도…….

"켄지 씨. 잠깐 얘기할 수 있어요?"

생각에 잠겨 있는데 과거에 아야네의 매니저가 했던 말이 머릿속을 스쳤다.

"아야네 씨가 최종 심사 때, 좋아하는 사람이 있다고 답했다던데……. 그 사람이 누군지 짐작 가는 데가 있으세요?"

회사와 계약을 맺을 때 그런 질문을 받은 적이 있다. 솔직히 대답해도 괜찮을지 고민했지만 앞으로의 관계를 위해서도 거짓말은 바람직하지 않았다.

"없다고 하면 거짓말이 되겠지만……."

“그런가요?”

매니저는 무언가를 곰곰이 생각하는 듯한 표정을 짓더니, 잠시 후 말했다.

“아시겠지만 연애 관련 스캔들은 절대 금지니까 꼭 지켜주세요. 아야네 씨는 켄지 씨를 무척 따르는 것 같던데 설사, 아야네 씨가 부탁하거나 도와달라고 하더라도 어른으로서 잘 대응해 주시길 부탁드립니다.”

하지만 그것도 벌써 3년 전 이야기다. 지금은 상황이 다르다.

고민하는 사이에 세트리스트 회의가 끝났다. 어쨌든 이번 투어는 기회다. 하루토를 라이브 콘서트에 오게 만든다면, 그래서 두 사람을 공연장에서 만날 수 있게 한다면.

하지만 자연스러운 상황을 연출하기는 쉽지 않다. 내가 티켓을 주며 초대하면 하루토는 오지 않을 것이다. 마사후미나 다른 밴드 멤버들에게 부탁해 전달해도 분명 소용없을 테고. 두 사람의 관계를 모르면서 하루토에게 접근할 수 있는 누군가가…….

방법을 궁리하는 동안에도 가차 없이 시간은 흘러갔다.

녹음, 촬영, 라이브 무대, 전국 투어 연습. 서포트 멤버로서의 일만도 잔뜩인 데다 개인적으로 맡은 일까지 포함하면 아무리 노련한 나라도 감당하기 어려울 정도였다. 그럼에도 가능한 한 고향에는 다녀오곤 했다. 그곳에서도 할 일은 있다. 무엇보다 하루토가 마음이 쓰였다. 소중한 할머니를 잃고 적잖이 의기소침해 있을 터였다.

그건 하루토뿐만 아니라, 분명…….

할머니에 이어 하루토의 할아버지가 돌아가셨다는 연락을 받은 건 여름이었다. 뉴스에서 연일 폭염 소식을 전하던, 한창 더운 날이었다.

고향의 지하 스튜디오에서 일하고 있을 때 하루토가 조심스럽게 연락을 해왔다. 고인이 살아 계실 때 직접 뵌 적은 없지만 나도 경야經夜(죽은 사람을 장사 지내기 전에 가까운 친척이나 친구들이 관 옆에서 밤을 새워 지키는 일)와 장례식에 참석했다.

하루토는 의젓하게 상주를 맡고 있었다. 장례식을 좋고 나쁨으로 논하는 건 굉장히 무례한 일일지 모른다. 그래도 아주 좋은 장례식이었다. 모두 하루토를 칭찬하고 고인을 애도했다. 걱정이 되어 화장터까지 동행한 내게 하루토는 정중하게 예의를 갖춰 감사 인사를 건넸다.

사람은 참 빠르게 성장하는구나, 하고 새삼 느꼈다. 처음 만났을 때 하루토는 열일곱 살이었다. 길러준 조부모님에게 은혜를 갚고 싶다며, 서점에서 간병에 관한 책을 손에 들고 있었다.

"하루토, 너, 이제 어떻게 할 거니?"

화장을 마친 뒤 우리 두 사람은 밖으로 나와 화장터 앞에 섰다.

하루토의 옆얼굴은 무척 어른스러워 보였다. 무언가를 해낸 사람의 얼굴로도, 막막하고 쓸쓸한 사람의 얼굴로도 보였다. 세상에 아무도 남지 않은 사람같이도.

"뭔가 새로운 일이라도 시작해 볼까 하고 막연히 생각하고 있어요. 제 인생은 조부모님을 보살펴 드리기 위해서 있던 거니까……. 이제 그것도……."

전국 투어 콘서트를 앞두고 있어 바쁘긴 했지만 그달의 넷째 주 금요일에는 '뜨라또리아 마사'에서 라이브 무대를 했다. 공연 시작 전에 홀을 봤는데 감사하게도 성황이었다.

하루토도 있었다. 여느 때처럼 카운터석에 앉아 메뉴를 보고 있다. 말을 걸려고 하는 순간 누군가가 먼저 하루토에게 다가갔다.

"안녕하세요."

예전에 하루토와 이야기했던 그 여성이다. 인사를 받은 하루토가 조심스럽게 미소로 답했다. 그 모습에서 이상하게도 간지러운 듯한 달콤함이 느껴졌다.

두 사람은 조금씩 가까워지고 있는 걸까. 아직 서로 상대의 호감을 가늠해 보는 듯했지만 상냥하게 웃으며 대화를 나누었다.

내 부탁 때문이 아니라 그녀는 순수하게 하루토에게 관심이 있어 보였다.

하루토도 그런 그녀의 마음을 눈치챈 게 아닐까 싶었다.

어쩌면 하루토는 아야네를 단념한 걸까. 다른 누군가를 좋아하려는 걸까.

이런저런 생각을 하는 사이에 "그럼 이따 봬요"라는 말을 남기고 그녀가 자신의 자리로 돌아갔다. 하루토가 그녀의 뒷모습을 바라보고 있었다. 마치 무언가를 결정하지 못한 사람처럼.

마른침을 삼키며 지켜보고 있자니 하루토의 시선이 아래로 떨어졌다.

슬픈 듯이, 괴로운 듯이 웃고 있었다.

같은 남자라서일까. 여성처럼 강하지 못하고 언제까지나 과거에 매달리는, 유약한 인간이기 때문일까.

그 모습을 보고 나는 확신했다. 하루토는 역시, 지금도 아야네를 단념하지 못하고…….

5

그 후로도 하루토와 그 여성이 '뜨라또리아 마사'에서 함께 있는 모습을 몇 번인가 보았다.

후지타 가에데라는 이름의 그녀는 하루토보다 두 살 연상이었다. 그건 사소한 차이일 뿐이다. 두 사람은 항상 상냥하게 마주 웃었고 가끔은 나까지 합석해 셋이서 술을 마시기도 했다.

다만 하루토의 미소는 그저 예의에 불과할 뿐 그녀의 호의에 응하지 않았다.

그때는 아야네의 전국 투어 콘서트가 막 시작될 무렵이었다. 당분간은 좀처럼 고향에 다녀올 수 없다. 하루토나 후지타 씨와 이야기할 기회도 없어지게 된다.

나는 마음을 굳혔다. 진작에 연락처를 주고받았던 후지타 씨를 '뜨라또리아 마사'로 불러냈다.

밴드 멤버들에게는 친구나 가족을 초대할 수 있는 콘서

트 티켓이 배부된다.

물론 좌석 위치가 정해져 있지만 회사에서 누가 왔는지까지 확인하진 않는다.

그래서…….

"이걸, 하루토에게 전해줄래요? 이 지역에서 개최되는 이번 전국 투어 콘서트 티켓인데."

이곳까지 불러낸 걸 사과한 뒤 카운터에 티켓을 올려놓자 그녀가 당황한 기색을 보였다.

"아야네 씨의 콘서트 초대권인가요? 그런데……. 왜 직접 주지 않으시고요?"

"사정이 좀 있어서요. 내가 직접 건네도 의미가 없거든."

그러자 후지타 씨가 잠시 고민하는 듯 침묵했다. 뭔가 중요한 걸 물어보려고 할 때, 사람은 약간 기색이 달라진다. 후지타 씨는 살피듯 나를 쳐다보더니 이윽고 입을 열었다.

"혹시…… 하루토 씨와 아야네 씨는 서로를 마음에 품고 있는 건가요?"

서로를 마음에 품다. 예스러운 표현이지만 그녀가 말하니 조금도 어색하지 않았다.

나는 후지타 씨가 그 사실을 눈치챘다는 데 놀라는 한

편, 어쩌면 눈치채지 못한 사람은 한 번도 아야네의 콘서트에 가본 적 없는 하루토뿐일지도 모른다고 생각했다.

"미안해요. 그건 대답할 수 없어."

나는 사과하며 고개를 숙였다. 그녀는 "아, 아니에요. 고개 드세요" 하고 마음을 써주었다.

그녀의 말대로 고개를 들다가 쓸쓸한 듯 미소를 띤 그녀와 눈이 마주쳤다.

"재능 없는 인간은 그저 살아가는 것밖에 할 수 없다고, 저는…… 줄곧 그렇게 생각했어요. 하지만 재능을 펼칠 수 있는 화려한 세계에서도 여러 가지 불편함이 있군요."

그 말의 의미를 물어보듯 바라보고 있자 그녀가 말을 이었다.

"실은 저, 예전부터 하루토 씨와 아야네 씨를 알고 있었어요."

"두 사람을?"

"네. 저희 아버지가 두 사람이 다녔던 고등학교의 선생님이셨거든요. 인상적인 학생들이 있다면서 몇 번인가 얘기해 주셨어요. 시로 문예대회에 입상한 학생과 난독증인 학생이 문예부실에서 노래를 만들고 있다고요. 특히 하루토 씨는 아버지가 무척 아끼셨던 것 같아요. 문예대회에 응모할 시에 첨삭을 해주셨는지, 집에서 자주 시를 보여주셨거든요. 설마하니 그 하루토 씨와 어른이 되어서 이렇게 만날 거라고는 생각도 못 했지만요.”

처음 만났을 때는 바로 알아차리지 못했지만 내 소개와 하루토의 이름을 보고 확신했다고 한다.

“고등학생이라고는 생각할 수 없을 만큼 아름답고 쓸쓸한 시를 쓰는 사람이었어요. 어떤 사람일지 궁금했는데…… 만나보니 생각했던 그대로더라고요. 순수하고 고독하고 자상하고 말이죠. 그래서 금방 끌렸던 걸지도 몰라요. 하지만 이야기를 나눌수록 알았어요. 그가 다른 누군가를 바라보고 있다는 걸. 그게 아야네 씨인 거죠?”

그런 과거와 그런 감정이 있었는 줄은 미처 몰랐다. 그렇다면 나는 그녀에게 가혹한 부탁을 하고 있는 건지도 모른다.

“이상한 부탁을 해서 미안해요. 알고 있는지 모르지만 하루토는 고집스럽게 아야네의 노래를 듣지 않으려 해요. 콘서트에도 가지 않으려 하고. 그래서 그 노래도 모르고 있어요. 두 사람이 재회할 계기를 만들어주려고 한 건데…… 티켓은 다른 방법으로 건네줄 수 없는지 생각해볼게요. 시간 빼앗아서 정말 미안해요.”

내가 손을 뻗어 티켓을 집으려 하자 후지타 씨가 제지했다. 시선을 돌려 그녀의 얼굴을 바라보았다. 후지타 씨는 "아뇨"라고 말하며 다시 쓸쓸한 미소를 떠올렸다.

"아야네 씨의 콘서트 티켓은 제가 전해드릴게요. 아무리 하루토 씨를 좋아한다 해도 제 마음이 닿지 않을 거라는 걸 알았으니까요."

무슨 말이든 해주고 싶었지만 나는 그저 내밀었던 손을 거둬들일 뿐이었다.

"고마워요. 어려운 부탁을 들어줘서."

"신경 쓰지 마세요. 그보다 켄 씨는……."

그녀는 바로 말을 잇지 않았다. 궁금해서 시선을 돌려보니 옅게 웃고 있었다.

"미안해요. 켄 씨는 정말 두 사람을 소중히 여기시는군요. 하루토 씨와 아야네 씨가, 그 관계가 왠지 너무나 부러워서요."

그런 말을 들을 줄은 몰랐다. 어쩌면 내가 생각하는 것 이상으로 그럴지도 모르겠다. 멋쩍은 웃음을 지으며 "그럴지도" 하고 인정했다.

"특히 아야네는 어릴 때부터 알고 지냈으니까. 그래서 나는 그 녀석을."

추억 속에서 뭔가가 흔들렸다. 아내가 있었다. 병원에서 우리는 함께 딸의 이름을 어떻게 지을까 고민했다. 원래대로라면 우리는 작고, 보물 같은 생명을, 얻었을 텐데. 하지만…….

"아니, 아무것도 아니야."

그렇게 말을 맺은 나를, 후지타 씨가 가만히 바라보고 있었다.

결국 후지타 씨는 약속을 지켜줬다. 하루토와 '뜨라또리아 마사'에서 만났을 때 자신의 마음이 닿지 않을 거라는 사실을 다시금 뼈저리게 느끼고 많은 이야기를 나눴다고 한다.

'지금도 하루토 씨는 아야네 씨를 좋아하는 것 같아요.'

그런 이야기까지 나눴다는 데 놀라며 그다음 메시지를 확인했다.

'다만 아야네에게는 아야네의 세계가 있으니까 자신은 물러나 있었던 모양이에요. 콘서트에 가보지 않으면 알 수 없는 일도 있다고 하면서 티켓을 건네줬어요. 이제 하루토 씨가 어떻게 하느냐에 달렸지만, 분명 올 거예요.'

하루토는 정말로 콘서트에 올까. 그런 불안과는 별개로

드디어 시작된 네 번째 전국 투어는 순조롭게 진행되었다.

가나가와에서의 공연을 시작으로 후쿠오카, 홋카이도 그리고 도쿄에서 열린 이틀간의 공연까지 장비 트러블 없이 아야네는 계속해서 노래를 선보였다. 우리 밴드 멤버들도 죽을힘을 다해 콘서트 분위기를 열광적으로 끌어올렸다.

도쿄에서 열린 둘째 날 공연 때의 일이다. 첫날 공연이 무사히 끝나고 이튿날도 별문제 없이 준비가 진행되고 있었다. 리허설을 마치고 아야네의 대기실을 찾아갔더니 그녀가 보이지 않았다. 누군가와 이야기하고 있나 싶어 기다렸으나 끝내 돌아오지 않았다.

본 공연 전에는 집중력이 필요하다. 수만 명을 앞에 두고 노래하는 아야네에게는 더더욱 엄청난 집중력이.

혼자만의 시간을 보내려고 자리를 비운 적도 있지만 이번에는 아무에게도 말하지 않고 사라졌다. 매니저에게 알려야 하나 망설이다가 소란을 피울 만한 일은 아닐지도 모른다고 생각해 혼자 아야네를 찾아 나섰다. 길고 복잡하게 얽혀 있는 통로를 찾아다니는데…… 있었다.

아야네는 사람들의 눈에 띄지 않는 곳에서 웅크리고 앉아 있었다. 아야네를 발견한 순간 쏜살같이 달려갔다.

“아야네, 무슨 일이야?”

“아, 미안. 배가 좀…….”

“아야네?”

긴장해서일까 아니면 다른 이유가 있는 걸까. 숨을 삼키고 기다리고 있자니 고개를 든 아야네가 힘없이 말했다.

“배…… 고파.”

순간 어깨에서 힘이 빠지고 긴장이 풀렸다.

“바보.”

“너무해.”

아야네는 피식 웃었지만 자세히 보니 관자놀이께에 땀이 맺혀 있었다.

“너……. 정말 괜찮은 거야?”

“응. 아무렇지도 않아요. 잠시 가만히 있으면 나아질 거야.”

아야네는 앉은 채로 복도 벽에 기댔다. 나도 따라서 옆에 쭈그리고 앉았다.

곧 익숙한 감촉이 팔에 전해졌다. 어렸을 때처럼 아야네가 머리를 기대어 왔다.

잠깐 주저하긴 했지만 손이 저절로 움직였다.

정말로 오랜만에 아야네의 머리를 쓰다듬어 주었다. 순간 내 스스로가 한없이 무력한 존재로 느껴졌다. 이렇게 어린 제자조차 충분히 지켜주지 못하고 있는 건 아닐까 하고.

"……일 너무 많이 해."

"그럴지도요."

둘이서 벽에 등을 기대고 가만히 있었다.

얼마나 그러고 있었을까. 아야네가 크게 숨을 한 번 내쉬고는 "좋았어!" 하며 일어섰다. 그리고 내게 웃음을 지어 보였다.

피로 따위는 모른다, 보이지 않겠다, 눈치채게 하지 않겠다, 지금까지의 아야네처럼.

"부활! 오늘 도쿄 공연까지 마치면 드디어 우리 고향 콘서트네."

뭐라고 격려의 말을 해주고 싶었지만 그건 아야네가 바라는 게 아닐 터였다. 나도 일어서서 마주 웃어 보였다.

"마치면, 이라니, 너무 성급한 거 아냐? 이제 시작인데."

"알아. 내가 이렇게 말하면 스승님이 긴장 늦추지 말라고 충고해 주실까 해서."

"스승님 소린 그만둬. 특히 회사 사람들은 그 말 들으면 표정 안 좋아지니까."

"네네, 그것도 잘 알고 있다고요."

우리는 콘서트쯤이야 일상다반사라도 되는 양, 둘이서 시답잖은 잡담을 나누며 대기실로 향했다.

그 일만 빼면 도쿄에서의 둘째 날 콘서트는 평소와 다름없이, 마지막까지 관객들의 성원 속에서 막을 내렸다. 그리고 마침내 전국 투어는 후반전을 맞이했다. 내가 나고 자란 지역에서의 콘서트가 다가오고 있었다.

6

그날은 아침부터 하늘이 맑게 개어 있었다. 옅은 파랑도 너무 짙은 파랑도 아닌, 거울처럼 반짝이는 하늘이다. 시인 하루토라면 이 하늘에도 아름다운 표현을 붙였겠지.

하루토의 티켓 좌석 번호를 적어둔 나는 리허설 전에 그 자리에 앉아보았다.

무대와 가깝진 않지만 아야네를 눈으로 식별하지 못할 정도로 먼 자리도 아니다. 아는 사람이라면 무대 위에서도 누군지 알아볼 수 있을 만한 거리였다.

하루토에게서 따로 연락은 오지 않았다. 과연 하루토는 오늘, 여기에…….

“뭐 하세요?”

객석에서 무대를 보고 있는데 느닷없이 아야네가 나타나 말을 걸었다. 속으론 깜짝 놀랐지만 태연한 척 말했다.

“갑자기 나타나고 그래! 깜짝 놀라게.”

“깜짝 놀라게 하려는 거니까 갑자기 나타나는 게 당연하지.”

“못 말린다, 진짜.”

어이가 없어 픽 웃자 아야네도 따라 웃었다. 그러고는 정면으로 시선을 돌려 잠시 뒤 자신이 설 무대를 바라보았다.

“새삼스러운 말이지만…… 뭔가 우리, 정말 대단한 곳까지 왔어요.”

남의 일처럼 말했지만 아야네의 어투에는 진지함이 담겨 있었다.

“정말이야. 넌 진짜 열심히 해왔어. 지나칠 정도로 열심히 하고 있지.”

“나는…… 남들처럼 평범한 일은 할 수 없었으니까. 그래서 적어도, 내가 할 수 있는 일은 최선을 다해 열심히 하고 싶었어. 게다가 켄 아저씨가 연결해 준 일이기도 하고.”

“내가?”

“응, 날 오디션에 추천해 달라고 머리까지 숙인 사람

이…… 켄 아저씨잖아요?”

무대를 바라보고 있던 눈이 어느새 아야네를 향했다.

얼버무릴까도 생각했으나 아야네의 눈빛은 확신에 차 있었다.

“들었구나, 사사키 씨한테.”

“응. 지방 라디오 프로그램에 특별 출연했을 때, 조금요. 켄 아저씨에게는 말하지 않기로 약속했지만.”

사사키 씨를 탓할 생각은 없다. 그런 이야기는 언젠가 어디서건 들통나기 마련이다.

내가 아무 말 하지 않자 아야네가 “그날”이라고 말을 꺼내더니 다시 무대를 바라보며 이야기를 이어갔다.

“역 플랫폼에서 혼자 고개를 숙이고 있었는데……. 스승님이 나를 발견해 주어서 정말 기뻤어. 이 아저씨는 내가 울고 싶을 때 나타나서, 그때마다 뭔가를 주려고 하는구나 싶었거든. 초등학생 때는 음악으로, 고등학생 때는 가능성으로……. 뭐, 그때는 그런 걸 생각하고 있는 줄도 몰랐지만요.”

나는 말없이 아야네의 옆얼굴을 바라보았다. 순간 나에게로 고개를 돌린 아야네와 눈이 마주쳤다.

내가 사랑하는 제자가, 가희가, 기쁜 듯 미소를 지었다.

"정말 고마워요, 스승님. 항상 나를 도와줘서."

멋쩍어서 시선을 돌렸다. "스승님이라고 부르지 마" 하고 무뚝뚝하게 말하자 "뭐 어때요? 아무도 안 듣는데"라며 아야네가 투덜거렸다.

"있잖아, 아야네."

그런 아야네에게 나는 다시 한번 말을 건넸다.

"나야말로, 지금까지 정말 고마웠어."

그러자 아야네가 놀란 듯 눈을 크게 떴다.

"어……? 아니, 내가 고마워해야 하는 건데. 그보다, 그러지 마요. 밴드 그만둘 것 같은 말투잖아. 스승님은 아직 한참 더 날 도와주지 않으면 곤란하거든."

"아, 미안, 미안. 그건 오해言葉の綾야."

"내 이름 아야네綾音의 아야綾로군요."

"그러고 보니 너, 아야綾의 뜻 알고 있니? 아름답고 품위가 있다는 의미야."

"오, 나한테 딱 맞는 말인데?"

가벼운 농담을 주고받으면서도 나는 한 가지 결심을 굳혀가고 있었다.

리허설을 마치면 드디어 본 공연이 시작된다. 환호 속에 아야네가 무대에 올라서고 우리는 그 뒤에서 연주할 것이다. 만 명이 넘는 관객들이 공연장에 모여 있었다.

시작은 순조로웠다. 나는 세 번째 곡을 마치고 객석으로 시선을 옮겼다. 서포트 멤버에게 배부된 초대권은 그 멤버의 모습이 잘 보이는 자리로 배정되어 있었다.

달리 말하면, 무대 위에서도 그 자리가 잘 보인다는 뜻이다…….

그 자리로 시선을 돌렸는데, 찾았다. 하루토다. 그곳에 하루토가 있었다. 한껏 흥겨워하는 다른 관객들과 달리, 무대 위에 선 아야네를 지그시 바라보고 있다.

아야네의 노래를 라이브로 들을 때처럼, 찌릿하게 떨리는 감각이 내 안에서 느껴졌다.

주위와 다른 것은 쉽게 드러나는 법이다. 조용한 관객일수록 신기할 정도로 눈에 잘 띈다.

네 번째 곡이 시작되자 나는 최고의 연주를 보여주기 위해 심혈을 기울이면서도, 기도했다.

아야네. 제발 알아봐 줘. 저쪽이야. 지금 내가 선 곳에서 바로 앞쪽.

거기에 하루토春人가 있어. 너의 봄春이 있단다. 그 봄春이 너를 바라보고 있어.

아야네에게는 이미 아야네의 세계가 있다고, 그렇게 말

하며 물러선 그 녀석이…….

땀을 쏟아내며 숨이 턱끝까지 차오르도록 연주하면서도 한결같이 기도했다. 이런 기회는 다시 없을 거야. 그러니 제발…….

연주하는 틈틈이 나도 모르게 아야네의 옆얼굴을 바라보았다. 그때 내 눈이 저절로 휘둥그레졌다.

왜, 더 빨리 눈치채지 못했을까.

아야네는 노래를 부를 때 집중하기 위해 대개는 눈을 감는다. 그런데 지금은 그렇지 않았다. 눈을 뜬 채 노래하고 있다. 객석을 보고 있다. 고향에서 열리는 콘서트이니 필시 아야네도 하루토를 찾고 있는 거다.

하지만 그대로 아무 일 없이, 콘서트는 예정대로 진행되었다. 계속 이어졌다.

콘서트 중에 무슨 일이 생기길 기대하는 게 더 이상하다는 건 잘 알지만 어떤 흔들림이라도 있을 것이라고 생각했다. 그런데 그것조차 없었다.

아야네는 하루토를 발견하지 못한 걸까? 어쩌면 당연한 일이다. 이렇게 수많은 사람 속에서, 있는지 없는지조차 모르는 한 사람을 찾아낸다는 건.

"그럼 이번에는 콘서트 무대에서만 부르는, 제가 가사

를 쓴 소중한 노래를 부르겠습니다. 그래봐야 한 곡밖에 없지만요."

그런 생각을 하고 있는데, 갑자기 아야네가 말했다.

너무 놀란 나머지, 베이시스트 요시와 얼굴을 마주 보았다. 지금까지 3년 반 동안 함께 활동해 왔다. 아니, 데뷔 전까지 합하면 10년 가까운 시간 동안 함께했다. 그동안 한 번도 없었던 일이 일어났다.

아야네가 곡 순서를 틀렸다.

아티스트가 곡 순서를 착각하는 건 종종 일어나는 일이다. 하지만 아야네에게는 귀에 꽂은 인이어 모니터로 지시 사항이 전달된다.

게다가 지금 부르려는 건 아야네에게 특별한 곡이다. 그 순서를 틀리다니, 있을 수 없는 일이다. 만약 가능성이 있다면…….

아야네가 의도적으로?

다음 순간, 내 입에서 웃음이 새어 나왔다. 그동안에도 아야네는 계속 말을 이어가고 있었다. 마치 특정한 누군가 에게 그 말을 전하기라도 하듯이.

"콘서트에서밖에 부르지 않는 이유는 가사가 어설프기 도 하거니와 저의 이미지와 맞지 않아서이기도 하고 여러

가지가 있는데요……. 보세요, 지금도 켄 아저씨가 묘한 웃음을 짓고 있네요. 하지만 콘서트를 할 때마다 조금씩 나아지고 있는 건 아닐까, 하고 생각해요. 연주는 최고니까 가사만은 너그럽게 들어주세요.”

갑작스러운 순서 변경에 스태프들이 당황했다. 하지만 그들은 프로다.

차질 없이 연출이 이루어지고 나도 연주를 시작했다. 세트리스트는 관객에게 공개되지 않기 때문에 관객들이 동요할 일은 없다. 오히려 콘서트 한정곡이 소개되자 공연장 분위기가 한층 더 달아올랐다.

그런 가운데, 아야네가 노래를 부르기 시작했다. 아야네가 처음으로 직접 가사를 쓴 〈봄春의 사람人〉을. 아야네가 하루토春人를 위해 만든, 세상에서 단 하나뿐인 노래를.

하루토가 있는 공연장에서 자신이 품은 마음의 결정체와도 같은 노래를, 아야네는 울려 퍼뜨리고 있었다.

그 후로는 순서를 조정해 기존의 세트리스트대로 콘서트가 진행되었다. 뜨거운 환성 속에 앙코르곡을 마치고, 밴드 멤버들은 한 발 앞서 백스테이지로 돌아갔다.

연주하는 동안 몇 번인가 확인했지만 하루토는 어느새

모습을 감추고 없었다.

많은 사람에게 찬사와 인사를 들으며 마지막으로 아야네가 백스테이지로 돌아왔다.

곡 순서를 갑자기 변경한 데 대해 음향과 조명 담당자들에게 사과했다. 설마하니 오늘의 주인공에게 사과를 받을 거라고는 생각지 못했는지 스태프들은 어쩔 줄 몰라 했다.

사과를 마친 아야네가 나에게 걸어왔다. 항상 웃고 있던 아야네가 오늘은 달랐다. 당장이라도 울음을 터뜨릴 듯한, 그러나 강한 눈빛으로 내게 다가왔다.

나는 마음속 어딘가에서 이런 상황을 기다리고 있었던 것 같다.

"하루토가, 있었어."

아야네는 입을 열자마자 애절한 말투로 그렇게 말했다. 그제야 확신했다. 역시 갑작스러운 곡 변경은…….

"객석에, 있었어요. 어른스러워졌지만 틀림없었어. 그래서 나, 그 곡을 빨리 들려주고 싶어서. 하루토에게 전하고 싶어서."

평소 냉정해 보이던 아야네가 감정을 드러내자 주변 사람들이 놀라워했다.

"무슨 일이에요? 아야네 씨."

그런 상황에서 움직일 수 있는 사람은 매니저뿐이었다. 데뷔 전부터 아야네와 함께해 온 여성 매니저가 재빨리 다가왔다.

아야네는 순간 주춤했지만 곧 또렷한 목소리로 말했다.

"고등학교 시절부터 소중히 여겨온 사람이 관객 속에 있었어요."

"그건……. 혹시, 그 사람인가요?"

"그 사람?"

"봄의 사람. 아야네 씨가 노래에서 그렇게 부르던."

아야네는 바로 말을 잇지 못하다, 잠시 뒤 고개를 끄덕였다.

"개인적으로 만나는 건 자제해 주세요. 전국 투어는 아직 끝나지 않았으니까요."

그런 아야네에게 매니저는 지극히 타당한, 어른의 말을 건넸다. 아야네는 고개를 숙인 채 입을 다물고 있다가 간신히 짜내듯 대답했다.

"그러니까, 드디어 찾았다고요. 콘서트 공연장에서 우연히. 이런 기회는 분명 다시는……."

나는 더 이상 망설이지 않았다. 이때만큼 내가 무얼 해야 하는지 확신한 적은 없었다.

아야네를 뒤로 물러서게 하고 한 걸음 앞으로 나섰다.

"켄 아저씨?"

아야네의 입에서 당황해하는 목소리가 새어 나왔다. 그 아이의 표정은 알 수 없었다. 나는 내 발밑과 백스테이지의 바닥밖에 보고 있지 않았기 때문이다.

"이번 전국 투어가 끝나면 저를 해고하셔도 좋습니다. 필요하다면 위약금도 지불하겠습니다."

10대 때는 누군가에게 고개 숙이는 게 지독히도 싫었다. 20대 때는 강해 보이려고 턱을 위로 치켜들고 다녔다.

그런 내가 지금, 누군가를 위해 고개를 숙였다. 고개를 숙이는 게 의미 없는 일도 많다. 하지만 아야네뿐만 아니라 나 또한 힘을 기르고 싶다는 강한 바람으로 오늘까지 애써왔다. 40대 남자가, 아야네에게 스승님이라고 불리는 사람이, 언젠가 무리한 일을 해내기 위해서.

"그러니 제발 아야네를 보내주십시오."

주변의 반응은 알 수 없었다. 상관없다. 진심이 전해질 때까지 고개를 들지 않을 작정이었다.

"3년 반입니다. 3년 반이나 아야네는 자신을 위해, 무엇보다 회사를 위해 열심히 달려왔어요. 약속한 대로 하루토와는 연락 한 번 하지 않았습니다. 제가 보증합니다. 그러니……."

그때 누군가 뒤에서 내 어깨를 두드렸다. 잠시 고개를 들고 돌아보니 요시가 난처한 표정으로 웃고 있었다.

"켄. 너무 멋진 척하는 거 아냐? 아무리 그래도 그렇지."

순간, 나는 요시를 의심했다. 내 행동을 나무라는 건가. "너!"라고 무심코 낮게 소리 지르자 요시가 한층 더 활짝 웃었다. 한 발 앞으로 나와 내 옆에 나란히 서더니 꾸벅 고개를 숙였다.

"저도 부탁드립니다. 부디 아야네와 하루토 군을 만나게 해주세요. 여기는 도쿄도 아니고, 공연장에 기자가 지키고 있을 리도 없으니까요."

요시의 뒷머리를, 이어서 매니저의 얼굴을 쳐다보았다.

"포기하세요." "계약 사항이니까요."

무표정으로 그런 말을 쏟아낼 거라고 생각했다.

그런데 매니저가 망설이고 있었다. 즉 망설일 여지, 생각할 여지가 있을지도 모른다는 뜻이다. 그렇다면 이 기회를 놓칠 수 없었다.

콘서트가 시작되기 전까지 앉아 있었던 의자로 다가가, 등받이에 걸어둔 내 스태프 점퍼를 집어 아야네에게 던졌다. 아야네가 놀란 표정으로 점퍼를 받아 들었다.

"어서 가, 아야네. 안에 내 스마트폰이 들어 있어. 잠그
지 않았으니까 하루토에게 전화할 수 있을 거야. 지금밖에
없어. 그 녀석이라면 노래의 의미를 분명 알아챘을 거야."

아야네도 더 이상 주저하지 않았다. 고개를 끄덕이더니
점퍼를 걸치고 후드를 뒤집어쓴 채 백스테이지를 뛰쳐나
갔다. 아야네를 막아서는 사람은 아무도 없었다.

모든 스태프가 긴장해 있었다. 그 자리에서 나는 시선
을 매니저에게로 옮겼다.

그녀는 왠지 슬픈 듯 웃고 있었다.

"사실은…… 저도 알고 있었어요."

"뭘, 말입니까?"

"더 이상, 아야네 씨가 무리하도록 둬서는 안 된다는 걸
요. 평범한 소녀의 행복을, 돌려줘야 할 시기가 왔다는 걸,
말입니다."

그녀는 어떤 숫자를 언급했다. 엄청나게 큰 수치였다.

아야네가 뮤지션으로 성공해 지금까지 회사에 가져다
준 이익이라고 했다.

"충분한 수치입니다. 게다가 그 수치는 앞으로도 계속
늘어날 거예요. 심각한 스캔들이 보도되지 않는 한."

"아야네만큼은 그런 일 없을 겁니다. 더구나 좋아하는

사람과 맺어지는 건 스캔들이 아니지요. 애초에 아야네는 아이돌이 아닙니다. 여성 팬들도 많고요. 아야네는 자신의 노래로 관객을 모으고 있는 거니까요."

"잘 알고 있어요. 정말로……. 켄지 씨가 말씀하시는 거 전부, 알고는 있어요."

자신의 무력함과 마주하고 있는 듯, 그녀는 웃으며 아야네가 사라져 간 통로를 흘낏 쳐다봤다. 그러고는 그 통로와 다른 방향으로 걸어갔다. 그 뒷모습이 너무나도 허전했다.

"혹시, 당신이 그만두려고요?"

등 뒤에 대고 묻자 그녀가 돌아섰다.

"아니요, 그만두지 않아요. 저는 끝까지 아야네 씨 곁에 있을 거예요."

"그러시군요."

"네. 다만, 윗선에 보고는 해야 하니까요. 그렇다고 두 분이 계약 해지되는 일은 절대 없을 테니 안심하세요. 그럼 이만."

다시 뒤돌아 걸어 나가는 그녀의 뒷모습을 보면서, 사람에게는 사람 수만큼의 이야기와 책임이 있고 각자 복잡한 무게를 끌어안고 살아간다는 사실을 새삼 실감했다.

소란을 일으킨 데 대해 스태프와 밴드 멤버들에게 사과하고는, 어떻게든 잘 해결됐다며 요시와 마주 웃었다. 이제 대기실로 돌아가야 했다.

하지만 아야네가 걱정되었다. 조심하겠지만 어딘가에서 팬들에게 들킨 건 아닐까. 하루토와 무사히 만났을까.

나는 여분의 스태프 점퍼를 걸치고 공연장 안을 찾아다녔다.

만약 두 사람이 만났다면, 사람들 눈에 띄지 않는 곳에 있을 것이다. 빠른 걸음으로 몇 곳을 돌아다니다가 공연장 한쪽 구석에 있는 자동판매기 옆 소파에서 하루토를 발견했다.

안도의 숨을 내쉬고는 멀리서 그 모습을 바라보았다.

하루토 옆에는 스태프 점퍼를 입은 여성이 있었다.

후드로 얼굴을 거의 다 가렸지만 그 여성은 지난 3년 반 동안 한 번도 본 적 없는 표정으로, 온전히 안심하는 스물두 살의 얼굴로 웃고 있었다.

아야네가 기쁜 듯 하루토와 손을 잡고 있었다.

그날 일로 아야네의 가수 활동에 큰 변화가 생기진 않았다.

요시도 나도 계속해서 서포트 멤버로 활동할 수 있었다. 아니, 아예 문제조차 되지 않았다. 물론 아야네의 매니저가 책임을 지고 그만두는 일도 없었다.

가수 아야네는 예전과 똑같았다. 예정되어 있던 모든 공연장에서 콘서트를 마치고 네 번째 전국 투어도 성공시켰다. 다만 아야네의 개인적인 일상은 크게 달라졌다.

"그와의 교제를 인정해 주셨으면 합니다. 말씀하신 대로 지금까지 연락한 적 없었어요. 그런데 그날, 콘서트장에서 우연히 만난 거예요. 팬들에게도 회사에도 폐를 끼치지 않도록 철저히 하겠습니다. 그러니 제발……."

그렇게 말하며 아야네는 레코드 회사 사장에게 머리를 조아렸다. 사장은 잠시 침묵하다가 "뭐, 하긴 이제 괜찮지 않겠어?" 하고 호쾌하게 대응해 주었다.

만약 두 사람의 재회가 의도된 일이었다면 그리 쉽게 넘어가진 못했을 것이다.

그날 하루토는 지인에게 받은 초대권으로 공연장을 찾

았다. 그런 하루토를 아야네가 무대 위에서 우연히 발견했다. 이것이 진실인 걸로, 좋지 않을까. 설령 내가 하루토의 지인에게 초대권을 건네주며 하루토를 콘서트에 오게 해 달라고 부탁했다 하더라도.

'두 사람은 어떻게 됐어요?'

유일하게 진실을 알고 있는 사람은 이런 메시지를 보내온 후지타 씨와 나뿐이다.

나에게 배부된 초대장의 좌석은 알아낼 수 있겠지만 그 자리에 하루토가 있었는지는 회사도 확인할 수 없다. 그러니까 사실은 두 사람밖에 모르는 일인 것이다.

'해피엔딩이었어요.'

어디까지 전해야 할지 망설였으나 후지타 씨는 신뢰할 수 있는 사람이다. 메시지를 보내자 바로 답장이 들어왔다.

'어릴 적 꿈꾸던 말이네요. 모두가 웃으며 끝나는 그런 결말.'

그녀가 협조해 주지 않았더라면 두 사람은 지금도 떨어져 있을 것이다. 괴로운 역할을 부탁했음에도 그녀는 두 사람에게 도움이 되어 다행이라며 기뻐했다.

후지타 씨 역시 강한 사람이었다. 자신이 좋아하던 상대를 진정으로 위할 줄 아는 강인하고 자상한 마음을 지녔다.

최소한의 보답으로, 곤란한 일이 생기면 언제든지 연락하라고 전했다. 그러자 그녀는 '그러면 또 술자리에 함께해 주세요'라고 당차게 대답했다. 그리고 이렇게 덧붙였다.

'정말 다행이에요. 아야네 씨와 하루토 씨가 해피엔딩을 맞이해서.'

하루토와의 교제를 인정받은 아야네는 눈에 띄게 달라져 갔다. 전보다 훨씬 더 행복하고 자유롭게 웃을 수 있게 되었다.

장거리 연애였지만 두 사람은 즐겁게 지내는 듯했다. 스마트폰으로 그동안 나누지 못했던 소소한 이야기들을 주고받는지 아야네가 생글생글 웃는 모습을 자주 보았다.

이야기를 들어보니 시간이나 상황이 더 자유로운 하루토가 아야네를 만나러 도쿄로 온다고 했다. 나는 두 사람이 재회한 뒤에도 자주 고향을 찾았다.

고향에서 라이브 무대에 섰고, 마사후미 그리고 다른 밴드 멤버들과 함께 하루토와 아야네가 맺어진 것을 축하했다.

두 사람이 연인이 되기까지 몇 년이나 걸렸다. 하지만 마침내 맺어졌다.

콘서트에서 부른 그 노래처럼 아야네에게 봄이 찾아왔다.

"이것 좀 보세요, 켄 아저씨. 이 사진 멋지죠? 얼마 전에 하루토랑 아쿠아리움에 다녀왔거든요. 일시적으로 밤에도 여는 곳이 있는데 변장하면 들킬 염려도 없고."

아야네는 이따금 하루토와 데이트한 이야기를 신이 나서 들려주곤 했다. 그때마다 정말 잘됐다는 생각을 지울 수 없었다.

"근데 왜 그래요? 갑자기 히죽히죽 웃고."

"내가 뭘? 그냥 단지 이렇게…… 네가 기뻐하니까 나도 기뻐서 그렇지."

내 마음을 솔직하게 전하자 아야네가 놀라워하며 미묘한 표정으로 대답했다.

"켄 아저씨. 부탁이니까 일찍 죽으면 안 돼. 착한 사람은 신이 불러간다고 하니까."

"너, 예전에도 똑같은 말 하지 않았어?"

"뭐 어때. 몇 번이고 말할 거야. 그 정도로 스승님은 나한테 소중한 사람인걸요."

이런 이야기들을 나누며 지내는 사이에 그해도 끝났다.

새해를 맞이한 뒤에도 아야네와 하루토는 순조로워 보였다. 하루토가 곁에 있어서인지, 지나칠 정도로 조심하며 교제하고 있는 게 엿보였다. ·

아주 맑고 상쾌한 기분이었다. 두 사람 사이에는 이제 아무런 문제도 없었다.

내 이야기나 인생은 이제 이걸로 끝나도 괜찮지 않을까, 라는 생각을 할 정도였다. 그야말로 후지타 씨의 말처럼 어릴 적 누구나 꿈꾸던 '해피엔딩'을 맞이한 것이다.

하지만 인생이라는 건 계속된다. 멈추지 않는다. 해피엔딩의 저편에는 항상 무언가가 기다리고 있다. 좋은 일도. 나쁜 일도. 모든 것을 포함해서.

사실 징조는 있었다. 지금까지의 시간 속에 내포되어 있었다. 그런데 왜 아무도 눈치채지 못했을까. 왜 그 녀석을 멈추게 하지 못했을까.

계속해서 달리는 사람이 어떻게 될지, 그런 건 원래부터 알고 있었을 텐데.

아야네와 하루토가 사귀기 시작한 지 어느덧 1년이 지나가고 있었다. 흐뭇하게도 두 사람은 그해 크리스마스를 함께 보낸 모양이었다.

다음 해 4월에는 아야네가 드디어 데뷔 5주년을 맞이한다.

5주년이다. 무려 5년이라는 세월 동안 아야네는 계속

달려왔다.

가수 활동이 6년 차로 접어들면 이제는 슬슬 한숨 돌릴 시기가 된다. 경력을 쌓아온 많은 가수가 그 정도 시기나 그보다 더 일찍 활동을 한 번 쉬어간다.

회사에서도 그런 이야기가 나왔다. 후배들도 성장하고 있으니 아야네의 활동 속도를 조절하는 데는 문제가 없었다. 조금 늦었을지 모르지만 거리낌없이 쉬면서 지금까지 쌓인 피로를 덜어내고 휴식을 취한다. 다시 날개를 펼쳐 날기 위해.

그렇게 될 줄 알았는데…….

마사가 갑자기 전화를 걸어온 건, 2월 초쯤이었다.

그날 나는 도쿄 시내의 스튜디오에 있었다. 한 프로듀서가 내 실력을 높이 평가해 다른 뮤지션의 녹음 작업에 불러준 것이다. 그 일을 마친 직후였다.

신기한 일이지만 마사에게 전화가 온 걸 보고 어쩐지 불길한 느낌이 들었다. 바쁘게 일하는 내 상황을 고려해 평소에는 통화가 괜찮을지 미리 확인 후 전화를 걸던 마사가 그날은 웬일인지 느닷없이 연락을 해왔기 때문이다.

"어쩐 일이야, 마사?"

마사는 자신이 전화를 걸었음에도 이상하게 동요하고

있었다. "아, 아!"라고 하다가 "갑자기 걸어 미안하다"고 하는 등 평소에 침착하던 마사답지 않았다.

그러면서 횡설수설 이야기를 늘어놓더니, 이윽고—

"아야네에게 아기가 생겼어. 하루토 군과의 아이야"라고 용건을 전해주었다.

놀라지 않았다고 하면 거짓말이다. 하지만 부자연스러운 일은 아니었다. 오히려 따뜻한 기분이 들었다. 어릴 적 울고 있던 아야네의 모습이 떠올랐다. 그 아야네가 아기를.

그토록 기쁜 일은 없었다.

그건 정말이지 대단한 일이다. 사람과 어울리는 걸 기피하던 그 아야네가 하루토와 새로운 가족을 만들어갈 수 있을지도 모른다. 아야네와 하루토 그리고 아직 보지 못한 아기까지 셋이서.

너무나도 기쁜 소식을 듣자 나이 탓인지 눈물이 날 것만 같았다.

동시에 마사가 허둥대는 모습이 우스꽝스러웠다. 어이, 마사! 그렇게 당황하지 말라고. 네가 아야네를 얼마나 소중히 여기는지는 잘 알고 있어. 하지만 축복해야 할 일이잖아.

세상에는 가족을 만들려고 해도 잘 안되는 경우가 있거

든. 아이를 원해도, 잘되지 않는 일이⋯⋯. 그런 예는, 아주 많지.

아야네에게는 말하지 않았겠지만 그런 이유로 이혼한 경험이 있는 너라면. 나와 비슷한 아픔을 가진 너라면, 잘 알 거야.

"아무리 노력해도 아버지가 되지 못했지만⋯⋯ 어머니 대신이라면, 될 수 있을지도 몰라. 그래서 조금 두려웠지만 결심했어. 아야네와 함께 살아보자고."

아야네를 데려왔을 때 그렇게 말했던, 다정한 너라면⋯⋯.

그러니까 마사, 적어도 우리는 축하해 주자고. 회사나 세상이 뭐라고 하면 우리가 지켜줘야지. 그렇잖나, 마사?

감동에 젖은 한편 그런 생각이 들었고, 실제로도 마사에게 이렇게 말할 참이었다.

그런데 마사의 이야기는 그게 끝이 아니었다. 그다음 이야기가 있었다. 목소리가 떨릴 만한 그다음 이야기가.

"그게 전부가 아니야. 아야네가, 아야네가⋯⋯."

"마사? 왜 그래, 무슨 일이야?"

"병으로, 이제 남은 생이 채 2년도 안 될지 모른대."

세상은 잔혹하지만 그래도 아름답다.

아내와 딸을 출산 사고로 떠나보낸 뒤 나는 절대로 그런 말을 할 수 없게 되었다.

이제 드디어 다시 그 말을 할 수 있을지도 모른다고 생각했다. 바로 그때 일어난 일이었다.

제5장

진정
아름다운 것

1

날아가고 싶다는 생각을 한 적은, 인생을 살면서 여러 번 있었다.

혼자 남은 방에서 날아올라 사라진 엄마를 찾으러 가고 싶다고. 초등학교라는 갑갑한 공간에서 날아올라 어디론가 가고 싶다고.

발달성 난독증을 앓는 내 인생에서 다른 인생으로 날아가고 싶다고.

하지만 실제로 날아오를 수는 없었다. 사람은 날개가 없으니까.

If I were a bird, I could fly to you.

날개가 없는 대신, 사람은 달릴 수 있다.

지금 1초라도 더 빨리 달리고 싶다고, 간절히 바랐다. 콘서트로 지친 몸에 채찍질을 가해서라도 사랑하는 사람 곁으로 달려가고 싶다고.

"지금 어디야?"

복잡하게 얽혀 있는 공연장 통로를 달려가면서 나는 록 앤롤러에게 빌린 스마트폰으로 전화를 걸었다. 내 전화를 받은 시인 군은 놀랐는지 숨을 삼키는 듯 아무 말이 없었다.

"빨리 알려줘."

"자동판매기 앞. 구석에 있는."

"거기서 기다려. 금방 갈 테니까."

공연장 내 지도를 확인하고 다시 있는 힘을 다해 통로를 내달렸다. 너무나 유치한 행동이었지만 나는 망설이지 않았다. 이것이 옳은 일이라고밖에 생각되지 않았다.

고향에서 콘서트를 할 때마다 나는 시인 군을 찾았다.

하지만 찾지 못했다. 그는 나 따위, 벌써 잊었을지도 모른다고 생각하던 때가 있었다. 사실은 그렇지 않았다.

나의 시인 군. 봄春의 사람人.

목적지를 향해 달려가다 보니 무대 위에서 발견했던 시인 군의 모습이 보였다.

나를 알아본 그가 눈을 동그랗게 뜨고는 바로 달려왔다.

가까워진 우리는 발걸음을 멈췄다. 숨을 고르면서도 나는 주저하지 않았다.

"보고 싶었어. 너무너무. 내내 보고 싶었어."

나도 모르게 그를 끌어안았다. 그 순간 헤어지던 날에도 눈물을 보이지 않았던 그에게서 어떤 기척이 느껴졌다. 그가 눈물을 흘리고 있었다.

"나도, 나도 그랬어……. 너무너무, 보고 싶었어. 너를 쭉 좋아했어."

그날, 시인 군과 나는 약 3년 반 만에 다시 만났다.

언젠가 편지에 썼던 것처럼 계속 함께 있을 수 있는 사랑을 하고 싶다고, 그에게 꼬옥 안겨서 나는 간절히 기도했다.

세상은 사랑 노래로 넘쳐나고 있다. 세상은 사람들의 사랑과 그리움으로 가득 차 있다.

왜 사람이 사람을 좋아하게 되고 사랑을 하는지 나는 아직 모른다. 어쩌면 그것은 평생 알 수 없는 물음일지 모른다.

그렇다면 그 답은 걸어가면서 찾아가고 싶다.

하루토의 곁에서 연인 그리고 아내로 함께 걸어가면서.

"왜 그래? 자꾸 웃기만 하고."

세 번째 데이트 날, 야간에 찾아간 아쿠아리움에서 그런 생각을 하고 있는데 하루토가 의아해하며, 그러나 평온한 어조로 물었다.

"아니. 아무것도 아냐. 너무나 행복해서."

하루토와 재회한 지 1년 가까이 지났다.

회사의 허락을 받은 뒤 기자에게 사진을 찍힐 수 있는 부주의한 행동은 피하면서 우리의 연애는 신중하게, 하지만 순조롭게 이어지고 있었다.

둘 다 어른이 되었다. 각자 해야 할 일을 해냈다.

고등학생 때는 연인이 되는 데에도 여러 가지 어려움이 있었다. 하지만 각자 해야 할 일을 해낸 지금, 우리는 조금 자유로워져 있었다. 그게 기뻤다.

"우리 올해 크리스마스이브는 어떻게 할까? 일단, 시간은 낼 수 있을 것 같은데."

평일 밤이라 아쿠아리움에 관람객이 적었다. 커다란 수조 앞에 놓인 소파에서 쉬다가 내가 묻자 하루토가 생각에 잠겼다.

"그러게……. 작년에는 아무 데도 못 갔으니까 올해는

시간 되면 일루미네이션이라도 구경하면서 돌아다닐까? 시내에는 아야네처럼 얼굴 작은 사람이 많으니까, 변장을 잘하면 사람이 많은 크리스마스이브라도 다들 알아보지 못할 거야.”

“아, 그거! 나도 똑같은 생각 했는데.”

“똑같다는 건…… 아야네처럼 얼굴 작은 사람이 많다는 거?”

“아니. 일루미네이션 보면서 돌아다니는 거 말이야. 모처럼 나가는 거니까 도심에서 조금 떨어진 곳에 있는 관람차도 타러 갈까? 고등학생 때 약속했잖아.”

그 약속을 지키고 싶어 “꼭이야!” 하며 웃어 보이자 하루토도 웃으며 고개를 끄덕였다.

“알았어. 그럼 그럴까?”

“약속한 거야.”

“그래도 급한 스케줄이 생기면 신경 쓰지 않아도 돼. 크리스마스이브에 못 만나면 다음 날이든 그다음 날이든 내가 맞출 테니까.”

하루토가 말한 대로 급한 일정이 생기지나 않을까 불안한 마음은 있었다. 하지만 다행히 다른 일은 들어오지 않았다. 우리는 크리스마스이브를 함께 보내게 되었다.

변장을 해야 했지만 그래도 보통 연인들처럼 길거리에서 만나기로 했다. 가족과 연인들로 북적이는 거리에서 크리스마스 장식을 바라보며 걸었다.

"이렇게 하루토랑 일루미네이션 보며 걷는 거, 오랜만이네."

"고등학교 2학년 때 이후로 처음이지. 꽤 오래전 일처럼 느껴져."

옛 기억을 아련히 떠올리며 보석으로 장식된 듯한 거리를 걸었다. 예약해 둔 레스토랑에서 디너를 즐긴 뒤에는 도심에서 조금 떨어진 일루미네이션 스폿으로 이동했다.

그곳에 커다란 관람차가 있었다. 약속했던 그 관람차다.

"성공이야, 하루토! 바라고 바라던 크리스마스 관람차!"

둘만의 공간에 들어서자 변장을 위해 썼던 선글라스와 마스크를 벗었다. 나는 마냥 기뻤다. 맞은편 자리에 앉아 있던 하루토가 미소를 띤 채 그런 나를 바라보았다.

"드디어 탔네. 역시 감동이야."

"정말 그래. 얏호! 드디어 탔어."

"신난다고 너무 흔들면 안 돼!"

사랑이란 분명, 살아 있는 존재가 되는 일이다. 그때가 되어서야 그런 생각을 했다.

사랑을 알기 전의 나는, 단지 살아 있기만 했을 뿐이다. 매일 똑같이 지속되는 우울 속에서 태어나, 똑같은 우울 속에서 죽어갈 뿐이었다.

하지만 그라는 사람을 의식하기 시작하면서 서서히 바뀌었다. 나 자신도 모르는 내가 잇달아 생겨나서 나를 놀라게 하거나 다시 보게 했다.

어쩌면 사랑이란 무언가를 바라볼 때 필요한 빛인지도 모른다. 그 빛 덕분에 사랑의 대상은 조명을 잔뜩 받으며 자신만의 특색을 우리에게 한껏 드러낸다.

사랑을 알게 된 나는 세상을 다르게 인식하게 되었다. 사람을 바라보는 시각도 달라졌다.

그렇게도 갈망하던 관람차에서 내린 뒤에는 근처의 화려한 일루미네이션을 보며 걸었다. 즐거운 대화가 끊이지 않았다. 여기저기에서 웃음과 빛이 넘쳐났다. 크리스마스 이브에는 신비한 마법이 걸려 있었다.

지금까지 꺼내지 못했던 말을, 내 마음을 감추지 않고 입 밖으로 낼 수 있는 마법이.

"이브니까 오늘 정도는…… 하루토와 함께 있고 싶어. 그래도 되지?"

그가 묵고 있는 호텔로 간 뒤로는 모든 일이 자연스러

웠다.

태곳적부터 흐르고 있는 한 줄기의 커다란 강. 지금까지 살아온 사람들 그리고 지금도 살아가는 사람들, 그런 사람들이 들어와 있는 강에 그와 둘이서 발을 담근 기분이었다.

강의 원류와 앞으로도 계속 흘러갈 것들을 생각하면 신기한 기분이 든다.

끊임없이 이어지는 생명의 강으로, 우리는 들어간 것이다.

어느새 잠에 빠져든 나는 얕은 꿈을 꾸었다. 누군가와 함께 해변을 걷고 있었다. 작은 누군가의 손을 잡아 이끌고 있다.

과거인지 미래인지 알 수 없는 풍경이 빛에 녹아들고…….

어렴풋이 의식이 깨어나 눈을 떴을 때 순간 꿈과 현실이 구분되지 않았다. 조명이 꺼진 어스름한 방 안 침대에서, 곁에 누운 하루토가 내 머리를 쓰다듬고 있었다.

남들이 보기에는 사소한 일일지 모르지만 내게도 사랑하는 사람이 생겨서 이런 행복을 누리고 있다는 게 꿈만 같았다.

희한하게도 고등학생 시절이 떠오른다. 철의 여인이라 불리며 줄곧 다른 사람과 관계 맺기를 거부했고, 학교에서

324

는 매일같이 이어폰으로 귀를 막고 있었다.

그 무렵, 하루토는 그저 같은 반 학생일 뿐이었다. 교실이라는 좁은 공간에 우연히 함께 있을 뿐, 고등학교를 졸업하면 다시는 만날 일 없는 사람이라고 생각했다.

그 사람과 지금, 이렇게 크리스마스이브를 함께 보내고 있다.

결국 해가 바뀌기 전에 하루토와 여유롭게 지낸 날은 크리스마스이브가 마지막이었다. 연말연시에 바빠지면서 컨디션이 좀 안 좋았지만 늘 그래왔다고 스스로 타이르며 일에 전력을 다했다.

4월에 5주년 기념 콘서트를 마치면 휴식 기간을 가질 예정이었다.

여전히 사람들의 눈을 피해야겠지만 그때가 되면 하루토와 더 많은 시간을 함께 보낼 수 있다. 여행도 갈 수 있을지 모른다. 고향에 돌아가 그리운 사람들과 지내는 일도…….

다만 계속해서 몸 상태가 이상했다. 평소와는 증상이 다른 것 같았다. 그럼에도 열심히 일했고, 마침내 바쁜 일들을 다 소화해 낸 1월 말쯤 도쿄에서 하루토와 만났다.

그땐 둘 다 상상도 하지 못했다. 내 안에 새로운 생명이 깃들어 있을 거라고는.

"……역시 몸이 좀 안 좋은가. 무척 기대했는데 하나도 맛있지가 않아."

좋아하는 카페에서 늘 마시던 커피가 맛없게 느껴지고 특제 초콜릿도 먹을 수가 없었다.

게다가 최근엔 계속 열이 나고, 왠지 냄새에도 민감해져 있었다.

내내 걱정하던 하루토가 화장실에서 돌아온 내게 뭔가를 깨달은 듯이 말했다.

"저기…… 혹시나 해서 말인데, 임신한 건 아닐까?"

"설마, 말도 안 돼."

임신, 내가?

두 사람 다 놀라긴 했지만 싫어서는 아니었다. 지금의 그와 나 사이에서라면 그런 일도 있을 수 있다. 왠지 부끄럽지만, 그래도 기뻐서…….

어쩌면 신이, 충분히 애써왔으니 이제 잠시 쉬라는 신호를 보내온 건지도 모른다.

쑥스러웠지만 병원에 가보겠다고 하자 하루토가 기쁜 듯 고개를 끄덕였다.

그로부터 2주 뒤, 매니저 언니와 함께 사생활 보호에 신경 써주는 병원을 찾았다.

병원에 가기 전 매니저 언니에게 상의했을 때 지금까지 나와 함께해 온 그녀는 실망감을 내비치지 않았다. 역시 놀라긴 했지만 같은 여성으로서 기뻐해 주었다.

오전 중에 검사를 받고 내 배 안에 아기가 있다는 사실을 알았다. 나도 모르게 배를 만지자 의사가 "신기하게도 많은 분이 똑같은 동작을 하시더라고요" 하고 말하며 상냥하게 웃었다.

간단한 문진을 함께 진행하면서 가벼운 마음으로 최근 1년 정도 몸 상태가 좋지 않았다고 말했다. 의사는 잠시 무언가를 생각하더니 나를 안심시키기 위해서인지 다시 미소를 지어 보였다.

"우선 다른 과에서 정밀 검사를 받아보시겠어요? 어디까지나 만일을 생각해서 드리는 말씀이지만요. 지금 검사를 해두는 게 바람직하다고 판단됩니다."

오후에 검사를 받을 수 있게 조치해 준다고 하여 나도 매니저도 동의했다. 정기검진에서는 알 수 없는 것도 정밀 검사에서는 나올지 모른다. 하루토에게 가벼운 마음으로 연락했을 정도로 그때는 깊이 생각하지 않았다.

아마 나는 그렇게 방심하고 있었던 거겠지. 지금까지 겪어왔으면서도.

좋은 일도 나쁜 일도, 늘 예상치 못한 방향에서 찾아온다. 뜻대로 되는 일보다, 상상도 하지 못했던 일들이 현실로 다가오는 경우가 더 많다.

그래서 내 안에, 생명과 함께 병이 숨어 있을 거라고는 꿈에도 생각지 못했다.

남은 삶이 채 2년도 되지 않을 수 있다는 사실도.

2

몇 번을 들어도 기억하지 못할 만큼 복잡한 이름의 면역계 난치병. 정밀 검사 결과, 그 병이 어느새 내 몸에 뿌리를 내리고 생명을 빼앗으려 한다는 사실을 알았다.

누구에게, 무슨 말을 어떤 방식으로 전해야 할까. 그 전에 어떻게 현실을 바라보고, 정리하고, 받아들여야 할지가 문제였다.

내 몸 안에 새로운 생명이 깃들어 있다는 것도 실감이 잘 나지 않았지만 그 이상으로 죽음에 대한 실감은 전혀 없었다.

회사도 혼란에 빠졌다. 진단 결과는 정확한가, 세컨드

오피니언이 필요한 건 아닌가. 병이 사실이라면 그 일을 어떻게 공표할 것인가, 아니면 공표하지 말아야 하는가.

내 병을 둘러싸고 여러 가지 결정해야 할 일들이 있었다.

그나마 다행인 것은 활동을 잠시 쉬어가려고 일의 속도를 조정하고 있었다는 점이다. 급하지 않은 스케줄들은 일정을 취소해 앞으로의 일을 생각할 여유가 생겼다.

나를 길러준 마사후미 삼촌에게 가장 먼저 이 소식을 알렸다. 다만 함께 음악 활동을 하고 있는 밴드 멤버들이나 하루토에게는 아직 말하지 못했다.

임신 사실도 하루토에게는 전하지 않았다. 정밀 검사를 받기 전에 직접 만나 결과를 이야기하고 싶다고 말했으니 아마 안절부절못하며 기다리고 있지 않을까.

결국 하루토에게 이 모든 사실을 전한 건 병원을 다녀온 지 열흘 뒤였다.

우리는 약속대로 고향에서 연휴를 보내고 있었다. 고향에 머무는 동안 하루토가 운전하는 차를 타고 고등학교 시절을 함께 보냈던 모교에 갔다. 문예부실은 철거되지 않고 그대로 남아 있었다. 그 시절이 가슴 뭉클하게 떠올랐다. 부실은 그 무렵과 아무것도 달라지지 않았다. 그의 다정한 배려도 그대로였다.

나만 몸 안에 여러 변화를 품고…….

그곳에서 나는 하루토에게 두 가지 중요한 소식을 알렸다.

"산부인과 검사 결과 말인데."

내가 말을 꺼내자 하루토는 "응"이라고 대답하더니 진지한 눈빛으로 나를 바라보았다.

"하루토 말대로, 임신이야."

내 말에 하루토가 미소를 지었다.

"그렇구나. 응……. 이럴 때 무슨 말을 해야 하는 건지 모르겠어."

하루토는 감격을 참지 못하는 표정으로 몇 번이고 고개를 끄덕였다.

"같이 병원에 간 매니저 언니도 기뻐해 줬어. 임신 사실을 회사에 알리고 활동을 잠시 중단한다든가 여러 가지를 상의해서 결정하자고 하더라고. 무척 기뻤어."

하지만 하루토는 내 말투에 애절한 무언가가 감춰져 있다는 사실을 눈치챈 듯했다. 고향에 와 있는 동안 임신 사실을 바로 알리지 않았으니까. 심지어 이 화제를 피하기까지 했다.

이상한 낌새를 알아차리고 정밀 검사에서 내 몸에 문제가 발견되었을지도 모른다는 생각을 하고 있었을 것이다.

실제로 그는 나를 애틋한 눈빛으로 바라보았다.

"그런데, 그런데 말이지……. 오후에 정밀 검사를 했는데. 나, 나……."

그러나 내 입에서 나온 다음 말은 그가 전혀 예상치 못했을 것이다.

"나 있지, 1년 반 후에 죽는대. 병이 있었어."

지금까지 우리는 수없이 농담을 주고받았다. 그렇게 서로 현실의 무게를 가볍게 덜어줬다. 하지만 이 말만큼은 어떻게 해도 농담이 될 수 없었다. 가볍게 여길 수도 없었다.

하루토는 너무 놀라서 멍하니 있었다. 사실을 바로 받아들이지 못하는 표정이었다.

"아, 그럴 리가. 거짓말, 이지? 아니 너는 이렇게나……."

혼란스러워하는 하루토에게 내 병에 대해 설명했다. 설명을 듣는 그의 눈이 초점을 잃은 듯했다. 그런 모습은 처음이었다.

마침내 모든 상황을 파악한 그가 괴로워하며 중얼거렸다.

"내, 탓이야……."

사람은 상대를 괴롭히기 위해서가 아니라 도움이 되기 위해, 웃게 하기 위해 태어난다. 나에게 그 사실을 알려준 그가, 누구보다 자상한 나의 시인 군이 괴로워하고 있었다.

"내가, 너한테 가수가 되라고 권해서. 네가 계속 바쁘게 사느라 그게 원인이 된 거야."

"그렇지 않아."

하루토가 자신을 탓할 거라고 생각했다. 그래서 나는 있는 그대로 말했다. 매니저 언니도 그 점이 마음에 걸려 가장 먼저 의사에게 물어봤다고 했다.

면역과 관련된 내 질환은 눈에 띄는 자각 증상이 없기 때문에 건강검진에서 우연히 발견하거나 증상이 나타나는 말기가 되어서야 알게 되는 경우가 많다고 한다.

그리고 안타깝게도 걸리는 사람은 어쩔 수 없이 걸리고 만다. 가수가 되어 바쁘게 살지 않았더라도 내게는 이 병에 걸릴 가능성이 있었던 것이다.

그날 밤은 전날과 마찬가지로 하루토의 집에 묵었다. 예전에는 할아버지, 할머니와 함께 살았던 목조 단독주택이다. 지금 하루토는 이 집에서 혼자 살고 있었다.

저녁은 하루토가 직접 만들어주었다. 둘 다 밥이 잘 넘어가지 않아 제대로 먹지 못했다.

"오늘은 하루토도 여러 가지로 피곤할 거야. 서로 다른 방에서 일찍 잘까?"

하루토에게 혼자 생각을 정리할 시간이 필요할 것 같아

서 그렇게 제안했다. 나는 손님용 방에 이불을 깔고 누워서 눈을 감았다.

마음은 진정되어 있었다. 그랬을 것이다. 지금까지 나는 죽음에 대해 진지하게 생각해 본 적이 없었다. 내 인생이 어떻게 끝날지 같은 건 일주일 전까지만 해도 생각조차 하지 못했다.

아이러니하게도 죽음을 생각함으로써 지금까지 내가 어떻게 살아왔는지를 되돌아보게 되었다. 매우 절실하고도 가치 있는 시도였다.

지금이라면 말할 수 있다. 강한 척하는 건지는 몰라도, 설령 스물다섯 살에 죽든 일흔 살에 죽든 본질적인 차이는 없다.

죽어가는 건 똑같이 '나 자신'이니까. 사람은 언젠가 반드시 현실적으로 죽음과 마주해야 한다. 빠르냐 늦느냐로, 나이는 관계없다.

그렇게 생각하며 강인하게 버티려 했는데 눈물이 흘러내렸다.

잃는 게 슬픈 까닭은 가지고 있는 것이 분명 좋기 때문일 거야.

응. 맞아. 나, 행복했어. 정말로 행복했기에 더욱더 잃고 싶지 않은 거다.

이 인생을 끝내고 싶지 않았다. 더 많은 일을 하루토와 그리고 모두와 하고 싶다.

배 속의 아이도 만나고 싶다. 하루토와 셋이서 가족이 되어 서로 마주 보며 웃고 싶다.

제발 전부 거짓이었으면 좋겠다. 특별한 기적이 일어나 내 안에서 좋은 것만 남기고 나쁜 건 다 사라졌으면 좋겠다. 제발, 제발.

"하루토…… 하루토……."

그를 더 이상 힘들게 하고 싶지 않은데도 함께 있고 싶어서 이름을 중얼거리고 말았다. 슬픈 기도가 흐느낌이 되어 방 안에 울렸다.

그때 밖에서 사람의 기척이 느껴졌다. 고개를 들자 조심스럽게 방문을 두드리는 소리가 났다.

"하루토?"

"응. 지금 잠깐, 들어가도 돼?"

기뻤지만 눈물범벅이 된 얼굴을 보일 수는 없었다.

물을 가져다 달라고 부탁하고, 그 사이에 눈물을 닦았다. 눈물 자국을 보이지 않으려고 달빛을 조명 삼아 그를 방으로 들였다. 우리는 말없이 창 쪽 바닥에 나란히 앉았다.

혼자 있을 때는 그렇게 불안하더니 하루토와 함께 있자 불안이 조금씩 사그라들었다.

사람의 마음이란 참으로 신기하다. 그가 있는 것만으로도 이렇게나 평온해진다.

내가 손을 잡자 하루토도 내 손을 마주 잡아주었다. 그 또한 혼자 중요한 일을 생각하고 있었을 것이다. 어스름한 달빛 속에서 눈을 마주 보았다. 눈동자 색이 몇 시간 전과는 달라 보였다. 하루토는 조심스러워하면서도 강한 의지를 눈동자에 담고 있었다.

"이제 떨어져 있지 않을 거야. 언제까지나."

그 순간 아무 말도 나오지 않았다. 마치 물이 스며들 듯이 드디어 그의 마음이 이해되었다.

그는 내 앞에서 사라질 수도 있었다. "여기까지 하자"라고 말하며 죽어가는 사람의 인생에서 떠나갈 수도 있었다. 하지만 하루토는 그렇게 하지 않았다.

기쁨과 미안함에 몸이 굳어졌다. 아무리 곁에 있겠다고 말해도 나는 이 세계에서 곧 떠날 테니까.

"안타깝지만 그럴 수는 없어. 계속 같이 있을 수는 없어."

"그래도 가능한 한 함께 있자. 너랑 나랑 그리고……."

몸이 받는 부담을 생각해야 할 테지만 가능하다면 낳아

줬으면 좋겠다고, 그는 말했다.

항상 자신보다 타인을 먼저 생각하는 사람이기에 내 의향을 먼저 물어볼 거라고 생각했다. 하지만 그는 생명에 관한 선택을 남에게 맡기지 않고 자신이 원하는 바를 먼저 말해주었다.

그 배려에 구원받은 기분이었다.

"내 병에 관한 전문의 선생님이 도쿄에 계셔서 실은 이미 상담했어. ……이런 사례가 없어서 단정하긴 어려워도 출산은 가능하대. 약이 배 속의 아이에게 나쁜 영향을 미치지는 않는다고 하셨어."

몸 상태를 고려해 제왕절개를 염두에 둬야겠지만 출산 자체는 가능하다는 이야기였다. 그럼에도 나는 내가 사라진 뒤의 세상이 두려웠다.

"그렇지만, 낳으면 하루토에게 부담이 되지 않을까?"

"왜?"

"내가…… 죽으니까. 낳더라도 아기만 남겨두고 죽는 거야."

나는 나의 엄마처럼 아이를 슬프게 할지도 모른다. 그 사실이 견딜 수 없이 괴로웠다.

"앞일 같은 건 생각할 필요 없어."

"앞이라는 건, 내가 죽은 뒤의 일?"

순간 말문이 막힌 듯했으나 그래도 하루토는 확실하게 답했다.

"응. 지금의 아야네가 어떻게 하고 싶은지만 생각해."

그 말을 들으니 왠지 망설여지지 않았다. 자연스럽게 말이 튀어나왔다.

"낳고 싶어."

"그럼, 결혼하자."

"아이를 힘들게 하는 건 아닐까?"

"그럴지도 모르지."

얼버무리지 않는 솔직함에 나는 입을 닫고 말았다. 안타깝지만 아이가 힘들지 않을 순 없겠지. 그것은 대충 얼버무리고 넘어가선 안 되는 사실이었다.

하루토는 계속 말을 이어나갔다.

"하지만, 그래서 내가 있는 거니까 아무 걱정하지 마."

가혹한 현실을 알고 있을 텐데도 하루토는 한없이 다정했다.

나도 그도 부모 밑에서 자라지 못했다. 현실은 무르지도, 결코 만만하지도 않다는 걸 잘 알고 있는 사람들이다. 그런 그가 하는 말이기에 오히려 설득력이 있었다.

하루토는 그저 다정하기만 한 게 아니라 강인한 사람이라는 걸 깨달았다.

"네가 없으면 그로 인해 아이가 당혹스러워할 일도 생길지 몰라. 슬플 때도 있을 거야. 나는 부모님이 다 안 계셨으니까, 그런 아이의 마음을 조금은 알아. 내가 곁에서 함께해 줄 수 있을 거야."

내가 눈물을 글썽거리자 하루토가 손을 꼭 잡아주었다.

"내가 그랬으니까 아이의 마음을 알아주고 어리광도 받아주면서 고민을 함께 넘길 수 있을지도 몰라. 아니, 분명히 할 수 있어. 난 사랑할 거야. 아야네와 나의 아이를. 만일 엄마가 없더라도, 병과 싸워가면서 자신을 낳아준 데 감사하고 자랑스럽게 여기는 그런 따뜻하고 올곧은 아이로 키울 거야."

하루토의 말을 듣는데 눈동자에서 투명한 것이 떨어졌다.

정말 아름다운 것을, 그는 가지고 있었다. 그 사람이 내게 계속 말했다.

"그러니까 아야네는 지금의 마음을 소중히 여기면 돼."

나는 더 이상 눈물을 감추지 않았다. 진심과 소망도.

"나…… 낳고 싶어. 하루토와 나의 아기. 그래서 태어나면, 태어나 줘서 고맙다고 수없이 말해주고 싶어. 내가 든고 싶었던 말을…… 아이에게 들려주고 싶어.”

나는 하루토에게 안기며 갓 태어난 아기처럼 울었다.

하루토는 자신이 말한 대로 나와 떨어지지 않고 계속 함께 있어 주었다.

눈앞에서 사라진 어머니. 힘들었던 일, 외로웠던 일. 지금이라는 이 순간을 맞이할 수 있었기에 그 모든 것이 의미를 바꿔 나에게 보답을 해주는 것 같은 기분마저 들었다.

계속해서 눈물을 흘리는 나와 공명하듯 어느새 창밖에서 비가 내리고 있었다.

비는 슬픈 기억을 어루만지기라도 하듯이 새벽까지 쉼없이 내렸다.

3

그건 누가 한 말이었을까. 글자가 아닌 소리로 정보를 받아들이는 내 안에서는, 어디에도 자리하지 못한 여러 말이 떠돌고 있었다.

인생이란 불가해하다, 영문도 모른 채 그곳에 들어왔다가 결국 아무것도 모른 채 나가야만 하니까. 그런 의미의 말이었다.

말 그대로, 태어나는 것도 불가해하고 죽어 떠나가는 것도 불가해하다.

하지만 떠나가는 동안 받아들일 수 있는 것은 많다.

하루토에게 용기를 얻어, 그와 결혼해 아기를 낳기로 마음먹었다.

마사후미 삼촌에게는 이미 내 병과 임신을 알렸지만 우리 둘이 결정한 결혼과 출산에 대해서는 아직 말하지 않았기에 하루토와 함께 찾아갔다. 내게 삼촌은 같이 살아온 유일한 가족이고…… 이상하게 들릴지 몰라도 따뜻하고 자상한 엄마 같은 존재였다.

삼촌이 의도적으로 엄마처럼 행동하는 것 같다고 느낄 때가 있었다. 이유는 알 수 없었지만 그래도 삼촌은 그 누구보다 나를 사랑해 주었다. 친딸처럼.

그런 삼촌이 우리의 이야기를 다 듣고는 눈물을 흘리기 시작했다. 처음 보는 모습이었다.

"응. 그래. 좋은 생각이야. 나는 두 사람의 결정을 존중할게. 모처럼 얻은 소중한 생명이야. 낳을 수 있다면 낳는 게 좋지. 하루토 군이 말한 것처럼, 설령……."

마사후미 삼촌은 더 이상 말을 잇지 못했다. 우리는 영업 시작 전인 레스토랑에서 이야기하고 있었다. 걱정이 된 나는 일어나서 눈물을 닦고 있는 삼촌에게 다가갔다. 삼촌의 팔에 살며시 손을 올려놓았다.

"미안하구나, 말하다 말고는. 설령 아야네가 떠난다 해도 하루토 군도 있고 나도 있잖니. 아야네와 함께 음악을 하던 고향 동료들도 있어. 그러니까, 아무것도 걱정하지 마. 우리가 반드시 아야네의 아이를 지켜줄게. 맛있는 밥도 먹여줄게. 아이가 원한다면, 아야네의 옛날이야기도……. 미안하다, 이런 말밖에 못 해서."

나는 가만히 있을 수 없어서 앉아 있는 삼촌을 꼭 끌어안았다. 내가 아이였을 때 처음 만난 삼촌은 나보다 키가 훨씬 커서 조금 무서웠다. 지금껏 모르고 지냈던, 엄마의 남동생이라는 존재. 그 모든 요소가 맞물려 불안했다.

"오늘부터 우리는 가족이야. 잘 부탁해, 아야네."

그런데 삼촌이 무릎을 꿇어 나와 시선을 맞추더니 부드러운 미소를 지으며 그렇게 말했다. 그날 저녁에 뭘 먹고 싶은지 물어보고는 맛있는 오므라이스를 만들어주었다. 그날 이후, 나는 삼촌이 만들어주는 오므라이스를 무척이나 좋아하게 되었다. 행복과 비슷한 맛이 났으니까. 마사후미 삼촌과의 추억은 그뿐만이 아니다.

일을 쉬고 참관 수업에 와준 일. 운동회에서 도시락을 먹던 일. 때로는 진심으로 혼내던 일. 폐만 끼치는 나에게 "걱정하지 않아도 돼" 하며 웃어주던 일…….

삼촌과 함께 보낸 날들을 떠올리면서 두 팔에 힘을 주었다. 어렸을 때는 삼촌의 몸에 팔을 두를 수 없었다. 하지만 이제는 꼭 안아줄 수 있다.

"고마워요…… 삼촌. 나를 데려와 길러주셔서. 나, 행복해질게."

눈물을 참으며 중얼거리자 내 팔에 안겨 있는, 가장 사랑하는 가족이 소리를 죽이고 울었다.

도쿄로 돌아와서 하루토와 결혼해 아이를 낳을 생각이라고 회사에 보고했다.

매니저 언니가 애써준 덕에 이미 여러 가지 일이 조정되어 있었다. 내 의사를 존중해 주는 방향으로 이야기가 잘 정리되었지만 병을 어떻게 공표할지는 신중히 검토해야 했다. 방법은 몇 가지가 있었다. 하나는 예정대로 5주년 콘서트를 마치고 나서 활동을 중단하고, 병과 임신에 관해선 팬들에게 알리지 않은 채 모든 일이 정리된 뒤 진실을 전하는 것이다.

활동을 쉬면서 병을 치료하는 사례가 많다고 한다. 세상이 그 사람의 존재를 잊어갈 즈음 부고를 내고 사실은 병을 앓고 있었다고 발표하는 식이다.

또 다른 하나는 병과 임신 사실을 팬들에게 솔직히 전하는 것이다. 그런 다음 활동을 중단하고 남은 인생을 하루토와 조용히 살아간다.

많이 망설이지는 않았다. 회사와 상의한 결과 우선 미디어를 통해 병을 밝히는 쪽으로 가닥을 잡았다. 그리고 내 건강 상태를 고려해 5주년 기념 콘서트를 은퇴 콘서트로 변경한 뒤 한 달 앞당겨 열기로 했다. 새로운 생명을 얻은 사실과 나의 심경을 그 자리에서 팬들에게 전할 예정이다. 이때부터 내 인생은 다시 또 바빠졌다.

이미 회사에서 언질을 해줬을 테지만, 밴드 멤버들에게도 내 상황을 전했다. 중요한 일이니만큼 하루토도 도쿄로 와서 함께 이야기했다. 평소에는 어떤 일에도 잘 동요하지 않는 요시 아저씨가 소스라치게 놀랐다. 드러머와 키보디스트도 심각한 표정으로 우리의 애기를 들었다.

"……역시, 병이라는 게 사실이었구나."

잠시 후 요시 아저씨가 중얼거리더니 힘없이 미소를 지었다.

“회사에서 듣기는 했어. 하지만 좀처럼 믿을 수가 없었거든. 오늘까지도 그냥 무슨 농담이기만을 바라고 있었지. 그저 기도하는 것밖에 할 수 없었어.”

문득 어릴 때 요시 아저씨가 놀아주던 기억이 떠올랐다. 둘 다 단것을 좋아해서 자주 카페에 데려가 주곤 했다. 충치 조심하라는 말을 듣고 있던 내게, 우리 둘만의 비밀이라며 케이크나 파르페를 사주었다.

농담을 잘하는 사람이지만 밴드의 리더로서 필요할 땐 엄격했다. 그러면서도 안경 너머에서 다정한 눈빛으로 항상 나를 지켜봐 주었다.

머리를 숙이고 있던 요시 아저씨와 눈이 마주쳤다. 내가 고개를 끄덕이자 아저씨가 말했다.

“정말 울고 싶은 사람은 아야네일 테니까 나는 아직 울지 않을 거야. 그 대신 곤란한 일이 생기면 언제든지 의지해 줬으면 해. 아무리 사소한 일이라도.”

고향에 머무는 동안 예전에 함께 활동했던 밴드 멤버들에게 상황을 알렸는데 그들도 비슷한 말을 해주었다. 좀처럼 얻기 어려운, 귀한 인연들뿐이라는 걸 다시금 실감했다.

“고마워, 요시 아저씨. 그럼 조금만 더 나랑 같이 지내줘요.”

“조금이라고 말하지 마. 네가 싫다고 해도 난 계속 함께 할 거니까. 아, 그렇다고 해서 스토커는 아니라고.”

그런 농담을 주고받으며 우리는 미소를 나눴다. 함께 웃을 수 있었다.

뒤에 앉은 밴드 멤버들도 괴로운 듯 고개를 숙이고 있었지만 “우리가 해줄 수 있는 게 있다면 말해줘”라고 따뜻한 말을 건네주었다.

그런 가운데 단 한 사람, 록앤롤러만이 아무 말도 하지 않았다. 나와 눈을 마주치지도 않고 계속 바닥만 쳐다보고 있었다.

“사람은 항상 잃어버린 무언가를 찾으며 살아가는 것 같아.”

어릴 적 언젠가 록앤롤러가 누구에게인지 몰라도 그런 말을 한 적이 있다.

엄마가 사라진 뒤 내가 무의식적으로 마사후미 삼촌에게 엄마의 역할을 원했던 것처럼, 그런 일은 실제로 있는지도 모른다.

록앤롤러도 분명히 그럴 것이다. 특히나 그는 소중한 사람을 여럿 잃으며 살아왔으니까. 아내뿐만 아니라 태어날 예정이었던 딸까지도…….

음악 스승이기도 한 그를, 나는 상처 입혔는지 모른다.

가능하면 둘이서 이야기하고 싶었지만 남은 시간이 길다고 할 수 없는 지금, 내게는 해야 할 일들이 쌓여 있었다. 팬들에게도 내 병에 대해 전해야 했다.

준비나 절차는 회사에 일임했다. 미디어에 발표하기 위해 회사에서 준비해 준 글을 읽기 기능으로 몇 번이고 확인했다. ‘아야네의 활동에 관한 중요한 알림’이라는 한 장짜리 문서다.

내 이야기가 적혀 있었다. 병명은 언급하지 않았으나 난치병을 앓고 있어 1년 반의 시한부 선고를 받았다, 마지막 라이브 콘서트를 기점으로 활동을 중단한다, 그런 내용이었다.

결과적으로 그 발표는 세상에 큰 충격을 안긴 모양이었다. 그럴 만도 하다. 내 주변 사람들도 모두 똑같이 놀라고 충격을 받았으니까.

하지만 멈춰 설 수 없다. 내게 남은 시간이 결코 길지 않으므로 그 시간 안에 내가 할 수 있는 일, 해야 할 일, 하고 싶은 일을 생각해야 한다.

버킷리스트라는 걸 알게 된 것도 그즈음이었다. 일하는

틈틈이 나처럼 시한부 선고를 받은 사람들에 관해 찾아보다가 버킷리스트의 존재를 알게 되었다. 하고 싶은 일을 항목별로 정리한 뒤 그 소망을 하나씩 이루어 나간다.

그날 일을 마친 나는, 잠잘 준비까지 다 마친 뒤 책상 앞에 앉았다. 천천히 심호흡을 하고 노래 부를 때처럼 눈을 내리감았다.

남은 시간 동안 무엇을 하고 싶은지, 무엇을 할 수 있는지를 생각했다.

지금까지의 일들이 한꺼번에 뇌리를 스쳐 지나갔다. 소소한 일부터 중요한 일까지, 그때그때의 단편은 물론 많은 사람의 얼굴이 떠올랐다 사라졌다.

문득 웃음 같은 게 울컥 치밀어 올랐는데…… 그건 웃음이 아니라 눈물이었다.

잃고 싶지 않았다. 소중히 대하고 싶었다. 잃을 거라는 사실을 알고 있는 지금이라면 분명히 예전보다 더 잘할 수 있을 테니까. 서로 이해하지 못했던 사람과도. 이해하려 하지 않았던 나 자신과도. 놓치고 있던 것도. 잘못 보고 있던 것도.

당연하다고 여겼던 일들이 결코 당연한 것이 아니었다는 사실을 알게 되니 더, 더…….

넘쳐흐르는 눈물을 손가락으로 닦아냈다. 울고 있을 때가 아니었다. 마음을 가라앉히고, 앞으로의 일을 생각했다. 그 정도로 내게는 시간이 없었다.

지금까지 신세 진 사람들에게 편지를 쓰고 싶다.

그런 생각이 떠오른 건 바로 그때였다. 내가 할 수 있을지는 모른다. 그러나 감사하는 마음을 형태가 남는 무언가로 한 사람 한 사람에게 전하고 싶었다.

나는 그날부터 조금씩 지금까지 날 돌봐주고 아껴준 소중한 사람들에게 편지를 쓰기 시작했다. 한편 도내에서 개최하기로 한 은퇴 콘서트도 준비해 나갔다. 지금까지 콘서트 무대에서만 불렀던 〈봄의 사람〉이라는 곡을 정식으로 완성해 마지막을 장식하고 싶었다.

그리고 가능하다면 그 노래의 작사를 하루토가 맡아주었으면 했다.

회사도 하루토도 내 소망을 흔쾌히 들어주었다. 다만 지금 상태로는 특정한 누군가에게 호소하는 느낌이 짙으니 더 많은 사람의 마음에 와닿는 내용으로 다듬자고, 하루토가 아이디어를 냈다. 하루토는 일 외에도 결혼식 준비로 분주했다. 나 역시 연예계 생활을 마무리하는 일로 바쁘게 지냈다. 그러는 동안에도 우리는 거의 매일 회의 앱을 통해 함께 가사 수정 작업을 진행했다.

"왠지 고등학생 시절로 돌아간 것 같아."

어느 날, 내가 불현듯 말하자 화면 너머에서 하루토가 따뜻하게 미소 지었다.

"콘서트 끝나면 그때처럼 매일 같이 있자. 고향에서 같이 사는 거야."

"지금 프러포즈하는 거야?"

"어? 아니. 프러포즈라면, 훨씬 전에 한 거 아니었어?"

확실히 하루토가 "결혼하자"고 직접적으로 말한 적이 있다. 그런데도 나는 또 듣고 싶었다.

"몇 번이고 듣고 싶은걸. 몇 번이든 해줘, 프러포즈."

"한 번뿐이라서 빛나는 것도 있는 법이야."

하루토는 그렇게 말했지만 잠시 생각하더니 다시 한번 새로운 프러포즈의 말을 건넸다.

하루토가 뭐라고 했는지는 아무에게도 말하지 않을 생각이다. 그의 마음처럼 아름다운 그 시를 가슴에 품고, 마지막 순간까지 미소 짓고 싶다.

4

드디어 맞이한 은퇴 콘서트 날은 평소보다 하늘이 더 높아 보였다.

하루토와 함께 만든 노래는 이미 완성되었다. 회사의 확인을 거친 뒤 밴드 멤버들과 연습도 했다.

콘서트 티켓은 매진되었고 관객들도 오늘을 기다리고 있었다.

임신 10주 차에 접어들었지만 배는 아직 눈에 띌 정도로 불러오지 않았다. 다행히 입덧도 그다지 심하지 않다. 무리만 하지 않으면 아기에게도 콘서트에도 지장은 없다.

긴장은 조금 됐지만 라이브 콘서트가 두려웠던 적은 한 번도 없었다. 나 혼자만 무대에 서는 것이 아니기 때문이다. 내 뒤에는 밴드 멤버들이 있다.

어릴 때부터 나를 지켜봐 준, 음악 스승이기도 한 록앤롤러가.

록앤롤러와 단둘이 이야기할 기회를 계속 찾지 못했다. 연습 때도 꼭 필요한 최소한의 말밖에 할 수 없었다. 내 착각일지 모르지만 그는 나와 마주치는 걸 피하고 있었다.

본 공연 전, 리허설을 마치자 많은 사람이 격려의 말을 건네왔다. 그때 록앤롤러가 혼자 대기실로 걸어가는 모습이 보였다.

어째서일까. 지금을 놓치면 다시는 말할 수 없을 것 같았다. 콘서트가 끝나면 록앤롤러가 사라져 버릴 것만 같았다.

주변 사람들에게 인사하고 나는 그를 쫓아갔다.

"켄 아저씨!"

내가 부르자 통로를 걸어가던 록앤롤러가 멈춰 섰다. 나는 쭈뼛거리며 그에게 다가갔다.

"……혹시, 화났어요?"

"화? 내가?"

켄 아저씨가 뒤를 돌아보며 무슨 뜻이냐는 표정으로 나를 바라보았다. 막상 그와 마주하니 말이 나오지 않았다. 그가 정말로 나를 피하고 있는 거라면 짐작 가는 건 한 가지뿐이다.

"지금까지 아저씨한테 일찍 죽지 말라고 하고선……. 내가, 먼저."

고개를 숙인 채 대답이 돌아오길 기다렸다. 이윽고 슬쩍 흘리는 듯한 목소리가 들렸다. 고개를 들자 록앤롤러가 눈을 가늘게 뜨고는 어딘가 애틋한 표정으로 나를 바라보고 있었다.

“뭐야. 그런 걸 신경 쓰고 있었어?”

“그렇잖아……. 그것밖에 생각나지 않는걸. 스승님이 날 피하는 이유가.”

가만히 바라보고 있자니 그의 시선이 아래로 떨어졌다. 그러곤 불쑥 내뱉었다.

“나는……. 하긴 화가 난 걸 거야. 신에게. 그리고 무엇보다 나 자신한테.”

록앤롤러는 내게서 얼굴을 돌리며 말을 이었다.

“네가 뮤지션이 된 건, 물론 실력 때문이지만 내 책임도 있어. 기타를 가르치고 함께 무대에 오르고 창작곡을 만들게 하고……. 다르게 사는 삶도 있었을 텐데, 쓸데없이 참견해서는 오디션을 보게 했어. 그게 원인이 된 거야.”

“병을 말하는 거라면 그렇지 않아요. 전에도 말했지만 뮤지션이 되든 안 되든 나는 병에 걸렸을 거야. 그러니까…….”

“그런 말은 믿을 수 없어.”

웬일로 록앤롤러가 거칠게 반응했다. 그런 자신을 부끄러워하는 표정을 짓더니 계속 말을 이었다.

“설령 그렇다 해도 네가 뮤지션이 되어 일만 하며 살지 않았다면 남은 인생이 더 길어졌을지도 모르잖니. 더 오래 살 수 있었을 거야. 그뿐만이 아니야. 넌 회사에도 매니저에게도 예전부터 몸이 안 좋다는 걸 숨겼어. 걱정시키지 않으려고 배려했다는 건 알아. 하지만 말이다, 나는 알고 있었어. 알면서도 아무것도 해주지 못했어. 그래서 나는 너를 볼 면목이 없어서……."

아, 하고 마음에 공백이 생겼다. 나를 피했던 이유가 이제야 겨우 이해되었다. 록앤롤러는 자신이 한 일을 후회하고 있었다. 자신의 탓으로 내 수명이 줄어든 거라고.

착한 사람은 왜 항상 자신을 탓할까. 두 사람에게 말한 적은 없지만 록앤롤러와 하루토는 어딘가 닮았다.

나도 모르게 웃음이 나왔다. 이 상황에 어울리지 않는 말일지 모르지만 "다행이야" 하고 말했다. 그러자 록앤롤러는 "다행이라고?" 하며 의아하다는 듯 물었다.

"응. 내가 싫어진 게 아니어서."

"싫어지다니, 그런……. 그럴 리가 없잖아. 나는……."

록앤롤러가 이렇게까지 자신을 책망하는 건 나를 소중히 여기기 때문이겠지.

오디션 최종 심사 때 좋아하는 사람에 관해 질문을 받고 난 '귀찮은 사람'이라고 대답했다. 나에게 소중한 사람들은 정말로 귀찮은 사람들뿐이다. 항상 타인만 생각하고 자기 자신은 잊는 사람들. 하지만 그렇기에…… 더없이 애틋했다.

"정말 미안해요, 스승님. 자책하게 해서. 하지만 스승님이 나를 얼마나 소중히 생각하는지를 알았어. 고마워요."

"그만둬, 그런 말 하지 마. 내가 네 인생을 바꿔버린 건지도 모르는데."

"응. 바꿔줬어."

그건 사실이니까, 바로 동의했다. 하지만 그 뒤에 이어지는 말이 있다.

"예전의 나는 상상도 못 했어요. 축복받은 인생을 누릴 줄은."

어떤 꾸밈도 거짓도 없이 마음에서 우러나온 진심이었다. 록앤롤러는 놀란 듯 눈을 크게 떴다.

"그래서 말인데, 스승님. 나는…… 죽을지도 모르지만, 사라지지 않아요. 왜냐하면 내 아이 안에 내가 있으니까. 그렇게 생각하는 건 이상한가?"

신기하게도 이런 말이 저절로 입에서 나왔다. 작년 크리스마스이브에 떠올린 생명의 강에 대한 생각이 다시금 머리를 스쳤다. 이어지고 계속되는 것.

나는 배 위에 가만히 손을 댔다. 아직 아기는 무척 자그마하다. 며칠 전에 모자 수첩을 받아 들고 나니 내가 정말로 엄마가 되는구나, 하고 실감이 났다.

어쩌면 사람들은 그렇게 생명을 남김으로써 계속 살아가는 건지도 모른다.

“그러니까 말이야. 이 콘서트가 끝나고 내가 은퇴하면, 그러고 나서 나중에…… 죽는다고 해도. 남자아이인지 여자아이인지 아직 모르지만 나라고 생각하고 지켜주셨으면 해요.”

“네 아이를, 내가…….”

“응. 만약 기타를 가르쳐 달라고 하면 나에게 해줬던 것처럼 기초를 가르쳐 주세요. 그래서 이 세상을 사랑하게 해줬으면 좋겠어. 부탁해도 될까요?”

지금까지 많은 노래를 사람들에게 전해왔고, 하루토에게도 많은 시를 받았다. 그럼에도 나의 말은 아직까지 부족하다. 하지만 전해졌으면 했다.

자신을 탓할 이유가 조금도 없다는 것을. 앞으로도 함께, 우리와 살아주길 바란다는 것을. 나는 당신을 음악 스승인 동시에, 마치…….

내가 바라보고 있자 록앤롤러가 고개를 숙였다. 무언가를 생각하는 듯 잠시 침묵이 흘렀다. 그 시간은 그리 길지 않았다.

"……뭐야. 아야네가 이렇게 강해졌는데, 뭘 우물쭈물
하고 있는 거냐, 난."

그가 들릴 듯 말 듯한 목소리로 중얼거렸다. 고개를 들
더니 하루토와 만나게 해줬을 때처럼 머리를 숙였다.

"지금까지 피하는 것처럼 행동해서 정말 미안하구나."

나는 당황했다. 고개를 들라고 부탁한 뒤 사과의 말을
꺼냈다.

"저야말로 미안해요. 켄 아저씨가 말한 것처럼 나, 무리
했는지도 몰라."

"이제 그만하자. 나는 네가 사과하는 거 원치 않아. 우리
사이에 필요한 건 그런 말이 아니라……."

그제야 오랜만에 내 앞에서 웃는 얼굴을 보이더니 다정
한 목소리로 말했다.

"말하는 걸 계속 잊고 있었어, 미안. 축하한다, 아야네."

그게 무슨 뜻인지 얼른 알아듣지 못했지만 금세 이해했다.

"병이나 남은 시간에만 생각이 사로잡혀 있었어. 근데
사실은 나만이라도 이렇게 말해야 했어. 너와 하루토 사이
에 아기가 생겼으니까."

록앤롤러는 나를 축복해 주었다. 병과 임신 사실을 모
두에게 전하고 나서 축하를 받은 적은 없었다. 하루토도

마사후미 삼촌도 기뻐해 주었지만 사람들은 대부분 내게 살날이 얼마 남지 않았다는 사실에 충격을 받았다.

예전에 아기를 잃은 적이 있는 그가 이를 악물 듯이 말을 이었다.

"세상에는 여러 가지 행복이 있단다. 일에서 성공하는 것. 윤택한 하루하루를 보내는 것. 그중에서도 아이를 갖는 건 최고의 행복이지. 나는 그렇게 생각해. 분명 마사도 그럴 거야."

"아니 좀, 스승님. 그런 말 하지 마요."

내 말에 록앤롤러가 의아하다는 표정을 지었다.

"지금, 스승님한테 그런 말 들으니까…… 눈물 날 것 같잖아."

숏구치는 눈물을 참으려고 고개를 숙였다. 가까운 곳에서 다정하면서도 안쓰러워하는 듯한 숨결이 들려왔다. 머리에 익숙한 감촉이 느껴졌다. 손바닥에서 전해지는 온기를 느끼며 나는 말했다.

"스승님……. 나, 새로 가족이 생겨요."

"으응."

"건강 잘 돌봐서 아이 무사히 낳고 싶어. 그래서, 아까도 말했지만 스승님이 힘이 되어 주면 좋겠어. 예전에 나한테

해준 것처럼.”

“그건 나한테 맡겨둬. 내가 살아 있는 한, 너도 하루토도, 너희 아이도……..”

그는 더 이상 말을 잇지 못했다. 머리 위에 놓인 손이 떨어지자 고개를 들었다. 지금까지 단 한 번도 눈물을 보인 적이 없던 록앤롤러의 눈동자가 어릿어릿 반짝이고 있었다.

“정말 많이 컸구나, 아야네. 엄마가 될 만큼. 나는 네가 음악으로 성공했을 때보다 지금이 더 기쁘다. 오늘 콘서트 잘 마치고 건강한 아이를 낳아라. 빛처럼 반짝이는, 널 닮은 아이를. ……아니다, 그렇게 말하면 하루토에게 혼나려나.”

5

자상함이 아름답다는 걸 알게 된 게 언제쯤이었을까.

하루토를 만났을 때일까. 그보다 더 전에, 마사후미 삼촌과 함께 살기 시작했을 때일까. 아니면 록앤롤러를 알게 되었을 무렵일까.

나는 겉으로 보이는 아름다움에는 별 관심이 없다. 넓은 세상을 접하면서 물론 그것도 중요하다는 걸 알았지만 여전히 내면의 아름다움을 갈망했다.

은퇴 콘서트는 순조롭게 진행되었다. 관계자석으로 시선을 돌리자 나를 지켜보는 하루토와 마사후미 삼촌이 보였다. 록앤롤러와 요시 아저씨도 나와 함께하는 공연이 마지막이라는 걸 절실히 느껴서인지 열정을 다해 연주해 주었다. 다른 멤버들도 마찬가지였다. 끝내고 싶지 않다는 생각이 들었다. 이렇게 계속 노래를 부르고 싶다.

그러나 변하지 않는 것은 없듯이, 끝나지 않는 것 또한 없다.

"이제 마지막 곡입니다."

예정된 곡이 모두 끝나고 한 곡만이 남았다. 내가 마이크에 대고 이야기를 시작하자 공연장이 조용해졌다. 지금까지와는 다른 느낌의 고요함이었다. 수만 명이나 되는 사람들이 숨을 죽인 채 나를 바라보고 있다.

곡 소개를 마치고 나서 하루토와 함께 완성한 곡을, 눈을 감지 않고 부르기 시작했다.

공연장 안에는 분명, 내 콘서트를 여러 번 본 사람도 있을 것이다. 기억에 아로새기듯 나는 노래를 부르면서 객석에 앉은 사람들의 얼굴을 바라보았다.

조용히 울고 있는 사람이 보였다. 옆 사람에게 얼굴을 기댄 채 어깨를 떨고 있는 사람이. 무언가를 전하려는 듯 입술을 움직이는 사람이. 가만히 나를 바라보는 사람이.

그 외에도 많은 사람이 무대에 선 나의 마지막 모습을 지켜보고 있었다.

나는, 아야네라는 가수는, 여러분이 있기에 존재할 수 있었습니다.

노래를 다 부르고 나자 감정이 북받쳐 올라 눈물이 쏟아질 것 같았다. 하지만 울면 감사의 마음을 전할 수 없다.

"지금까지 저의 노래를 들어주셔서 정말로 감사했습니다."

말을 하는 동안에도 이곳저곳을 둘러보았다. 감사 인사를 대충 하고 싶지 않았다.

프로 가수로 활동을 시작한 이후로 그랬다. 한순간이라도 오만해지면 인생 또한 나에게 오만해질 것 같았다. 쉽게 버림받을 것만 같았다.

나는 시한부 선고를 받은 지금의 심경을 솔직하게 전했다. 두렵다는 것, 슬프다는 것. 그래도 생명은 누구나 믿을 수 있는 기적이라는 것.

어릴 때는 자신감이 없었지만 고등학생 때부터 조금씩 바뀌어 갔다.

좋아하는 사람이 생기고 그 사람 덕분에 가수가 되었고, 몇 년 전 그 사람과 다시 만났다. 그 사람과의 사이에서 아이가 생겨서 세상을 떠나기 전에 낳으려 한다고 말했다.

임신 소식을 알리면 팬들이 놀라지 않을까 걱정했다. 실제로 많이들 놀랐지만 부정적인 의미로 놀란 건 아닌 듯했다. 축복의 박수를 보내주는 사람이 많았다. 병에 지지 말아요, 하고 목청껏 외치는 사람도 있었다.

"저는 지금…… 내일이 기대됩니다. 아기를 만나게 될 내일이. 그리고 동시에 조금은 두렵기도 합니다. 이 세상에서 사라질 날이 다가오는, 내일이."

지금까지 내일이라는 건 당연히 찾아오는 것이었다. 심각하게 생각할 필요도 없었고, 설령 내일을 망친다 해도 다시 노력하면 되었다. 얼마든지 되돌릴 수 있었다.

하지만 지금, 나에게는 그렇지 않다.

"2년 후 세상에, 저는 없을 겁니다. 울어도 웃어도 2년은 넘길 수 없어요. 그래도 저는 살아 있는 한, 웃고 싶습니다. 여러분과 함께한 지금까지의 날들을 떠올리면서. 여러분의 내일이 오늘보다 더 좋은 날이 되기를 기원하면서."

나에게는 이제 끝없이 이어질 내일이 없지만 모두에게는 끝을 생각할 필요도 없을 만큼 내일이 이어지길 바란다.

그런 소망과 그동안의 감사를 담아 고개를 숙였다.

"지금까지 제 노래를 들어주셔서 정말 고맙습니다."

터질 듯한 박수와 함성이 공연장을 가득 메웠다.

팬들이 준비했는지 공연장 곳곳에 현수막이 펼쳐져 있었다. 글자를 읽는 것이 쉽지 않은 나도 짧게 써놓은 그 문장만큼은 똑똑히 읽을 수 있었다.

고마워요, 아야네.

모든 현수막에 똑같이 그런 말이 적혀 있었다.

만약 그동안의 가수 활동으로 무언가 조금이라도 전해준 것이 있다면……. 노래해 온 의미가, 있었을지도 모른다.

지금까지 노래했던 모든 장면이 마음속에서 천천히 떠오른다.

눈물을 참으면서, 나는 다시 한번 깊이 고개 숙여 인사했다.

6

가수 활동을 모두 마무리하고 나는 고향으로 돌아와 하루토와 혼인신고서를 제출하고 결혼식을 올렸다. 초대 손님은 많지 않았지만 축복받은 결혼식이었다. 모두가 웃으며 우리를 축하해 주었다.

나는 결혼식에서 예전에 영화에서 본 뒤 늘 동경해 오던 부케 던지기를 했다. 우리 결혼식에는 손님도 많지 않았고 여성도 별로 없었다. 그래서…….

"아니, 나한테 던지면 어떡해!"

작정하고 록앤롤러에게 부케를 던졌다. 얼떨결에 받아든 그는 멋쩍어하며 웃었다. 주변 사람들도 행복을 그러모은 듯 웃고 있었다.

사실 그건 내가 버킷리스트에 적어둔 소망이었다.

- 결혼식을 올리고 싶다.
- 웨딩 부케를 켄 아저씨에게 던져서 모두를 웃게 한다.

그 이후로는 버킷리스트를 하나씩 이루며 지냈다. 고향에서의 생활은 모든 것이 도쿄와 달랐다. 여유로웠고 긴장이 풀어졌으며 효율적으로 뭔가를 해야 할 필요도 없었다. 나는 고등학생 시절로, 어쩌면 그보다 더 옛날의 나로 돌아간 기분이었다.

오늘은 뭘 하고 뭘 먹을까. 하루토와 어디에 갈까.

배도 조금 불러와서 몸을 잘 돌보면서 매일 그런 것들을 생각했다.

"잘 잤어? 아야네."

혼인신고를 하기 얼마 전에, 하루토는 관공서를 그만뒀다. 마을 사람들을 위해 일하는 것도 중요하지만 지금은 내 곁에 함께 있어 주는 것이 그보다 더 중요하다면서. 게다가 하루토는 나를 위해 오랫동안 살았던 단독주택을 리모델링까지 해주었다.

커튼 없는 방에서 아침 햇살과 함께 눈을 떴다. 아침을 먹고 어딘가 나가거나 집에서 느긋하게 하루를 보냈다. 저녁에는 하루토와 함께 저녁밥을 만들어 먹고 밤에는 영화를 보며 시간을 보냈다. 밴드 멤버들과 록앤롤러도 자주 놀러 왔다. 웃음이 끊이지 않는 충만한 날들이었다. 행복을 추구할 필요가 없는 상태야말로 진정한 행복일지 모른다는 생각이 들었다.

"당신과 떨어져 지내던 때, 나는 잠시 죽어 있었던 거라오."

둘이서 저녁 식사 뒷정리를 마친 뒤 디카페인 커피를 마시며 중얼거렸다.

맞은편 식탁 의자에 앉아 있던 하루토가 놀란 표정을 지었다.

"그거…… 프랑스 시인이 한 말?"

"아, 역시 시인의 말이었구나. 전에 영화에서 들었던 대사가 갑자기 떠올라서."

"여전히 들은 건 기억을 잘하네."

"뭐 그렇지. 그런데 말이야, 이렇게 함께 있으면 하루토와 함께 있지 못했을 때는 내가 죽어 있었던 건지도 모르겠다는 생각이 들어."

그렇게 평온하게 지낼 땐 줄곧 웃을 수 있었다. 몸 상태도 나쁘지 않았고, 배 속 아기도 이상이 없었다.

하지만 임신 6개월 차로 접어들면서 배가 불룩해지자 자주 몸이 안 좋아졌다. 아기가 급격히 성장하는 시기에 들어서서 몸에 부담이 가기 때문이라고 했다.

'좀 힘드네'가 '몸 상태가 이상한 것 같아'로 바뀌었다.

병이 있기에, 조심스럽게 지역 병원에 입원해 검사를 받았다.

그동안은 의식하지 않고 지낼 수 있었지만 병실에 머물

다 보니 병이 있는 몸으로 제대로 아기를 낳을 수 있을지 불안해졌다. 불안해진 사람은 나뿐만이 아닐 것이다.

하루토는 평소와 다름없이 행동했다. 그러나 항상 함께 있는 나는 그것이 연기라는 걸 너무나도 잘 안다. 그는 입원한 나를 걱정했다.

그래도 우리는 함께 웃으려고 애썼다. 평소의 분위기를 되찾으려고 밝게 이야기했다. 옥상에서는 연주가 가능하다고 해서 이 기회에 하루토에게 기타 치는 법을 가르쳐 주었다.

다른 사람에게 기타를 가르치기는 처음이었다. 쑥스럽지만 기쁘고 만족스러운 감정이 들다가 문득…… 약간 쓸쓸해졌다.

"아이에게도 가르쳐 주고 싶었는데."

내 중얼거림은 옥상 위를 스쳐 가는 바람에 섞여 들었다.

"어? 뭐라고?"

되묻는 하루토에게 아무것도 아니라고 웃으며 답했다. 언젠가 하루토의 연주에 맞춰 노래하고 싶다고 말하자 "열심히 해서 빨리 실력을 보여줄게" 하며 활짝 웃었다.

실제로 하루토는 그 후 기타 연습에 열중하는 듯했다. 볼 때마다 손가락이 까지고 엉망이 되어 있었다. 나에게 남은 시간이 얼마 없으니까 하루빨리 능숙해지려고 필사적으로 연습하는 것 같았다.

록앤롤러도 도와주고 있는지, 가끔 메시지가 왔다.

하루토가 록앤롤러의 집에서 밤늦게까지 기타 연습을 하고 있다고.

모두를 안심시키기 위해 빨리 퇴원하고 싶었지만 몸 상태가 계속 좋지 않아 입원 기간이 길어지고 있었다. 도쿄의 전문의에게 소개장을 받아 고향에 있는 병원으로 옮겨 오긴 했으나 담당 의사 선생님도 곤혹스러웠을 것이다. 난치병을 앓고 있는 상태에서 출산하는 사례가 무척 드물다고 했으니까.

내가 입원해 있을 때 하루토가 딱 한 번 눈물을 보인 적이 있었다.

여전히 몸이 좋아지지 않아서 병원에 온 그와 이야기하다 그냥 잠이 든 모양이었다. 눈을 떠보니 저녁이었다. 하루토는 침대 옆 의자에 앉아 가만히 생각에 빠져 있었다.

무심코 하루토를 부르고는 "울 것 같은 표정인데?"라고 말하자 하루토는 "행복해서 그래" 하며 웃어 보였다. 그러고는 얼굴을 감추려는 건지 내 배에 귀를 갖다 댔다.

하루토를 남겨두고 나는 정말 이 세상에서 떠나는구나.

그런 생각을 했다.

그는 나를 아까워했다. 담당 의사와 단둘이서 내 상태에 대해 이야기하고 있다는 것도 알았다.

객관적으로 나의 병이나 남은 시간에 대해 그는 분명 나보다 더 잘 알고 있다.

내 슬픔은 이제 그다지 신경 쓰이지 않았다. 그보다 하루토의 슬픔에 더 마음이 쓰였다. 하지만 나는 어떻게 해주지도 못하고 그저 머리칼을 쓰다듬을 뿐이었다.

"미안해."

순간 하루토의 몸이 굳었다. 천천히 고개를 들어 나를 지그시 바라보았다.

하루토의 눈동자에는 투명한 막이 드리워져 있었다. 그리고 곧 한 줄기 눈물이 흘러내렸다.

하루토는 "행복해지자"라고 말하며 미소를 띠는가 싶더니 슬그머니 눈물을 닦았다.

그 뒤로 하루토는 더 이상 내 앞에서 울지 않았다. 자신의 나약함을 내보인 부끄러운 일로 여기는 건지 아니면 무언가를 결심한 건지, 결코 눈물을 보이지 않았다.

곧 돌아갈 수 있을 거라고 생각했던 집에는, 안타깝게

도 여전히 가지 못하고 있었다.

대신 많은 사람이 병문안을 와주었다. 레코드 회사 사람들과 사장님, 예전 매니저. 마사후미 삼촌을 비롯한 고향의 모든 사람들. 록앤롤러와 멤버들도 마찬가지였다.

다만, 그는 항상 혼자서 왔다.

"여어, 컨디션은 좀 어때? 아야네."

노크 소리가 나서 대답하자 록앤롤러가 웃으며 방으로 들어왔다. 그 얼굴을 보고 안심하는 나 자신을 깨달았다. 나도 미소로 답해주었다.

"스승님……. 와주셨네요."

"응, 뭐. 그러고 보니 너한테만 스승이었는데 지금은 하루토의 스승도 겸하게 됐어."

"그런 것 같더군요. 그래도 기쁜걸."

미소를 짓던 그의 얼굴에 갑자기 걱정스러운 기색이 떠올랐다.

"기운이, 없니?"

"안 그래. 괜찮아요."

"네가 괜찮다고 하는 말, 난 안 믿거든."

나도 모르게 피식 웃음이 나왔다. 이 사람에게는 거짓말이 통하지 않는다.

“……약간 몸이 안 좋은 것 같아.”

“그렇구나. 하필 이럴 때 와서 미안하군. 또 올 테니까 오늘은 그만 자.”

“아니야. 이제 막 일어난 거니까, 괜찮으면 뭐든 얘기하고 싶어.”

록앤롤러와 이런저런 이야기를 나눴다. 도쿄 밴드 멤버들의 근황을 묻자 내가 조금은 도움이 됐던 모양으로 모두 실력을 인정받아 여러 방면에서 활약하고 있다고 했다. 그 말을 들으니 안심이 됐다.

또 다른 소소한 이야기를 나누던 중 나는 록앤롤러에게 꼭 물어보고 싶었던 질문을 던졌다.

“저기, 스승님 부인은 어떤 분이셨어?”

록앤롤러가 조금 놀란 표정으로 날 쳐다보았다.

지금까지 그런 이야기는 한 적이 없었다. 어쩌면 지금 같은 상황이 아니라면 내가 물어봤더라도 그는 얼버무리고 넘어갔을 것이다.

잠시 생각하듯 뜸을 들이더니 록앤롤러가 순수한 표정으로 대답했다.

“좋은 여자였지. 무섭고 올곧고, 조금은 여린 면도 있고. 그런데 또 강하고.”

그가 누군가를 자랑하듯 이야기하는 건 처음이라 저절로 미소가 배어 나왔다.

"무서운데, 좋은 분이었구나."

"무서워서, 좋았던 걸지도 모르지. 부딪히지 않으면 딱히 화낼 일도 없으니까."

"역시. 흐음. 그렇구나."

"뭐야, 그 표정은."

록앤롤러가 너무나도 온화한 표정을 짓고 있어서 얼마나 아내를 소중히 여겼는지가 고스란히 전해져 왔다. 하지만 그는 그런 소중한 아내와 딸을 출산 시 사고로 잃고 말았다.

"아이 이름도, 생각하고 그랬어요?"

"……뭐 그렇지."

인생이란 뜻대로 되지 않는다. 무언가를 얻어도 잃을 것 같은 예감이 항상 내포되어 있다. 나와 록앤롤러는 뜻대로 되지 않는 이 인생 속에서 지금은 그저 침묵할 뿐이었다.

그 뒤로도 잠깐 더 이야기를 나누었지만 어느새 눈꺼풀이 무거워졌다. 문득 누군가 웃는 듯한 기척이 느껴졌는데 깨어났을 때는 누워 있는 내 어깨까지 이불이 덮여 있었다.

"고마워요. ……빠!"

무심코 중얼거린 이 말은 분명 목소리가 작아서 그에겐 들리지 않았을 것이다.

어느새 나는 병원 생활에 익숙해지기 시작했다. 편지도 이어서 썼다.

하루토가 없을 때마다 몰래, 그야말로 한 글자 한 글자. 내 경우에는 비유가 아니라 정말로 한 글자, 한 글자를, 한 사람 한 사람을 생각하며 써나갔다.

한편 하루토는 나와 만나지 못할 때면 기타 연습을 열심히 했던 모양이다. 조금 들려주었는데 짧은 기간 동안 몰라보게 실력이 늘어 있었다.

외출 허가를 받아 별이 총총한 하늘 아래서 하루토의 기타 연주에 맞춰 노래를 불렀다. 그것은 내가 버킷리스트에 적어둔 일 중 하나였다.

다만 내 노래는 놀라울 정도로 퇴보해 있었다. 연습 부족만이 이유가 아니었다. 그것과는 별개로 확실히 목소리도 체력도 쇠약해져 있었다.

—— 노래할 때만큼은 세상이 나를 사랑해 주니까.

예전에 나는 그렇게 생각하며 노래를 불렀는데. 그 노래조차…….

노래하지 않아도 지금은 나를 사랑해 주는 사람이 있으니까. 애써 그렇게 위로해 봐도 슬픈 건 슬픈 거였다.

"하루토, 정말 잘 친다. 하고 싶었던 일이 또 하나 이루어졌어."

나는 애써 웃음 지으며 내 슬픔을 하루토에게 내보이지 않았다.

몸 상태는 확실히 지금까지와는 다른 방향으로 진행되고 있었다.

그 일이 원인은 아닐 거라고 여기면서도 약간 정신이 불안정해졌다. 임신부에게는 그런 시기가 있다고는 들었다. 하지만 그뿐이 아닐지도 모른다.

나는 정말이지 살고 싶어졌다.

그 탓인지 어느 날, 하루토 앞에서 느닷없이 울음을 터뜨렸다. 불안인지, 공포인지, 온갖 감정이 한꺼번에 덮쳐 와 눈물이 흘러내렸다.

"살고 싶어, 하루토랑 이 아기랑. 하고 싶은 일이 너무 많아. 아기가 태어나면 많이 안아주고 싶어. 사진도 찍고 싶어. 걸음마를 하면 공원에서 셋이 산책도 하고 싶고 놀이공원에도 동물원에도 함께 가고 싶어. 하루토랑 아기가 낮잠 자는 모습을 보면서 말할 수 없이 행복한 기분을 느껴보고 싶어.”

하루토를 난처하게 하고 싶지 않은데 도저히 멈출 수가 없었다.

“셋이 같이 있고 싶어. 계속 같이. 아이가 자라나는 모습을 하루토와 함께 지켜보고 싶어. 많이 많이 사랑해 주고 싶어. 셋이 좋아. 세 사람이어야 좋은데.”

슬퍼서 탄식하자 하루토가 나를 꼭 끌어안았다. 그리고 “셋이지. 우린 세 사람이야”라고 말해주었다.

“난 죽을 거잖아.”

“죽지 않아, 살아 있잖아.”

“그래도 죽게 돼. 그날이 오는 게…… 지금은 견딜 수 없이 두려워. 나 무서워, 하루토. 혼자 두지 마. 계속 함께 있어 줘. 부탁이야. 혼자 있기 싫어. 이렇게 결혼했는데.”

죽는다는 건 어떤 걸까. 무한한 어둠 속으로 떨어지는 걸까. 살아 있던 것이 꿈이 되고 나라는 의식이 안개처럼 흩어져 흔적도 없이 사라지는 걸까.

나는 견딜 수 없이 죽음이 무서웠다. 그 공포를 처음으로 하루토에게 토해냈다.

“나도 두려워. 아야네가 사라지는 날이.”

하루토가 나처럼 거짓 없는 속마음을 털어놓았다. 그러고는 나와 눈을 마주쳤다.

“하지만 나도 너도 아직 살아 있잖아.”

생명이란, 꿈이 아니면 대체 무엇일까.

언젠가 우리는 연기가 되고 비가 되고 허공을 떠도는 먼지가 된다.

하지만 확실히 말할 수 있는 건 하루토의 말대로 우리는 지금, 여기에 분명히 살아 있다.

내면에 울려 퍼지는 그 목소리가 내 가슴을 뒤흔들어 놓았다.

“나도 너도 죽을 때까지는 힘껏 살자. 봐봐, 아기가 태어나면 하고 싶은 일이 많잖아? 이제 얼마 안 남았어. 힘내자. 괴로우면 지금처럼 내게 다 토해내면 돼. 나는 네 남편이니까. 사랑해. 뭐든지 말해줘.”

사랑은 아직, 나는 잘 모르는 말이었다. 어쩌면 세상에서 정말로 그 의미를 알고 있는 사람은 얼마 안 될지도 모른다. ‘좋아한다’가 더 몸에 와닿는, 감각에 뿌리내린 말이다.

하지만 그때, 착각일지도 모르지만 사랑의 의미를 알

것 같았다.

자신 이외의 누군가를 자신 안에 받아들이는 일. 자신이라는 영역을 확장해 상대에게까지 미치게 하는 일. 그 사람의 기쁨이 나의 기쁨이고, 슬픔 또한 나의 슬픔…….

개인의 영역을 넓히는 것이 사람을 사랑하는 일인지도 모른다.

그건 왠지 이상적인 가족처럼 느껴졌다. 배우자나 아이의 기쁨을 자신의 것처럼 여기고 슬픔 또한 자신의 것으로 하는.

그런데 나는 혼자서 끌어안고 있었다. 하루토와 나는 이제 가족인데. 나의 슬픔도 괴로움도, 나만의 것이 아닌데. 제멋대로 혼자서 끌어안고는…….

7

걱정되는 일이 많았지만 다행히 아기는 내 안에서 순조롭게 자라고 있었다.

어느새 임신한 지 8개월이 지났다. 그중 두 달은 병원에 있었지만 하루토와 모두의 도움으로 정신적으로도 안정이 되었다. 아이의 성별도 알게 되었다. 여자아이다.

"나, 죽고 싶지 않아."

어느 날 나는 확실하게 하루토에게 말했다. 조금도 부끄러운 일이 아니었기 때문이다.

"응. 넌 죽지 않아."

하루토 역시 나를 똑바로 바라보며 대답해 주었다.

우리는 지금, 둘이서 살고 있다. 혼자가 아니다. 자신이라는 영역에 서로를 받아들였다. 기쁜 일도, 힘든 일도 전부 둘이 함께 나누기 위해서.

그래서 우리는 둘이서 딸의 이름을 무엇으로 지을지 고민하기 시작했다.

처음에는 마사후미 삼촌이나 록앤롤러에게 부탁할까도 생각했다. 하지만 부모가 아이에게 줄 수 있는 첫 선물로, 우리 둘이 머리를 맞대고 지어보기로 했다.

신기하게도 딸의 이름은 어느 순간 내 안에서 자연스럽게 흘러나왔다. 이것 말고는 없다고 생각되는 이름이. 하루토도 그 이름에 찬성해 주었다.

"좋은 이름이야. 우리의 희망이 담겨 있는."

"이 아기는 내 희망 그 자체이기도 하니까."

그렇게 말하자 하루토가 웃으며 고개를 끄덕였다.

"생명뿐만 아니라 이름도 확실히 줄 수 있어서 기뻐."

"그러게. 하지만 우리가 생명을 이 아이에게 준 게 아니라 이 아이가 생명을 받아줬어. 왠지 그런 마음이 들어."

병으로 죽음을 맞이하는 나는 단지 생명을 꺼뜨리는 게 아니다. 딸이 이어서 생명을 받아주었다.

아이가 내 안에서 자라는 것을 느끼면서 나는 그런 생각을 하게 되었다.

딸이 생기지 않았다면 내 생명은 어디로도 뻗어 나가지 못했다.

과거로부터 이어져 온 생명의 강을 내가 막아서는 일 없이, 딸이 이어주었다. 그렇기에 생명을 주었다기보다는 아이가 받아주었다고 하는 게 더 자연스러웠다.

나는 그 후로 한결같이 기도했다. 딸을 무사히 낳을 수 있기를. 생명이 이어지기를.

살아가는 일의 의미는 아직도 모르지만. 엄마가 없는 세상은 가혹할지도 모르지만. 그래도 기쁜 일도 즐거운 일도, 살아 있어 다행이라고 여길 일도 분명 많을 것이다. 내가 그랬으니까.

자상함이 아름답다는 걸, 이 인생을 통해 알게 되었으니까.

그러니 나의 딸도 그런 세상을 살아가길 바란다. 제발, 제발…….

"아야네? 아야네!"

하루토가 부르는 소리에 눈을 떴을 때, 나는 현재 상황을 알 수 없었다.

뭔가 기도하고 있었던 것 같은데, 지금 나는 어디에 있는 걸까. 무엇을 하고 있었던 걸까.

몽롱한 채로 주변을 살피다가 내가 분만대에 있다는 걸 알았다.

꿈인가 싶었지만, 아니었다. 출산할 때 뇌로 가는 피의 흐름이 나빠져 실신하는 경우가 생긴다는 말을 들은 적이 있다. 내가 그 상태가 되어 의식을 잃고, 바로 직전에 있었던 일을 잊어버린 모양이었다. 혼란스러운 가운데 필사적으로 기억을 떠올려 보았다.

딸의 이름을 정하고 병원에서 그런대로 건강하게 지내다가 예정보다 일찍 진통이 와서……. 맞아. 그렇게 난 출산하게 된 거야. 마취 부작용이나 수술 후 합병증을 우려해 결국 나는 자연분만으로 아기를 낳기로 했다.

그렇다면 나는 무사히 아기를 낳은 걸까, 소중한 딸을.

분만실 안을 이리저리 둘러보니 미래와 무척 닮은 빛이 있었다. 얼굴이 새빨갛고 자그마한 존재가, 있었다.

그제야 그 아기가 울고 있다는 걸 깨달았다. 내…… 아기가. 내가, 생명을.

"나, 나…… 낳은 거야? 정말, 낳은 거야?"

현실이 바로 받아들여지지 않아서 묻자 하루토가 크게 고개를 끄덕였다.

"맞아. 네가 생명을 낳았어. 정말 애썼어. 우리 딸이야."

"정말? 정말이지?"

"들리지? 혼자 숨을 쉬고 있어."

마침내 타월에 싸인 딸이 내 곁으로 왔다. 온몸이 분홍빛에 벌써 머리카락도 있다.

옅은 눈썹도 있다. 눈을 감고 있었지만 코와 입, 윤곽으로 분명히 알 수 있었다.

나를, 나를 많이 닮았다. 입가만은 하루토를 닮았지만. 이렇게 똑 닮은 생명이, 내 안에서 태어났다. 태어나서, 와주었다.

"어느 분이 먼저 안아보시겠어요?"

조산사의 물음에 하루토가 망설이지 않고 대답했다.

"아내에게, 부탁드려요."

누워 있는 내 가슴에 갓 태어난 딸이 안겼다.

따뜻하고 무거웠다. 생명의 온도이자 무게였다.

조금 전까지 울더니 지금은 가만히 있다. 그 딸을 나는 살며시 안았다.

딸을 안은 순간, 머리부터 온몸으로 지금껏 맛본 적 없는, 기분 좋게 짜릿한 감각이 퍼져 나갔다. 이 아기가 내 아이. 내 딸. 아기가 받아준 생명.

시야가 흐릿해지더니 온갖 빛을 머금은 세상이 한들한들 흔들렸다. 입에서 숨이 새어 나와 아아, 아아, 하는 소리밖에 나오질 않았다. 하지만 나에게는 반드시 해야 할 일이 있다.

"아야네. 아기에게 하고 싶은 말 있지? 어서 해줘."

하루토의 말에 나는 떨리는 목소리로 "응" 하고 대답했다.

하지만 막상 말하려고 하자 감격에 겨워 눈물이 터져 나왔다. 흐느낌을 멈출 수 없었다.

그래도 해야 할 말은 분명했다.

"……정말로, 고마워."

세상에서 가장 소중한 말을, 나는 딸에게 선사했다.

"태어나 줘서…… 정말, 정말…… 고마워."

그 순간, 폐 안에 이 세계의 공기를 머금은 딸이 다시 울기 시작했다.

나도 갓 태어난 새로운 생명과 함께, 행복의 한가운데서 소리 내 울었다.

8

끝나지 않는 노래가 없는 것처럼, 끝나지 않는 인생 또한 존재하지 않는다.

만약 내 인생을 노래라고 한다면 이제 정말 몇 마디 남지 않았다.

어쩌면 나는 이미 내 파트를 끝마쳤는지 모른다. 이제 감았던 눈을 뜨고 음악이 끝나는 순간을 기다리기만 하면 되는지도 모른다.

하지만 나에게는 아직 하고 싶은 일이 있었다. 해야 할 일도.

출산을 마치고 며칠 뒤에 집으로 돌아왔다. 하루토의 도움을 받아 차 뒷좌석에 딸아이를 앉혔다. 뒷좌석에는 모두가 선물해 준 카시트가 있었다. 집에 돌아오자 그 모두가 우리를 기다리고 있었다.

"아야네, 어서 와라."

가장 먼저 반겨주는 마사후미 삼촌.

"우리들의 가희가 돌아왔다!"

유쾌하게 웃고 있는 고향의 밴드 멤버들.

"건강해 보여, 아야네. 아기도."

다정하게 웃어주는 요시 아저씨.

"무사히 돌아왔구나. 아야네."

나의 무탈을 믿고 기다려 준 록앤롤러.

나는 웃으며 모두에게 "다녀왔습니다!"라고 인사했다. 아기를 팔에 안고서.

그때부터는 평소와 같이 왁자지껄한 시간이 펼쳐졌다. 마사후미 삼촌이 만들어준 퇴원 축하 요리를 모두 함께 먹었다. 그런 와중에 키보디스트가 록앤롤러를 놀렸다.

"켄 이 녀석, 출산 당일에는 어울리지 않게 혼자 순산 기원 부적을 받으러 가더라고. 안절부절못하더군."

"그만해라. 너희야말로 쓰러질 것 같은 얼굴로 하루토한테서 연락이 오기만을 기다린 주제에!"

켄 아저씨가 줬다는 순산 기원 부적은 분만실로 들어가기 전에 하루토에게 받았다.

"예전에는 쑥스러워서 신에게 빈다거나 부적 같은 거 갖고 다니지 못했어. 하지만 이번만큼은 후회하고 싶지 않아서 말이야. **우리 몫까지 행복해라.**"

록앤롤러가 그렇게 말하면서 하루토에게 부적을 맡겼던 모양이다. 나는 분만실에 들어간 뒤에도 하루토와 함께 그 부적을 손에 꼭 쥐고 있었다.

퇴원 축하 분위기가 무르익었을 때, 나는 아기를 안고 록앤롤러에게 다가갔다.

가족인 마사후미 삼촌에게는 출산 후 병원에서 그것을 해달라고 부탁했다. 나는 록앤롤러도 꼭 그것을 해줬으면 좋겠다고 계속 바라왔다.

"켄 아저씨!"

"응. 아야네 왜?"

내가 말을 걸자 록앤롤러가 돌아보았다. 나는 슬그머니 미소를 지었다.

"있잖아, 켄 아저씨한테 부탁하고 싶은 게 있는데……. 어때요?"

"부탁?"

"응, 우리 아기를 안아줬으면 해서요."

그의 대답을 듣기도 전에, 나는 조심스럽게 아기를 내

밀었다.

“어, 응!”

록앤롤러는 당황해하면서도, 조심스러운 손길로 아기를 받아 들었다.

그때 약간 눈물이 날 것 같았다.

자신의 딸을 안기 위해 연습했던 건지, 신생아에게 부담이 가지 않는 자세로 아기를 능숙하게 안았던 것이다. 록앤롤러는 여전히 당황해했지만 시선은 내 딸에게 고정되어 있었다.

“아야네. 갑자기 왜 이러는 건데?”

그로부터 대체 몇 년의 세월이 흘렀을까.

어른들에게 “도와주세요”라고 말하지 못했던 그 어린 시절에, 세상을 좋아하면 좋은 일이 생긴다며 기타를 줬던 그가, 지금 내 딸을 안고 있다.

다만 내가 하고 싶은 건 이것만이 아니었다. 록앤롤러에게 다가가 그의 귀에만 내 목소리가 들리도록 발돋움을 했다.

“켄 아저씨. 나, 아저씨를 만나서 정말 다행이었어요. 고마워요. 지금까지 지켜주셔서.”

새삼스럽게 얼굴을 마주 보고 말하기는 부끄러워서 남

몰래 감사의 말을 전했다.

그리고 지금까지 감춰왔던 말을 속삭였다.

"저. 사실은요, 켄 아저씨를 진짜…… 빠, 처럼 생각하고 있어요."

내가 아직 내 노래 실력을 믿지 못하던 고등학생 때의 일이다.

"켄 아저씨도 나를 특별하게 대하시는 거예요?"

그렇게 묻자 그는 다정한 목소리와 눈빛으로 이렇게 대답했다.

"그야 당연하지. 왜냐하면 넌…… 사랑스러운 내 제자니까."

"비겁해요. 평소엔 스승님이라고 부르지 말라더니."

"어른은 비겁하단다. 소중한 말을 항상 감추고 있거든."

그때 나눴던 대화가 내 마음속에 계속 남아 있었다. 그래서 나는 그 말을 지금 내 나름대로 되돌려주려 했다.

어떻게 생각할지 걱정이었다. 하지만…….

"아야네. 설마 그때의 복수야? 넌, 정말."

어처구니없다는 표정을 지은 그가 멋쩍은지 입을 다물었다. 그러고는 다시금 내 딸에게로 시선을 돌렸다. 새근새근 잠든 아기를 감회에 젖은 눈으로 바라보더니…….

　나의 소중한 록앤롤러가 동료들에게 놀림 받을 만큼 대성통곡을 했다.

　출산을 하고 집으로 돌아오긴 했지만 계속 집에 있지는 못했다. 몸이 안 좋아져서 병원에 입원해야 하는 날도 많았다.

　"미안해, 하루토. 맨날 걱정만 끼치고."

　"네가 사과할 일이 뭐가 있다고. 신경 쓰지 마."

　1년 반 시한부 선고를 받은 내 삶이 어느새 1년도 남지 않았다. 나는 하루하루를 열심히 살았다. 집에 있을 때는 딸을 돌보며 애정이 듬뿍 담긴 말을 건넸고 사진도 많이 찍었다. 딸의 기억에는 남지 않을지 몰라도 컨디션이 좋을 때면 가족 셋이서 여러 곳에 다녀왔다. 그리고 행복한 순간들을 사진과 영상으로 기록했다.

　가수 아야네를 알아보는 사람도 있었지만 모두 멀리서 손을 흔들어 주거나 가끔은 눈시울을 붉히며 악수를 청해 오면서 따뜻하게 지켜봐 주었다.

　하루토는 항상 그런 나의 곁에 있었다. 집에서도, 병원에서도.

　내가 안아줄 수 없을 때는 그 팔로 딸을 안고서.

딸은 건강하게 자라났다. 사람을 잘 따르는 아이여서 마사후미 삼촌과 밴드 멤버들 그리고 특히나 록앤롤러에게 잘 안겼다. 활달하고 잘 웃었다.

평소엔 거의 울지 않았지만 내가 입원하러 갈 때면 자주 울곤 했다.

울게 만들어 늘 미안했다. 그럼에도 내게는 더없이 사랑스럽고 소중한 보물이었다.

입퇴원을 되풀이하면서, 선고받았던 남은 생이 끝을 향해 다가가는 동안에도 나는 힘을 내 열심히 살았다. 이를 악물고서 가능한 한 웃었다.

많은 일이 있었던 것 같지만 소소한 일은 이제…… 기억나지 않는다.

억지로 떠올릴 필요는 없다. 즐거웠던 일만을, 기억하면 된다.

그 기억을 안고 살아가면.

"있잖아, 하루토."

"응, 왜?"

"오늘은 바다에 가고 싶어. 우리 아이도 데리고."

한 살이 되어갈 즈음 딸은 일어서서 걷기 시작했다. 그렇게 성장하는 모습을 보는 것이 기뻤다.

하지만 안타깝게도 나는 점점 서 있기조차 힘들어졌다.

건강하게 움직일 수 있는 마지막 날이라는 예감이 든 그날, 하루토에게 바다에 가자고 말했다. 외출 준비를 마친 뒤 하루토가 운전하는 차를 타고 셋이서 고등학생 때 하루토와 불꽃놀이를 했던 바닷가로 향했다. 바닷가에서 딸과 놀다가 뒤돌아보니 하루토가 조금 떨어진 곳에 서서 우리를 바라보고 있었다.

시인 군.

예전에 마음속으로 불렀던 것처럼 오랜만에 그를 시인 군이라고 불러보았다.

시인 군. 빛을 줘서 고마워. 바닷가에 넘쳐흐르는 이 빛이 내 인생에는 있었던 거야.

그 빛이 나를 가로지르고 있어. 당신이라면 더 아름다운 말로 표현했을까.

정말 고마워, 하루토. 그리고……. 이 아이를 부탁해.

내가 하루토를 보며 손을 흔들자 하루토도 마주 흔들어 주었다.

그 모습을 보니 마음이 놓였다. 손을 흔들면 마주 흔들어 주는 누군가가 있다는 사실에.

그러고는 얼마나 시간이 흘렀을까. 정신을 차리고 보니

나는 침대에 누워 있었다. 많은 것들이 내게 연결되어 있었다. 관에, 기계에, 호흡기에.

동료와 가족의 끈끈한 사랑에.

"꿈을…… 꿨어."

하얀 천장을 바라보며 중얼거리자 누군가가 깜짝 놀란 듯 숨을 삼키는 기척이 느껴졌다. 확인하지 않아도 나는 안다. 그가 거기에 있다는 것을. 나의 시인 군.

"그랬구나, 무슨 꿈이었는데?"

"하루토가…… 바닷가에서 나한테 손을 마주 흔들어 줬어."

"으응."

"그 모습을 보고 나는…… 정말 마음이 따뜻해졌어. 지금까지의 인생처럼, 행복했어."

하루토를 쳐다보고 싶었지만 몸이 뜻대로 움직이지 않았다. 시야로 뿌예진 호흡기가 들어오는가 싶었는데, 바로 그때 내 손을 부드럽게 감싸는 것이 있었다.

"다음엔 내가 먼저 손을 흔들어 줄게."

내 손을 잡아주는 하루토가 더할 수 없이 따뜻해서 마음속에 '아아!' 하는 소리가 흘렀다.

"나는 내 자리에서, 이제는 내가 너를 향해 손을 흔들어

줄 거야."

이 사람은 시인이니까. 사람들이 부끄러워하는 행동이라도 혼자 있을 때라면 정말로 해줄 것이다.

가령 아주 화창한 날. 당신은 풍경 속에서 시를 발견하고, 또 나를 발견하고, 정말로 손을 흔들어 주겠지.

내가, 당신 안에 살아 있어. 그건 정말로…….

"마음이, 놓여."

나는 마지막에 그렇게 중얼거렸다. 그런 것, 같다.

눈을 감은 나는 꿈속에 있었다. 꿈속의 나는 초등학생 어린 소녀다.

엄마가 없고 이 세계는 온통 삐뚤빼뚤한 기호뿐이라 무서워 울고 있었다.

그래도 어떻게든 걸어가고 있는데 어느 순간, 풍경이 바뀌었다.

저 사람은 누구지? 젊은 남자가 평원에 서 있었다. 그가 뭐라고 입술을 움직이자 순식간에 풍경이 바뀌었다. 아름다운 광경과 자연의 빛이 가슴속을 바람처럼 스쳐 지나갔다.

나는 기분이 좋아져 그 사람 앞에서 노래를 불렀다.

어느새 경쾌한 음악 소리도 들려왔다. 다리가 긴 남자

가 기타를 치고 있었다.

괴로운 일도 슬픈 일도 많았다. 타인을 오해했던 것처럼, 나 자신에 대해서도 많은 오해를 했다. 그래도 살아오길 잘했다는 생각이 들었다.

이렇게 아름다운 풍경과 즐거운 음악을 만났으니까.

어느새 나는 지금의 내가 되어 있었다.

이렇게 소중한 딸을, 품에 안을 수 있었으니까.

고마워. 이제 괴롭지 않아요.

모두 다정하게 대해줘서 고마워요. 많은 애정을 주셔서, 고마워요.

다정함과 사랑을 느끼게 해줘서…… 고마워요.

나는 이 인생에서, 정말 아름다운 것을, 찾았습니다.

네가 마지막으로
부탁한 노래

아야네에게.

답장을 써야지 하다가도 결국 쓰지 못한 채 어느덧 몇 년이 흘러갔구나. 이제야 펜을 잡은 나를 보고 맘껏 웃어도 좋아. 결코 쉽지 않았을 텐데 정성껏 편지를 써줘서 고맙다.

장례식을 치른 뒤에 하루토가 건네주더구나. 고마운 사람들 앞으로 아야네가 남몰래 편지를 쓰고 있었다는 사실을 알고 놀라는 한편 무척 기뻤단다.

나는 그냥저냥 잘 지내고 있어. 동료들도 큰 병 없이 여전히 시끌벅적 지내고 있지. 에너지가 너무 넘쳐나서 때로는 어처구니가 없을 정도라니까.

동료 얘기가 나와서 말인데, 마사후미가 결혼을 했단다. 상대는 아주 야무진 연하의 여성이야.

실은 몇 년 전부터 사귀었던 모양인데, 뭔가를 극복했는지, 단호하게 마음을 굳힌 계기가 있었는지 마침내 결혼을 결심했다고 해. 지금은 부부가 함께 레스토랑을 운영하고 있어.

하루토도 잘 지내고 있다. 그 녀석만큼 훌륭한 아버지를, 나는 본 적이 없단다.

나라면 마냥 응석을 받아줬을 것 같은 상황에서도 꾸짖을 땐 꾸짖고 그러면서도 사랑을 잊지 않고 듬뿍 주고 있어. 행여 외로움이나 고독을 느끼지 않는지 세심하게 살피면서 딸을 소중히 키우고 있단다.

가끔은 하늘을 가만히 바라보는데 시를 찾고 있는 건지, 아야네를 찾고 있는 건지 확인해 본 적은 없구나. 다만 내 생각에는 후자가 아닐까 싶다.

이제 딸 얘기를 들려줄게. 편지에 답장을 쓰기 시작한 지가 벌써 몇 년이나 지나서, 이제 열 살이 되었단다. 하루토가 그렇게 교육하기도 했지만 다정하고 똑똑하고 착한 아이로 자라고 있어.

옛날의 너를 꼭 빼닮았어. 왠지 나를 잘 따르는 것도.

하지만 예전의 아야네처럼 세상을 싫어하지는 않아. 이건 아야네도 바란 일이었겠지.

분명 세상을 사랑하고 있어. 너를 사랑하듯이. 엄마가 없어서 외로울 때도 있겠지만 네가 딸을 사랑했다는 건 확실히 전해졌단다.

편지를 쓰다가 중단한 사이에 열두 살이 되었는데, 너를 닮아 조금 당돌해졌어.

그래서인지 자꾸 나를 놀리곤 하는구나. 다른 녀석들이 말하길, 나한테만 그런다고 하니 봐주려고 해. 아무리 시간이 지나도 난 너희에게는 무른가 보다.

살면서 때때로 아야네의 편지를 읽어본다. 인생이 상실과 슬픔과의 싸움으로 느껴질 때, 자꾸 과거만 바라보게 될 때 너의 편지가 나를 구원해 주는구나.

그러고 보니, 기억나니? 예전에 아야네가 자주 중얼거리곤 했잖아. If I were a bird로 시작되는 영시 말이야. 중학생이던 아야네에게 그 시의 의미를 물었더니 넌 슬픈 시라고 대답했었지. 하지만 지금이라면 말할 수 있어. 그 시는 분명―

나는 대기실에서 아야네에게 쓸 편지 내용을 생각하고 있었다. 몇 년 전부터 스마트폰으로 초안을 쓰기 시작했는

데 내용은 물론이고 문체를 어떻게 할지, 그런 걸 고민하다 보니 아무리 시간이 지나도 완성하지 못했다.

"케~엔 아저씨, 왜 그러세요?"

스마트폰을 바라보고 있는데 갑자기 등 뒤에서 스스럼없는 목소리가 들려왔다. 언제 들어왔는지 다른 방에서 대기해야 할 여성 가수가 바로 내 뒤에 서 있었다. 대형 레코드 회사가 대대적으로 밀어주려고 하는, 고등학교를 갓 졸업한 신인 가수다.

"표정이 심각해 보이는데요. 뭔가 고민이라도 있으세요?"

"아니, 딱히 그런 건 아니고."

"아, 알았다. 여자한테 연락하려고 하는 거죠? 그런 거죠, 맞죠?"

"아, 진짜! 아니라니까."

나는 오늘, 그 녀석을 위해 도쿄에 와 있다. 음악 프로그램에서 기타를 치기 위해서다. 그 녀석이 데뷔곡을 처음으로 선보인 다음, 커버곡 하나를 함께 연주하기로 했다.

이런 큰 무대에 서는 날인데도 그 녀석은 아주 태평했다.

"근데 용건이 뭐지?"

"이제 곧 전체 리허설이 시작된대요."

"그래? 알겠어."

나는 대답하고 의자에서 일어났다.

"빨리요, 빨리."

재촉을 받으면서도 뭔가 아쉬움에 흔들리듯 대기실의 거울을 바라보았다.

거울 속에는 역시 나이를 숨길 수 없는 내가 있었다.

어느덧 아야네가 세상을 떠난 지도 15년이 넘었다.

그로부터의 나날에 대해, 생전의 아야네 이야기도 덧붙여 조금 전해 두려 한다.

떠올리는 건 괴롭지만 죽기 전 아야네는 의식이 혼탁해지기 일쑤였다. 깨어 있을 때보다 잠들어 있을 때가 많았고 문병을 가도 거의 말을 하지 못했다.

"아야네. 기분은 좀 어때?"

하지만 딱 한 번, 컨디션이 그나마 괜찮았을 때 대화를 나눈 적이 있다. 아야네는 힘없이 미소 지으면서 내 얘기에 농담을 섞어가며 말했다.

옆에 있던 요시 그리고 밴드 멤버들과 이야기한 뒤 마지막으로 내게 이렇게 말했다.

"……미안해요, 스승님. 하지만, 제 딸아이를 부탁드려요."

어렸던 그 아야네가, 가희였던 아야네가, 어머니의 얼

굴을 하고 있었다.

아야네의 부고가 세상에 알려지자 많은 사람이 슬퍼했다. 부고와 함께 아기가 무사히 태어났다는 소식도 전해졌기에 거기에서 희망을 찾아내는 사람들도 있었다.

하루토가 무척 상처받았을 거라고 생각했지만 아니었다. 장례식에서 의연한 태도를 보였고, 아야네를 배웅할 때도 눈물을 보이지 않았다. 그 뒤로는 홀로 딸을 키웠다.

하지만 세상에 완벽하게 강한 사람은 없다. 강한 건, 강한 척하기 때문이겠지. 온갖 고뇌가 있었을 텐데도 하루토는 그런 모습을 우리에게 보여주지 않았다.

마치 천국에 있는 아야네에게 자신과 딸은 괜찮다는 걸 보여주려는 듯했다.

그 딸은 건강하게 자라났다. 마사와 그의 아내가 자주 음식을 만들어주었고 고향의 밴드 멤버들이 아야네와의 추억을 들려주었다. 하루토도 두 사람 몫의 애정을 쏟아주었다.

하루토도 딸도, 아야네가 없어 외로울 때가 있었으리라. 하지만 엄마에 대한 기억이 거의 없는 딸도 아야네를 깊이 사랑했다. 초등학생이 된 어느 날부터인가 사진 액자 속 아야네에게 꼭 인사를 하고 등교하는 듯했다.

그렇게 세월이 흐르고 딸이 성장해 가면서 세상은 차츰 아야네를 잊어갔다.

새로운 가수가 시대를 휩쓸고 아야네는 과거의 사람이 되었다.

하지만 그걸로 좋지 않을까. 과거는 항상 미래로 건너가기 위해 존재하는 거니까.

오랜만에 출연하는 음악 프로그램이었지만 수월하게 전체 리허설을 마쳤다. 오래전부터 방영되고 있는 인기 프로그램으로 아야네가 신곡을 발표할 때마다 이곳에서 생방송 무대를 펼치곤 했었다. 지금 나는 음악 프로그램에 출연하는 일이 거의 없다. 5년 전에 정식으로 은퇴한 뒤로는 고향에서 동료들과 편하게 음악을 하고 있다.

리허설을 마치고 한 시간쯤 지나 본방송이 시작되었다. 나는 대기실로 돌아와, 함께 연주하게 될 밴드 멤버들과 모니터에 비친 방송을 묵묵히 바라보았다.

뭘 그렇게 긴장하는지, 모두 안절부절못하는 모습이었다. 그들을 흐뭇하게 바라보다가 도중에 대기실을 나왔다. 방송 스튜디오는 예전과 거의 변함이 없었다. 그렇기에 걸어 다니기만 해도 곳곳에서 아야네와의 추억이 묻어났다.

오늘은 분명, 편지에 쓸 내용을 생각하기에 좋은 날이
되겠지. 완성한다고 해도 그 편지를 어떻게 할지는 아직
생각해 보지 않았다. 하지만 아야네에게 쓸 내용을 생각하
는 게 습관이 되었다.

슬슬 걸어 다니며 생각에 잠겨 있는데, 복도 모니터에
서도 생방송 중인 프로그램이 흘러나오고 있었다. 아까 대
기실로 찾아왔던 그 신인 가수가 곡과 곡 사이에 카메라에
잡혔다. 조금도 위축되지 않은 모습이었다.

대기실로 돌아가지 않고 그 자리에서 프로그램을 지켜
보았다. 세 번째 곡, 네 번째 곡으로 넘어가며 리허설대로
출연자들이 곡을 선보였다. 우리는 마지막 순서인 여덟 번
째다.

"켄, 여기 있었어? 이제 준비해야지."

"아아, 벌써 그렇게 됐나?"

어느새 시간이 된 모양이었다. 나를 찾으러 온 요시와
함께 촬영 스튜디오로 향했다.

긴박감으로 가득 찬 그곳에서는 남성 그룹이 노래를 부
르고 있었다. 그다음이 녀석 차례다. 준비된 반대편 무대
에 서서 남성 그룹의 무대를 지켜보고 있었다. 그러다 우
리를 알아보고는 손을 흔들었다.

이윽고 남성 그룹의 노래가 끝나고 그 녀석 차례가 되었다. MC석에서 여성 사회자가 곡을 소개하자 카메라가 일제히 그 녀석의 모습을 비췄다.

데뷔곡을 처음 발표하는 자리인데도 긴장하는 기색 없이, 누군가처럼 눈을 살며시 내리감았다.

나도 모르게 등줄기가 오싹해질 만큼 강렬한 노래가 들려오기 시작했다.

너무나도 대단한 모습에 그저 웃음만 나왔다. 고향 레스토랑에서 선보인 무대도 압권이었지만 그 녀석에게 '뜨라또리아 마사'는 너무 작았다는 생각이 저절로 드는 노랫소리였다.

지금 이 노래를 몇만 명이 듣고 있을까. '뜨라또리아 마사'에서는 스크린을 내걸고 그 녀석의 활약을 모두 함께 지켜보고 있을 터였다.

하루토만은 그곳에 가지 않고 집에서 혼자 그 녀석을 지켜볼 거라고 말했다.

곡 중간에 우리가 설 무대가 들어갔다. 자리를 옮겨 준비하고 있는데 요시가 내 어깨를 툭툭 쳤다. 뭔가 했더니 웃으며 주먹을 내밀었다. 요시의 의도를 알아차리고 나도 씨익 웃으며 주먹을 맞부딪쳤다. 다른 멤버들도 주먹을 내

밀기에 똑같이 맞부딪쳤다.

모두 열광하고 있었다. 함께 연주할 사람들은 그 옛날 아야네와 밴드를 결성했던 고향의 밴드 멤버들이다.

아야네도 어딘가에서 이 모습을 지켜보고 있을까. 지나치게 감상적이라는 생각이 들었지만 오늘만큼은 유달리 감상에 젖어도 괜찮을 것이다.

오늘은 아야네의 사랑스러운 딸이, 가수로 데뷔하는 날이니까.

"마지막으로 한 곡 더 들어주세요. 이 곡을 돌아가신, 제가 너무도 사랑하는 어머니와 분명 지금도 저를 지켜보고 계실 아버지에게 바칩니다. 두 분이 함께 만든 노래입니다."

데뷔곡을 다 부른 하루카가, 아야네를 꼭 닮은 딸이 그렇게 말하자 카메라가 MC석을 비췄다. 여성 사회자가 시청자를 향해 곡을 소개했다.

"다음 곡은 어머니인 아야네 씨가 은퇴 콘서트에서 발표한 곡입니다. 작곡은 어머니인 아야네 씨가 하고 작사는 아버지가 하셨다는 의미 깊은 곡이기도 합니다."

봄春의 노래歌라고 써서 '하루카春歌'. 그것이 딸의 이름이었다. 아야네와 하루토가 마지막으로 만든 곡의 제목인 〈봄의 노래〉에서 따온 이름이라고 들었다.

하루카가 음악에 관심을 보인 건 초등학교 저학년 때였다. 자신도 엄마처럼 음악을 하고 싶다면서 내게 기타를 가르쳐 달라고 말했다.

그 무렵부터 반은 은퇴 상태였던 나는 내가 갖고 있는 기교를 전부 다 가르쳤다. 예전에 아야네에게 그랬던 것처럼. 고향의 밴드 멤버들도 흥미로워하며 도와주었다. 하루카가 중학생이 되었을 무렵에는 밴드를 결성해 '뜨라또리아 마사'에서 공연을 시작했다.

아야네와 걸었던 길을 재현하는 듯한, 그러나 새로운 나날이었다.

나는 하루토 대신도, 아야네 대신도 될 수 없다. 그렇지만 음악 스승으로서 내가 할 수 있는 한, 하루카를 지켜주고 힘이 되어 주려고 노력했다. 그것이 삶의 보람이 되었다.

하루카가 가수의 길을 가기로 한 건 어떤 의미에서는 자연스러운 선택이었을지 모른다. 고등학교 3학년 여름에 아야네의 딸이라는 사실을 숨기고 아야네가 소속되어 있었던 레코드 회사의 오디션에 응모해 합격했다. 하지만 아야네를 쏙 빼닮은 외모 때문에 정체가 금방 탄로나 버리고 말았다. 그래서 하루카는 아야네의 딸로서 대대적으로 데 뷔하게 된 것이다.

사회자가 곡을 소개하는 사이에, 하루카가 우리 쪽 무대로 옮겨왔다. 중심에 서서 우리를 보며 웃었다. 그 미소에 답하며 나는 기타를 잡았다. 자, 가볼까. 진짜로 이번이 우리의 마지막 연주다. 천국에 있는 아야네에게 닿을 수 있도록. 이 소리를 아야네가 알아차릴 수 있도록.

그 큰 무대에서 우리는 마지막이 될 연주를 시작했다. 전주가 끝나자 하루카가 노래를 부르기 시작했다. 어머니인 아야네가 작곡하고 아버지인 하루토가 작사한 곡을.

• 옛날 밴드 멤버 모두와 무대에 선다.

이것은 아야네가 버킷리스트에 적어두었지만 이루지 못한 소망이었다.

이 소망을 이어받은 것이 하루카였다. 고향에서도 무대에 서긴 했지만 기왕이면 큰 무대에서 엄마의 소망을 이뤄주고 싶어서 하루토에게는 비밀로 한 채 레코드 회사에 부탁해 실현시켰다.

아야네, 보고 있니? 네 딸이 날개를 펴려 하고 있어. 크게 날개를 펼치고 있단다.

"If I were a bird, I could fly to you."

언젠가 너는 내 앞에서 이 시를 중얼거린 적이 있었어. 의미를 묻자 이렇게 대답했지.

"내가 새라면 날아갈 수 있지만 새가 아니라서 날아갈 수 없어. 그런, 슬픈 시. 왠지 꼭 나 같아."

나는 시인이 아니니까 진부한 말밖에 할 줄 몰라. 하지만 그래서 오히려 거리낌없이 할 수 있는 말도 있지. 아야네, 너는 새였어. 아름다운 노랫소리를 가진, 아름다운 새였던 거야.

넓은 세상으로 날아오르기 위해 고향을 떠났지. 그래도 결국에는 아기를 낳기 위해 돌아왔어. 그건 결코 슬픈 시가 아니야. 너를 위한 희망의 시란다.

마음속으로 아야네에게 속삭이면서 나는 연주를 계속했다. 요시도 다른 멤버들도 지금까지와는 의욕이, 음 하나하나가 달랐다. 모두 오늘이 마지막 공연이라 생각하고 연주하고 있는 거겠지. 오늘의 연주가 자신들의 집대성이 될 거라고 말하기라도 하듯이. 연주가 한창 달아올랐을 때, 경련이 일어나듯 팔이 아프기 시작했다.

동료들에게는 숨기고 있었지만 실은 이것이 은퇴한 이유이기도 하다. 오랫동안 혹사시킨 탓에 팔이 한계에 다다랐고, 의사에게 무리하면 다시는 기타를 칠 수 없게 될 거라는 말을 들었다.

나이 드는 건 어쩔 수 없이 슬픈 일이라는 생각을 떨칠 수 없다. 그 탓에 하루카에게 기타를 가르칠 수는 있어도 내가 직접 연주하는 일은 거의 없어졌다.

하지만……. 기타 줄을 튕기는 손가락에, 나도 모르게 힘이 들어갔다.

다시는 기타를 칠 수 없게 된다 해도 상관없다. 어차피 한계가 온 거다. 오늘, 지금, 내가 맡은 일을 다 해낼 수만 있다면 그걸로 충분하다.

하루카, 너에게 내 모든 걸 주마.

그리고 이 방송이 끝나면 하루토에게 전화를 걸자. 영상 통화가 좋겠지. 방송에서 이 노래가 공개되는 걸 보면 하루토는 놀라서 울 게 뻔하니까. 그런 하루토의 얼굴을 보고 모두 함께 웃는 거야. 그러고 나서 서둘러 신칸센을 타는 거다. 앞으로는 쉽게 고향에 돌아갈 수 없을 테니까.

그러니까 적어도 오늘은 하루토 그리고 동료들과 함께 고향에서 웃으며 노래하자. 그것이야말로 희망이라 부를 수 있는 것임에 틀림없다.

베이스가, 드럼이, 키보드가 저마다의 역할을 다하고 있었다. 기타와 노래도. 세상을 떠난 가희에게 이 소리를 전해주기 위해. 어떤 소망처럼, 강렬하게.

시작된 모든 것이 그러하듯이, 이제 곧 이 노래도 끝난다. 10대 시절부터 기타를 치며 단련돼 온 팔은 어떻게든 버텨주었다. 다만 우리 모두 긴장했는지 숨이 차올랐다.

그런 우리들의 한가운데에 하루카가 당당하게 서 있었다.

그렇게 조그마했던 아이가 지금은 스스로 살아갈 길을 선택할 정도로 자랐다. 조명이 비추고 있어서인지 너무나 눈이 부셔서, 눈이 아파서, 똑바로 바라볼 수 없을 정도였다.

멋지게 자랐구나, 하루카.

마음속으로 중얼거리는데 하루카가 뒤돌아보았다. 아야네와 하루카는 얼굴뿐만 아니라 체격도 닮았다. 그래서일까. 착각이라는 걸 아는데도 마치 아야네가 돌아보는 것처럼 느껴졌다.

하루카가, 아야네가, 내게 미소를 지었다.

"고생하셨어요. 스승님."

아야네를 알게 된 뒤 정말로 많은 일이 있었다. 기타를 가르치고, 함께 밴드를 하고, 위로하고, 대형 레코드 회사에 소속되어 음악을 하고, 다양한 곳에서 라이브 콘서트를 열었다.

아야네뿐만 아니라 딸 하루카에게도 기타를 가르쳐 주고…….

정말로 즐거웠지.

소리 내어 중얼거리자 눈앞에 있는 누군가가 살며시 웃은 듯했다.

어느새 카메라가 MC석을 비추고, 노래는 끝이 났다. 하루카는 출연자 자리 쪽으로 향했고, 우리는 무대에서 내려와 프로그램의 진행을 지켜보았다.

옆을 돌아보니 눈물을 글썽이는 녀석도 있었다. 하루카와 마지막으로 큰 무대에서 연주를 했다는 감동 때문인지, 하루카를 떠나보내는 쓸쓸함 때문인지 아니면 세상을 떠난 아야네를 떠올린 건지.

어쨌든 우리는 해야 할 일을 모두 끝마쳤다. 무심코 고개를 들어 위를 올려다보았다.

아야네. 어딘가에서 보고 있는 거지? 딸의 화려한 무대야. 너처럼 가수가 됐어. 그렇게 엄마를 느끼고 싶다면서 하루카가 스스로 그 길을 선택했단다.

아야네는 엄마가 사라지면 어떻게 하나 걱정했지만 그럼에도 하루카는 올곧고 좋은 아이로 자랐다. 나도 나름대로 의지가 되어 주었지. 너와 약속했으니까.

방송이 끝났다는 스태프의 목소리가 들려왔다. MC석으로 시선을 돌려 보니 오늘의 주인공인 출연자들이 인사를 나누고 있었다. 그 박수갈채 속에 하루카도 있었다.

대견스럽기도 하고 쓸쓸하기도 한 마음으로 그 광경을 지켜보았다. 알고 있지만, 앞으로 하루카는 저쪽 세계에서 살아갈 것이다. 우리가 할 수 있는 건 여기까지다.

동료들과 눈짓을 주고받은 뒤 다른 사람들이 눈치채지 못하게 그 자리를 떠났다. 그럴 생각이었다.

그런데 등 뒤에서 발소리가 들렸다. 돌아보니 누군가 내 쪽으로 달려오고 있었다.

"켄 아저씨! 여러분! 대성공이에요."

하루카가 우리에게 달려오고 있었다. 천진하게 웃으면서.

못 말려 진짜……. 우리 같은 사람들은 그냥 내버려둬도 되는데. 우선 사회자와 프로듀서에게 감사 인사를 해야지. 그것 말고도 신인인 너한테는 할 일이 많을 텐데.

이런 생각과는 달리 나는 미소를 지었다. 그래, 됐어. 나중에 제대로 인사하러 가면 되지. 필요하다면 나도 같이 갈게. 그 옛날 아야네와 했던 것처럼.

그렇게 생각하며 하루카를 맞아주었다. 웃는 얼굴을 한 하루카가 점점 다가왔다.

아야네, 안심해. 하루토와 너의 딸이 —— 하루카春歌가 활짝 웃고 있어.

너의 노래는 지금도 여기서, 웃고 있단다.

원래 내 이야기는 여기서 끝이었다. 아저씨가 지루하게 말을 늘어놓으면 안 되니까.

하지만 아직 뒷부분이 조금 더 남아 있다. 그 뒤로, 시간은 걸렸지만 드디어 답장을 다 썼다. 다 쓴 편지를 어떻게 할지는 여전히 정하지 못했다.

아야네의 묘에 올릴까, 태워서 하늘로 올려보낼까, 차라리 하루카에게 건네줄까.

집 책상 앞에 앉아 이런 생각을 하고 있는데 스마트폰에서 메시지 알림이 울렸다.

'아니, 뭐 하고 계세요? 켄 아저씨가 안 오시면 시작 못 하는데. 빨리 오세요!'

하루카다. 아야네의 성묘를 가기 위해 바쁜 와중에 짬

을 내서 오랜만에 고향에 돌아와 있었다. 나는 편지를 주머니에 집어넣고 자리에서 일어섰다.

방을 나가려다 말고 문득 책상으로 시선을 옮겼다. 우리의 옛날 모습이 담긴 사진 액자가 있었다. 아야네가 고등학생이었을 때, '뜨라또리아 마사'에서 찍은 사진이다.

사진 한가운데서 아야네가 기쁜 듯이 웃고 있다.

그 액자의 오른쪽 옆에는 몇 년 전에 찍은 사진도 놓여 있었다. 아야네 대신, 사진의 중심에는 데뷔하기 전의 하루카가 있다. 아야네와 함께 찍은 사진과 완전히 똑같은 구도다. 그 반대쪽에는 나의 가족사진도 있다. 세상을 떠난 아내와 내가 웃고 있었다.

그 사진들을 바라보며, 가족을 향해 "그럼 다녀올게"라고 인사를 건넸다.

가족. 나는 지금 무의식적으로 가족이라고 말했다. 그건 누구를 가리키는 걸까. 아내뿐일까. 아니면…….

'그리고 저. 사실은요, 켄 아저씨를 진짜…….'

언젠가 아야네가 했던 말을 떠올리면서 이번엔 정말로 방을 나섰다.

책상 한가운데에 한 통의 편지가 남겨져 있었다. 글자 수는 적었지만 한 글자 한 글자 정성스럽게 쓰인 아야네의 편지가.

스승님 덕분에 저는 이 세상을 많이 사랑합니다.

감사해요. 음악과 가능성을 주셔서.

음악과, 다정함과, 빛이, 나의 세상에 있었습니다.

아름다운 것은 모두, 사람 안에 있었어요.

이 세상을 사랑하게 해주신 스승님에게.

그리고, 함께 음악을 연주해 주신 아빠에게.

이 편지는 제가 보내는 마지막 노래입니다.

살고 있는 세계는 같을 텐데, 보고 있는 세계는 크게 다릅니다.

인생에서는 때때로 그런 일이 있습니다. 그것이 연인이든, 친구든, 가족이든 저마다 처한 상황이나 과거, 살아가는 모습에 따라 전혀 다른 세계관을 가지고 있지요.

필요 이상으로 자신이나 타인을 과소평가하기도 하고, 고독이나 아픔이 영원한 것이라고 오해하기도 합니다.

하지만, 그렇기에 더더욱 사람과 사람이 만나는 의미가 있는 걸지도 모르겠습니다.

가치관을 함께 나누고 편향된 시각이 바로잡히거나 그것을 바로잡아주면서 서로 영향을 주고받으며 살아갑니다. 사실은 따뜻했던 세상과 타인, 그리고 자신을 깨닫게 되는 거지요.

그런 이야기를 하고 싶어서 이 작품을 썼습니다.

하루토가 주인공인 전작《네가 마지막으로 남긴 노래》는 원래 하루토와 아야네의 시점을 교차해 가며 엮을 생각이었습니다. 그런데 이야기 속에서 10년이 넘는 긴 세월을 다루다 보니, 한 권에 모두 담아내기가 어려워서 하루토의 시점만 그리게 되었지요. 그때 덜어낼 수밖에 없었던 아야네와 켄지의 시점에서 이야기를 쓰고 싶었기에, 이번에 그 소망이 이루어져 너무나도 기쁩니다.

또한 이번 작품에서는《네가 마지막으로 남긴 노래》를 읽은 분이 지루해하지 않도록, 중복되는 부분은 가능한 한 생략하고, 그 대신 행간 사이에 숨어 있던 대화를 그려냈습니다.

중복을 피하기 위해 하루토의 등장도 최소한으로 줄였습니다만, 이번 작품을 먼저 읽으신 분들은《네가 마지막으로 남긴 노래》도 함께 읽어보시면 좋을 것 같습니다.

다음은 감사의 말씀입니다. 먼저 영화 〈네가 마지막으로 남긴 노래〉를 위해 애써주신 모든 분께 감사하다는 말

씀을 올립니다.《오늘 밤, 세계에서 이 눈물이 사라진다 해
도》와 마찬가지로, 이 작품이 나올 수 있었던 것은 여러분
의 노력으로 영화화가 이루어진 덕분입니다. 진심으로 감
사드립니다.

일본판 표지를 담당해 주신 고이치 씨, 이번에도 멋진
작품을 만들어주셔서 감사합니다.

담당 편집자 두 분께도 고맙다는 말씀을 전합니다. 앞
으로도 잘 부탁드립니다.

마지막으로, 이 책을 펼쳐주신 분들께.

여섯 번째로 드리는 말씀이지만 감사의 말씀을 써 내려
가면서 실제로 머리를 숙이지 않은 적은 한 번도 없습니
다. 이 작품을 읽어주셔서 정말 고맙습니다. 한 분 한 분께
직접 인사를 드릴 수 없어 대신 여기서 머리 숙여 인사드
립니다. 또 언젠가 어디에선가 만나요.

이치조 미사키

초판 1쇄 인쇄 2026년 4월 2일
초판 1쇄 발행 2026년 4월 9일

지은이 이치조 미사키
옮긴이 김윤경

책임편집 안희주
디자인 어나더페이퍼
책임마케팅 최혜령, 박지수, 도우리, 양지환, 송지은, 박주미
마케팅 콘텐츠IP 사업본부
해외사업 한승빈, 박고은
경영지원 백선희, 권영환, 이기경, 최민선, 강아현
제작 재영P&B

펴낸이 서현동
펴낸곳 ㈜오팬하우스
출판등록 2024년 5월 16일 제2024-000141호
주소 서울특별시 강남구 테헤란로 419, 11층 (삼성동, 강남파이낸스플라자)
이메일 info@ofh.co.kr

ⓒ 이치조 미사키

ISBN 979-11-7577-222-9 (03830)

모모는 ㈜오팬하우스의 출판브랜드입니다.